KB116256

콩
이
야
기

김도연
소설

콩
이
야
기

문학동네

차례

민둥산

그녀는 불쑥 나타났다.

"약속을 지켜야지요?"

"……무슨 약속?"

"오 년 뒤에 애인이 없으면 나랑 결혼한다고 했잖아요!"

"내가? 언제?"

"우리가 헤어질 때."

"대체 무슨 소리야?"

"나중에 발뺌할 거 같아서 녹음해뒀어요. 들려드릴게요."

그는 녹음기에서 흘러나오는 자신의 목소리를 들었다. 조금 졸리고 취한 듯한 목소리였다. 그녀는 흐느끼다가 사이사이 기침 같은 웃음을 토해놓았다. 그리고 그의 말을 자르며 진짜냐고 거듭 물어왔다. 계속해서 다짐을 요구하는 그녀에게 이제 그만 자게 해달라고 애원하는 그의 목소리로 보아서 장소는 아마도 그녀의 침대 위나 그 근처인 것 같았다. 그러나 그의 기억은 아물아물했다. 사실인지 조작인지 판단하기 힘들었다. 술을 많이 마신 날 했던 말들을 잘 기억하지 못하는 게 그의 오래된 습성이었다. 더구나 오 년 전의 일이었다. 녹음기에서 그의 목소리가 비틀비틀 흘러나온다고는 해도. 그는 그녀의 눈을 슬쩍 훔쳐보았다.

"기억 안 나요?"

"……안 나긴."

그가 손을 펼치자 그 안에 갇혀 있던 억새꽃이 바람에 훌훌 날아갔다. 전날 마신 술이 깨지 않아 집 근처 민둥산을 산책하듯 오르던 중이었다. 두통은 떠날 듯 떠날 듯 떠나지 않았다. 여러 가지 술을 섞어 마신 탓이었다. 언제 어떻게 집으로 돌아왔는지 기억나지 않았다. 그런데 오 년 전 침대 옆 술자리에서의 약속이라니! 그는 건들거리는 억새숲을 배경으로 나뭇등걸을 이용해 만든 의자에 앉아 있는 그녀 앞에서 서성거렸다. 생각 같아선 손에 들고 있는 녹음기를 홀랑 빼앗아 무성한 억새숲으로 던져버리고 싶었다. 억새숲 사이로 뚫린 길은 좁아서 지나가는 사람이 있을 때마다 그는 먼지가 풀풀 날리는 억새 사이로 몸의 한쪽을 디밀어야만 했다. 울긋불긋한 등산복을 입은 사람들은 웃음을 지우고 그의 심각한 표정을 훑으며 지나갔다. 하늘은 높고 푸르렀으며 뭉게구름은 풍성했다. 그녀의 얼굴에는 오 년 동안 기다려온 말을 모두 전했으니 오직 그의 대응만을 기다리겠다는 표정이 분명했다. 녹음기는 그녀의 가방 속으로 들어가더니 지퍼 소리와 함께 모습을 숨겼다.

"여긴 복잡하니 일단 한적한 곳으로 자릴 옮기자."

"전망 좋은데 왜 옮겨요? 저 아래 보이는 게 기차역이죠? 예쁘다!"

"난 매일 보는 역이야!"

"왜 화를 내요?"

"내가 여기 있다는 건 어떻게 알았어?"

"집에 찾아가 물어보았어요."

"우리집?"

그는 앞장서서 억새가 우거진 길을 걸었다. 두통은 묵직한 쇠구슬
로 변해 머릿속에서 굴러다녔다. 그는 가급적 흔들림 없이 걸으려 했
으나 무리지어 몰려오는 사람들 때문에 자주 길 밖 비탈진 곳으로 내
몰렸다. 소화되지 못한 간밤의 술이 다시 얼굴에 붉은 꽃을 피우는 것
같았다. 그녀는 매우 행복한 표정으로 뒤따라왔다. 오 년 전에 헤어진
여자가 오 년 뒤에 다시 찾아왔다. 헤어질 때 한 말을 녹음까지 했다.
헤어질 수 없다고 울고불고 난리를 치니 떼어놓으려고 얼떨결에 뱉은
말이었을 뿐이다. 그런데 까맣게 잊고 있던 그 말을 듣고서 찾아온 것
이다. 약속을 지키라고. 아니 그럼 그동안 연애도 하지 않고 오직 이
날만 기다렸단 말인가. 그는 더이상 걷지 못하고 산비탈의 울퉁불퉁
한 바위에 엉덩이를 걸치고 앉았다. 억새보다 다른 풀들이 많고 경치
도 그다지 좋지 않아 사람들의 발길이 뜸한 곳이었다. 그녀도 맞은편
바위에 엉덩이를 걸쳤다. 그는 땀을 닦으며 심호흡을 했다. 산 아래
철길로 화물열차가 지나가고 있었다.

"나, 애인 있어."

"피! 없는 거 알아요."

"있다니까!"

"그냥 짝사랑하는 거잖아요."

"……뒷조사도 했어?"

"안 해도 그 정돈 알 수 있어요."

그는 주위를 살핀 뒤 담배에 불을 붙였다. 가을바람에 말라가는 억새가 물결치는 산은 작은 불똥이라도 날아가 불이 붙으면 삽시간에 타버릴 것 같았다. 그는 단숨에 담배 한 대를 피우고 바닥에 비벼 껐다. 몸이 바위 위로 한 뼘쯤 떠오르는 기분이었다. 그녀에게 미안한 마음이 없는 건 아니었다. 사랑이라는 감정은 잘 마른 억새 다발에 붙은 불처럼 일시에 타올랐으나 꺼져버리는 것 또한 한순간이었다. 바닥에 가라앉은 재를 뒤적이며 아무리 입바람을 불어보아도 소용없는 일이었다. 애당초 발정난 개처럼 분별없이 달려든 게 화근이었지만 그녀에게 그렇게 말할 수는 없었다. 불가사의한 것은, 그의 마음은 금세 식어버렸는데 그녀의 마음은 여전하다는 거였다. 아니, 그렇게 보인다는 거였다. 그는 산 아래, 기차가 지나가지 않는 철길에 두었던 시선을 힘겹게 산 위로 끌어올렸다. 그녀는 뿔뿔이 흩어져 곧 날아갈 것 같은 억새꽃을 손등으로 느끼고 있을 뿐 아무 말도 건네지 않았다. 더이상 덧붙일 말이 없다는 얼굴이었다.

"내가 어떻게 했으면 좋겠어?"

"뭘요?"

"내가 한 약속 말이야."

"지켜야지요."

"넌 날 아직도 좋아해?"

"그럼요."

"왜?"

"그냥 좋아요."

"난……"

아무리 화가 나도 한때 애인이었던 여자에게 하지 말아야 할 이야기가 있다는 것쯤은 그도 알고 있었다. 억울한 것은 그 말을 피하려다 보니 자주 말문이 막혔는데 여자 쪽에서는 하필 그걸 물고 늘어진다는 점이다. 왜 대답을 못하고 머뭇거리는 거냐며. 어쨌든 그는 오 년 만에 재회한 그녀를 가급적 완곡한 말로 설득하고 싶었다. 우선 오 년 전의 약속에 대해 사과부터 했다. 당시의 상황 때문에 튀어나온 임기응변이었다고. 설마 당신이 그 말을 철석같이 믿을 줄은 몰랐다고. 생각해보라고. 오 년 뒤에 애인이 없으면 결혼하겠다는 게 말이 되냐고. 그리고…… 비록 애인은 아니지만 꽤 오래전부터 마음에 담고 있는 여자가 있다고. 햇볕 좋은 날, 갈색의 억새들이 바람에 일렁이는 민둥산에서 옛 애인에게 할 만한 이야기는 아니었지만 어쩔 수가 없었다. 그녀의 표정이 조금씩 굳어가고 있어 그는 조금 더 완곡한 어조로 말을 이어가려고 애를 썼다. 그때였다.

"그년이 그렇게 좋아?"

"어?"

"내가 그렇게 싫어?"

그녀가 순식간에 가방에서 과도를 꺼냈다. 그의 머릿속에서 굴러다니던 쇠구슬이 볼링공만하게 커졌다. 그녀는 칼끝이 자신의 배를 향하도록 칼을 쥐었다.

"그년한테 가려면 날 밟고 가."

"뭐, 그년?"

"그래, 그년!"

"넌 아무데서나 칼 꺼내드는 게 자랑이냐!"

그와 그녀는 결국 평정을 잃고 침이 튀고 비속어가 난무하는 말의 육탄전으로 돌입했다. 우여곡절 끝에 다행히 과도는 그의 손으로 넘어와 억새숲으로 던져졌다. 그는 말싸움을 하면서도 혹시라도 아는 사람이 지나갈까봐 두리번거렸는데, 그 맘을 눈치챘는지 그녀는 저편에서 사람이 다가올 때면 더 목청을 키웠다. 파국으로 접어드는 연애의 필수과목인 '치사한 대차대조표'가 그와 그녀의 입에서 지루하게 재생됐다. 그다음 과목은 서로의 좋지 못한 성격과 신체적 약점(특히 성적인 것과 연관된)에 대한 것이었다. 물론 대단히 예민함을 일으키는 과목이었다. 뒤이어 경제가 나왔다.

"그래, 그건 아무것도 아니야! 돈도 못 벌잖아!"

돈 얘기에서 그는 마침내 허물어지고 말았다. 그는 그녀 앞으로 한 걸음 다가섰다. 흠칫 놀란 그녀가 한 걸음 뒤로 물러났다. 그는 그녀의 머리카락이나 멱살을 잡으려는 의도로 다시 한 걸음 다가섰고 거의 동시에 그녀는 두 걸음 물러났다. 화가 난 그가 속도를 빨리해 한 달음에 그녀에게 접근했지만 그녀 역시 민첩했다. 그러나 거기까지였다. 그의 손이 그녀의 옷자락을 잡기 직전 그녀는 돌부리에 걸려 뒤로 넘어졌고 그곳엔 크고 우람한 바위가 그녀의 뒤통수를 기다리고 있었다.

"……왜, 왜 그래?"

그녀는 말이 없었다.

숨도 쉬지 않았다.

손목의 맥박도 뛰지 않았다.

"……설마 죽은 건 아니지?"

그녀는 대답하지 않았다. 그녀를 에워싼 억새들만 바람에 술렁거릴
뿐이었다. 그는 두려움에 사로잡혔음에도 재빨리 주변을 둘러보았다.
지나가는 사람은 보이지 않았다. 그는 그녀 옆에 앉아 덜덜 떨리는 손
으로 담배에 불을 붙였다. 손만이 아니라 온몸이 떨렸다. 그는 오른손
을 얼굴 앞으로 가져와 들여다보다가 세차게 고개를 저었다. 내 손은
결단코 문제될 게 없었다. 넘어지는 그녀의 몸 어디에도 닿지 않았기
에. 이것이 살인의 범주에 속하는가? 덜덜 떨리는 두 손으로 사정없
이 머리를 긁어보았지만 떠오르는 건 없었다. 그때 멀리서 사람들의
웃음소리가 들려왔다. 그는 기다렸다는 듯이 주변에 깔린 억새를 끌
어와 그녀의 몸을 덮었다. 덮고 또 덮었다. 그러다 다시 파헤쳐 그녀
의 가방에서 녹음기를 꺼내 주머니에 감췄다. 연달아 피우다 꺼버린
담배꽁초들도 주워 주머니에 넣었다. 그곳은 민둥산의 외진 데였고
억새꽃도 변변찮게 피어 있었다. 민둥산 억새꽃 축제도 거의 끝나가
고 있었다. 그는 억새 더미에 덮여 있는 그녀에게서 슬금슬금 뒷걸음
질쳤다. 이윽고 몸을 돌려 날다시피 언덕길을 달려 내려갔다. 검은 매
연 같은 한숨을 연신 토해내며. 민둥산의 솜털 같은 억새꽃들은 아무
일도 없다는 듯 건들거렸다.

"그러게 왜 찾아와!"

억새 군락지를 벗어난, 아무도 없는 산중턱 분지에서 그는 고함을
내질렀다. 길바닥에 주저앉아 급하게 담배를 빨다가 벌떡 일어났다.

주머니를 뒤적거려 자동차 열쇠를 찾아냈다. 그는 열쇠를 쥔 손으로 몇 번이나 자신의 머리를 세차게 후려쳤다. 그렇다. 이곳 민둥산은 집 근처에 있는 산이 아니었다. 집에서 자동차로 한 시간이나 떨어진 곳이었다. 그러니까…… 그는 꿈을 꾸고 있는 중이었다. 그는 다시 자리에 털썩 주저앉아 놀란 가슴을 손바닥으로 쓸어내리며 중얼거렸다.

"꿈이었어, 꿈……"

그는 자동차 열쇠를 손으로 빙글빙글 돌리며 나무들과 억새숲 사이로 뚫린 길을 걸었다. 꿈이란 걸 알기 전까진 정말이지 인생 최악의 악몽 같은 현실이었다. 옛 애인이 오 년 전의 약속을 지키라고 다시 나타나다니. 그리고 예기치 않은 살인까지 일어나다니(물론 살인이냐 아니냐에 대해서는 다소 복잡한 과정을 거쳐야만 할 것이다). 어찌 되었든 다행이었다. 살인 사건에 휘말린다는 것은 생각만으로도 두렵고 끔찍했다. 거기에 뒤따르는 일련의 과정도 감당하기 어려울 것이다. 조사와 심문, 검증, 부인과 자백, 그리고 구치소와 재판, 만약 범죄 사실이 확인되었을 때 교도소에서 보내야 하는 아까운 시간들, 사회적인 지탄에 뒤따르는 몰락까지…… 두말할 것도 없이 지금 공을 들이고 있는 그녀도 떠나갈 것이다.

자그마한 분지가 끝나는 곳에서 그는 걸음을 멈추고 생각에 잠겼다가 곧 뒤돌아섰다. 길옆에 자리한 천막집에서 고소한 들기름 냄새가 풍겨왔다. 그는 그곳으로 들어가 감자부침개와 막걸리를 주문했다.

"뭐해?"

"……그냥 있어요."

"민둥산에 왔는데 억새가 예쁘네. 같이 왔으면 좋았을 텐데."

"그만 끊어요. 그리고 관심 없으니 앞으로 전화하지 마세요!"

"여보세요?"

뻗대기는! 노란 막걸리에서 옥수수 냄새가 났다. 부침개에선 감자 냄새가 나지 않았다. 그는 잔에 새 술을 따르고 휴대폰을 물끄러미 들여다보았다. 연락처 메뉴를 열고 그 안에 저장돼 있는 사람들의 이름을 하나하나 훑었다. 어떤 이름 앞에선 꽤 오래 머물렀다. 감자부침개를 우적우적 씹으며. 영화의 엔딩 크레디트처럼 이름들이 줄줄이 올라가다가 어느 순간 그의 손가락에 의해 멈췄다. 그는 그 이름을 보며 막걸리를 마셨다.

"요즘 뭐해?"

"똑같죠 뭐. 어디예요?"

"응. 민둥산."

"거기서 뭐해요?"

"억새 구경. 너도 가을 가기 전에 한번 와봐. 좋다."

"시간이 날까 모르겠네요. 그나저나 연애가 잘 안되는 모양이네요. 나한테 전화까지 하고."

"뭐, 그렇지. 저기, 물어보고 싶은 게 있는데."

"연애 문제죠?"

"헤어지는 남녀가 말이야. 오 년 뒤에도 서로 애인이 없으면 결혼하겠다고 약속했어. 만약 오 년 뒤에 정말 서로 애인이 없다면 그 약속 지켜야 하나?"

"지켜야죠."

"사랑하지 않아도?"

막걸리 한 병과 부침개를 모두 비운 그는 주머니를 뒤적거리다가 이번에는 옛 애인의 그 녹음기를 꺼냈다. 그러고는 오 년 전의 이야기를 다시 들었다. 당시 그녀가 녹음하리라고는 전혀 생각하지 못했다. 그는 어떻게든 빨리 그녀와 헤어지고 싶었다. 문제는 그의 마음은 그녀를 떠난 지 오래되었는데 그녀의 마음은 여전하다는 거였다. 그러했기에 그는 마음이 떠나버렸다는 걸 그녀에게 털어놓을 수가 없다. 이미 다른 여자와 만나고 있다는 사실마저 알게 된다면 더더욱 큰일이었다. 하지만 일주일에 주말은 한 번뿐이어서 시간을 쪼개려야 쪼갤 수가 없었다. 그는 주말이면 점점 새 여자에게로 가는 날이 많아졌고 결국 그녀는 폭발하고 말았다. 새 여자의 존재를 눈치채지 못한 것은 그나마 다행이었다. 그는 그녀에게 간청했다. 아무리 노력해도 내 마음이 당신에게 가닿으려 하지 않는다고. 우리는 인연이 아닌 것 같다고. 예상했던 대로 그녀의 반응은 격렬했다. 그 격렬함이 가라앉을 때까지 그는 한동안 고된 나날을 보내야만 했다. 그녀는 모든 걸 감내할 수 있다고 자신했지만 그에게는 그러고 싶은 마음이 없었다. 약속 같지 않은 오 년 뒤의 약속을 하고 돌아올 때 그는 거리를 지나가는 연인들을 향해 가만히 물음을 던졌지만 돌아오는 대답은 없었다.

천막집에서 나온 그는 오른쪽과 왼쪽 길을 번갈아 바라봤다. 그는 휴대폰에 그녀의 전화번호가 저장되어 있다는 걸 막걸리를 마시던 중에 떠올렸다. 그는 그녀에게 전화를 걸었다. 왼편 산자락의 억새꽃들을 햇살이 환하게 물들이고 있었다. 그녀는 전화를 받지 않았다. 그는 민둥산 꼭대기에 시선을 두고 전화를 끊었다가 다시 걸었다. 하지만 연결음만 바삐 산꼭대기로 올라갈 뿐 그녀의 목소리는 들을 수 없었다. 전화번호를 바꿨나. 하긴 나도 휴대폰을 교체하면서 번호를 바꾸었지. 그게 아니라면 사람들 틈에 섞여 억새의 장관을 구경하느라 벨소리를 못 들을 수도 있지. 그럴 확률이 높다. 오 년 뒤에 다시 찾아올 생각까지 할 정도라면 전화번호를 쉽게 바꾸진 않았을 거야. 가만, 일부러 안 받는 걸까? 여기까지 찾아왔는데 왜? 그는 고개를 갸웃거렸다. 만약…… 만약 이게 꿈이 아니라면? 그는 주변을 두리번거렸다. 그렇다면 꿈과 꿈 아닌 것을 어떻게 구별할 수 있단 말인가. 또 어디까지가 꿈이고 어디서부터 꿈이 아닐까…… 그 반대는…… 지나가는 사람 열 명에게 물었을 때 모두 꿈이 아니라고 대답한다면 꿈이 아닐까, 꿈일까. 지나가는 사람 열 명에게 물었을 때 모두 꿈이라고 대답한다면 꿈일까, 꿈이 아닐까. 그는 주변을 두리번거리다 저도 모르게 천막집 안으로 몸을 숨겼다. 저편에서 땀을 닦으며 걸어오는 경찰을 발견했기 때문이다. 제복을 입은 경찰은 바삐 천막집 앞을 지나쳐 민둥산을 향해 걸어갔다. 무슨 일이지? 그는 다시 그녀에게 전화를 걸었으나 이번에도 그녀는 받지 않았다. 그녀가 진짜 죽은 게 아닐까. 지금껏 그 두려움 때문에 일부러 꿈이었다고 몰아붙였던 것은 아닐까. 급작스레 쿵쿵거리는 가슴을 달래며 그는 전화를 황급히 껐다. 휴대폰처럼 위험한 물건이 없었다. 그는 아예 전원을 꺼버렸다. 밖으로 나가 산을 내려가는 길과 올라가는 길을 바라보며 머리카락을 아예 뽑아버릴 듯 사납게 긁어댔다. 자…… 자…… 이 시점에서 가장 현명한 대처법을 생각해보자.

　그는 옷깃에 최대한 얼굴을 감춘 채 산을 올라갔다. 다리가 후들거렸다. 범죄를 저지른 사람이 왜 다시 사건 현장을 찾아가는지 비로소 이해가 됐다. 그의 생각은 점점 꿈이 아니다라는 쪽으로 기울어졌다. 이렇게 길고 세세한 꿈은 존재할 수가 없었다. 산을 내려와 천막집에서 허비한 시간이 아까웠다. 산을 올라가는 그의 목적은 분명했다. 꿈이든 꿈이 아니든, 그녀가 죽었든 죽지 않았든(죽지 않았다면 정말 다행이지만), 억새 더미로 묻어놓은 그녀를 한시라도 빨리 다른 사람들이 쉽게 발견할 수 없는 장소로 옮기는 것이다. 지금껏 힘들게 한 층 한 층 쌓아온 모든 것들을 하루아침에 무너뜨릴 수는 없었다. 절대로. 앞으로 다가올 행복할 날들도 송두리째 날려버릴 수 없었다. 숨이 차고 허벅지와 종아리는 금방이라도 터질 듯 딴딴해졌지만 그는 걸음을 멈추지 않았다. 왜 이런 일에 휩쓸렸는지 화가 치밀었지만 어쩔 도리가 없었다. 아무도 찾을 수 없는 곳으로 곧바로 도망가고 싶기도 했지만 그런 곳은 없다는 걸 분명히 알고 있었기에 키보다 큰 억새가 우거진 좁은 길을 헉헉대며 올라갔다.

억새숲 사이로 뚫린 좁은 길은 마치 미로 같았다. 두 갈래로 갈라지고 구부러지기를 거듭했다. 이곳이 그곳 같고 그곳이 이곳 같았다. 불안, 초조, 조바심이 차례로 또는 한꺼번에 지나가고 나서야 그는 비로소 정상에 올라 주변 위치를 가늠할 수 있었다. 맙소사! 그와 그녀가 있었던 곳으로 추정되는 장소에, 누가 봐도 선뜻 발길을 옮길 것 같지 않은 황량한 장소에 등산객으로 보이는 사람들이 모여 있었다. 모여 앉아 술판을 벌이고 몇은 춤을 추고 몇은 노래까지 부르고 있었다. 더 좋은 자리가 민둥산 곳곳에 허다한데 왜 하필 거기에 자리를 잡았는지 이해할 수 없었다. 더군다나 자세히 보니 경찰 복장의 사내도 그곳에서 서성거리고 있었다. 그는 절구통만큼 무거워진 다리를 움직여 그곳으로 걸어갔다.

"왜 그러시죠?"

그녀가 묻혀 있는 곳을 몰래 훔쳐본 그는 혼자서 임무를 수행하는 경찰에게 물었다.

"불 피우면 위험한데 이분들이 말을 안 들어요."

"이 양반아, 휴대용 버너잖아! 배고파죽겠어!"

"화재 위험이 있습니다."

"알았어요, 알았어! 요것만 굽고 금방 끌 테니 걱정 말아요. 자자, 그렇게 서 있지 말고 경찰 양반도 소주 한잔에 삼겹살 좀 먹어봐. 기가 막혀!"

"에이, 이러면 안 되는데……"

나이를 짐작하기 힘든 경찰은 결국 등산객들의 성화에 못 이기는 척 쪼그려앉아 종이컵에 담긴 소주를 마시고 삼겹살을 씹었다. 재빨리 입을 닦은 경찰은 빈 잔을 그에게 건넸다. 그도 얼떨결에 소주 한 컵과 삼겹살을 받아먹었다.

"신고가 들어온 거니 가급적 빨리 굽고 버너 치우십시오."

"아니 대체 어떤 놈이 신고해서 바쁜 경찰 아저씰 이 산꼭대기까지 올려보냈단 말이야!"

"요즘 휴대폰 때문에 무서운 세상이 됐습니다."

그는 등산객이 준 빨간 사과와 바닥에 펼쳐놓은 신문을 들고 자리를 옮겨 앉았다. 바로 그녀가 묻혀 있는 마른 억새 더미 앞이었다. 다행히 아무도 억새를 뒤적거린 것 같진 않았다. 억새를 파헤치고 싶은 마음이 간절했지만 그럴 수는 없었다. 등산객들이 돌아갈 때까지 기다려야만 했다. 경찰은 아예 나무젓가락까지 들고 이곳저곳을 기웃거리며 등산객들이 준비해 온 음식들을 맛보았다. 그는 사과를 한입 베어 물었다. 달았다. 사과에는 그의 이빨 자국과 함께 피가 조금 묻어 있어서 다시 그 부분을 베어먹었다. 이번에는 더 많은 피가 사과에 배었다. 그는 입속의 침을 그러모아 뱉었다. 삼분의 일쯤 피가 섞여 있었다. 그는 더이상 침을 뱉지 않고 고이는 족족 삼켰다. 신문을 읽으려 했지만 내용이 잘 들어오지 않았다. 한 문장이나 두 문장 정도 읽고는 이내 기사를 떠나 다른 생각으로 넘어가기 일쑤였다. 더군다나 다른 사람보다 다소 일찍 찾아온 노안은 활자까지 뭉그러뜨리고 있었다. 할 수 없이 그는 사과를 조심히 베어먹으며 등산객들의 노는 모습을 구경해야만 했다. 경찰은 아예 눌러앉은 것 같았다. 그는 하품을 했다. 눈물이 주룩 볼을 타고 흘러내렸다.

"아저씨, 이리 와서 이것 좀 먹어요."

그는 억지 미소를 지으며 옆에 놓인, 반쯤 먹은 사과를 들어 보였다.

"그럼, 술 한잔 하시던가!"

경찰을 구워삶았던 사내가 팩소주와 안주를 들고 다가왔다. 사내의 얼굴은 사과보다 붉게 변해 있었다.

"억새 더미에 이쁜 애인이라도 숨겨놨습니까?"

"……아니, 좀 쉬려고요."

"표정이 왜 그렇게 어둡습니까? 꼭 애인 무덤 앞에 앉아 있는 얼굴 같습니다. 자, 마셔요."

계속해서 술을 권하는 사내는 돌아갈 생각이 없는 듯했다. 그는 억새 더미에 어정쩡하게 기댄 채 사내에게 어서 돌아갈 것을 재촉하듯 이내 잔을 비우고 돌려주었다. 하지만 사내는 쉽게 잔을 비우지 않은 채 눈을 반짝이고는 그의 이곳저곳을 뜯어보며 잡다한 질문을 하느라 바빴다.

"근데, 혼자 왔습니까?"

"예. 혼자 오면 안 됩니까?"

"아니, 이런 델 혼자 무슨 재미로 옵니까?"

"바람 쐬러 왔습니다."

집적거리는 사내를 떠나 다른 곳으로 가고 싶었지만 그는 한숨으로 대신했다. 그런데…… 이상했다. 억새 더미에서 무언가가 조금씩 움직이는 게 그의 등허리로 감지되었다. 쥐나 오소리, 아니면 두더지, 너구리? 그는 사내 몰래 뒤를 흘끔거렸지만 아무것도 보이지 않았다. 죽은 그녀의 살을 뜯어먹으려고 찾아온 동물들일지도 모른다는 생각이 들자 곧바로 욕지기가 올라왔다.

"아니, 진짜 어디 안 좋으십니까? 갑자기 얼굴이 하얘졌네."

"저…… 제가 혼자 좀 있고 싶은데."

"혼자요?"

그는 과도한 관심을 보이는 사내를 억지로 돌려보내고 뒤편 억새 더미로 신경을 집중시켰다. 무엇인가가 다시 그의 등허리를 툭툭 건드렸다. 그는 오른손을 억새 더미 속으로 조심스럽게 집어넣었다. 온갖 끔찍한 상상이 머릿속으로 흘러갔다. 모두가 휴식을 취하고 있을 일요일 오후에 왜 이런 어처구니없는 상황 속으로 빠져들게 되었을까. 이 모든 게 그녀 때문이었다. 말도 안 되는 약속을 믿고 기다렸다니. 그는 억새 더미 안에 넣은 손을 조금씩 움직였지만 억새 외에는 만져지는 게 없었다. 오 년이라는 시간 동안 다른 남자를 찾았더라면 훨씬 더 괜찮은 남자를 만났을 게 틀림없었다. 바보 같은 여자였다. 그러니 이런 어이없는 죽음을 당한 것이다. 그뿐인가. 가만히 있는 사람까지 곤경에 빠뜨리고 말았잖아. 억새 더미에서 손을 미처 꺼내기도 전에 사내가 다가오는 걸 본 그는 순간 망설이다가 뒤로 반쯤 누운 듯한 자세를 그대로 유지했다.

"괜찮습니까? 여기 청심환 좀 가져왔는데."

그는 생면부지인 사내의 친절이 불편했지만 청심환을 건네받아 삼켰다.

"근데, 뭘 잃어버렸습니까? 왜 억새 속을 뒤집니까?"

"아, 뭐가 부스럭거려서……"

"우린 먼저 갑니다. 여기 더 계실 겁니까?"

"예. 가십시오. 저는 노을 좀 보려고요."

사내의 눈에서 어떤 의심의 빛이 떠나지 않고 있었다. 그때였다. 그의 손에 그녀의 발목이 만져진 것은. 그는 황급히 손을 빼고 자리에서 일어나려는데, 이런 젠장, 그녀의 한쪽 발이 억새 더미 밖으로 나와 있는 게 아닌가. 다행히 사내는 자기 일행을 보고 있었다. 그는 뒷발질로 그녀의 발을 억새 더미 속으로 재빨리 밀어넣었다. 등에서 일제히 식은땀이 솟아났다.

술에 취한 등산객들은 게으르게 민둥산 봉우리를 떠나고 있었다. 그는 제자리에 서서 움직이지 않은 채 그들을 배웅했다. 자꾸만 억새 더미에서 삐져나오는 그녀의 발을 뒷발질로 밀어넣으며. 그녀의 발은 마치 살아 있는 것처럼 넣으면 나오고 넣으면 나왔다. 등산객들과는 거리가 떨어져 있어서 그나마 다행이었다. 그는 삐져나오려는 그녀의 발을 신발 뒤꿈치로 막아 버티면서 비 오듯 솟는 얼굴의 땀을 팔소매로 닦았다.

"아저씬 안 내려갑니까?"

배가 불룩하게 나온 경찰이 저편에서 물었다. 사내가 대신 대답했다.

"노을을 보겠답니다."

"민둥산 노을 기막히죠!"

"그래요? 어이, 우리도 노을 보고 내려갈까?"

사내의 말과 그녀의 발힘에 그는 조금 비틀거렸지만 곧 균형을 되찾았다. 등산객들은 사내의 말을 무시했다. 경찰이 그에게 소리쳤다.

"해 지면 금방 캄캄해집니다!"

"집이 산밑에 있습니다!"

민둥산에 조금씩 노을이 번졌다. 엷은 갈색에서 은빛으로 변했던 억새꽃은 정상에서부터 금빛으로 물들기 시작했다. 어느 쪽에서 보느냐에 따라 색깔이 달라졌다. 그는 사람들이 시야에서 사라질 때까지 같은 자리에 서서 민둥산에서 물결치는 억새꽃들을 훑었다. 화산의 분화구처럼 푹 파인 곳과 반짝이는 능선, 그리고 봉우리들 위에서 억새꽃은 금방이라도 날아가거나 화르르 타버려 흔적도 없이 사라질 것처럼 보였다. 그녀와 얽히지만 않았다면 정말 근래 보기 드문 장관에 흠뻑 젖어들었을 일요일이었다.

이윽고 그는 한숨과 함께 주머니에서 휴대폰을 꺼내 전원을 켰다. 그리고 그녀에게 전화를 걸었다. 그의 뒤편 억새 더미 속에서 전화벨 소리가 울렸다. 그는 천천히 돌아섰다. 그때 억새 더미 밖으로 삐져나와 있는 그녀의 발이 벨소리의 리듬을 따라 조금씩 움직였다.

"살아 있는 거야?"

그는 일주일은 굶은 멧돼지처럼 억새 더미를 파헤쳤다. 주둥이가 아닌 두 손으로. 마른 풀잎을 뒤집어쓴 그녀는 실눈을 뜬 채 가방을 더듬더듬 뒤적이며 휴대폰을 찾고 있었다. 그는 자리에 풀썩 주저앉았다. 조금 전과는 다른 한숨을 내쉬었다. 휴대폰을 볼에 밀착시킨 그녀가 마침내 말문을 열었다.

"여보세요?"

그와 그녀는 파헤쳐놓은 억새 더미를 깔고 앉아 한동안 노을에 물드는 억새꽃을 구경했다. 마치 오래된 연인처럼. 눈부신 금발 같은 억새꽃이 노을과 바람에 밀려 파도치듯 두 사람이 앉아 있는 곳으로 달려오는 듯했다. 민둥산 억새꽃을 물들이는 노을에 당도하기까지의 지난한 사랑의 여정을 한 편의 영화로 감상하는 기분이 들었다. 그의 머리카락도, 그녀의 머리카락도 하얗게 변해가고 있었다. 그는 그녀에게 비로소 고개를 끄덕일 수도 있겠다는 생각을 하며 미소를 흘렸다. 지금껏 누가 날 이렇게까지 오래 생각해주었단 말인가. 그는 자신의 어깨에 와 닿는 그녀의 체취를 오랜만에 들이켰다. 그러자 당장이라도 그녀와 사랑을 나누고 싶다는 마음까지 들었고 덩달아 사타구니도 묵직해졌다. 황량한 민둥산이 억새꽃 만발한 산으로 변하는 순간이었다.

"가만! 가만…… 그러니까 기절한 나를 억새 더미에 묻고 혼자 산을 내려갔단 얘기잖아요?"

"정말 죽은 줄 알았다니까."

"살인자로 몰릴까봐 도망친 거 아녜요?"

"맞아. 인정해. 그런데 내려가다가 이게 꿈이라고 판단한 거야."

"꿈?"

"응. 그래서 한시름 놓고 천막집에서 막걸릴 마셨어. 놀란 마음을 달래야 하잖아. 그런데 다시 가만히 생각해보니 꿈이 아니란 생각이 드는 거야."

"스톱! 뭐가 그리 복잡해요! 정리 좀 할게요. 그러니까 싸우다가 우발적으로 살인을 했는데—살인인지 아닌지는 확실하지 않아!—대충 묻고 도망치다보니 꿈인 것 같더라. 안심하고 있는데 다시 생각해보니 꿈이 아닌지도 모르겠더라. 그래서 다시 산으로 올라왔는데 꿈이 아닌 게 맞는 거 같더라. 그때부터 내가 깨어날 때까지 이 자리를 떠나지 못하고 있었다. 이 얘기잖아요?"

"응. 그러다 깨어났고."

그는 더 안전한 곳에다 그녀를 매장하려고 올라왔단 얘기는 하지 않았다. 그녀는 입을 다문 채 노을을 업고 물결치는 억새꽃들을 오래 바라보았다. 그는 침 넘어가는 소리를 들키지 않으려고 헛기침을 했다.

"지금은 꿈이에요, 아니에요?"

"……솔직히 잘 모르겠어."

"그건 중요한 게 아니죠. 중요한 건 꿈이든 아니든 당신이 119에 전화를 하지 않았다는 거예요. 한시라도 빨리 도망칠 마음밖에 없었다는 거죠."

"인정해. 하지만 넌 오 년 전의 약속을 지키라고 불시에 나타났고

칼까지 꺼내들었어. 상식적으로 생각해봐. 오 년 뒤에 서로 애인이 없으면 결혼하겠다는 약속이 진짜 약속이라고 생각해? 상대가 놓아주지 않으니 임시방편으로 그냥 뱉어놓은 얘기일 뿐이잖아. 그리고 오 년 전 그 약속을 하기 직전에도 너는 칼을 꺼내들었어."

"좋아하니까! 떠나보내고 싶지 않으니까!"

"입장을 바꿔놓고 생각해봐. 넌 어떻게 할 거 같아?"

"내가 왜 싫은데? 그리고 당신이 한 일은 생각 안 나?"

"……내가 뭘?"

"만나는 동안 두 번이나 바람피웠잖아?"

"그게 무슨 바람이야?"

"바람이 아니면?"

"그만하자. 어두워지기 전에 빨리 내려가야 돼."

"졸려. 나 업고 내려가. 그러지 않음 안 내려갈 거야."

"업으라고? 여기 해발 천백십구 미터야!"

그녀가 움직일 기미를 보이지 않자 할 수 없이 그는 거의 눈이 감긴 그녀를 업었다. 생각했던 것보다 무거웠다. 검은 진흙으로 길도 미끄러웠다. 하지만 그는 그녀의 허벅지를 두 손으로 꽉 잡은 채 조심조심 내리막길을 걸었다. 살인이나 자살, 자해의 소용돌이에 휘말리지 않은 것만 해도 어디란 말인가. 그는 민둥산의 서쪽 억새꽃들을 물들이는 눈부신 노을을 정면으로 받으며 걸었다. 산 아래의 작은 역은 벌써 산그늘에 묻혀 있었다. 산을 내려가면 어떻게서든 그녀를 떠나보내야 했다. 가급적 소란 피우지 않고. 다른 요구라면 몰라도 다시 오 년 전 연인관계로 돌아가자는 것은 상상 속에서조차 들어줄 수 없는 일이었다. 그는 자신의 우유부단함이 싫었다. 그 우유부단함을 이용하려는 듯한 그녀는 더더욱 싫었다. 등에 업은 그녀를 당장이라도 내동댕이치고 싶었지만 그랬을 때 벌어지는 일들을 상상만 해도 골치가 아팠다. 그녀의 무게는 점점 무거워졌다. 마치 사람 크기의 돌부처를 업고 있는 것만 같았다.

"자니?"

"……"

"너랑 나랑은 안 어울린다. 산에서 내려가면 깨끗하게 헤어지자."

그녀는 대답하지 않았다. 그사이 몸무게는 더 늘어난 것 같았고 그녀는 그의 등에서 조금씩 흘러내리고 있었다. 그는 아이를 추스르듯 고쳐 업었지만 두 손으로 전해지는 힘은 이내 스르르 빠져나갔다. 매일 조금씩 침하하고 있는 민둥산의 곳곳처럼. 석회암 지대에 자리잡은 민둥산은 움푹 꺼진 곳이 많았다. 그 여파로 산중턱에 살던 사람들 대부분이 집을 버리고 이사를 갔다고 안내판에 적혀 있었다. 비탈밭 가운데나 그가 걷는 길옆도 땅이 갈라져 크레바스처럼 변한 곳들이 군데군데 눈에 띄었다. 그는 그녀의 무게 때문에 민둥산을 내려가다가 갑자기 암흑 속으로 빠져버리게 될지도 모른다는 생각을 했다. 그건 어쩌면 그녀의 은밀한 의도일지도 모른다. 그곳에서 그녀는 어느 소설에 등장하는 모래의 여인처럼 사구 속에 그를 가둔 채 평생 괴롭히려는 것인지도 모른다고. 그는 최대한 조심스럽게 걸음을 옮겨놓았다. 하지만 그녀는 자신의 몸을 계속 불리는 중이었고 그는 결국 억새 숲으로 무너지듯 주저앉고 말았다. 그는 도저히 이해가 가지 않는다는 얼굴로 억새에 누운 그녀에게 물었다.

"왜 이렇게 무거운 거야?"

"……"

스산한 바람이 그와 그녀 사이로 지나갔다.

"자는 거니?"

"……"

"또 죽은 거야?"

"……"

그는 다시 그녀의 맥을 짚고 코에 손을 가져다 대고 팔뚝을 살짝 꼬집었다. 그는 주머니에 감춰두었던 녹음기를 그녀의 가방에 몰래 넣고 지퍼를 잠갔다. 그리고 119에 전화를 걸려고 휴대폰을 꺼냈다. 노을은 민둥산 꼭대기에서 점차 아래로 번져가고 건너편 산에서는 시린 그늘이 건너왔다.

"아, 저기 있네요!"

산에서 만났던 그 사내였다. 역시 산에서 본 경찰이 그 옆에서 땀을 흘리며 다가왔다. 그의 한숨에도 불구하고 그녀는 억새숲에 누워 꼼짝도 하지 않았다. 사내와 경찰은, 시큼한 땀냄새를 풍기며 서 있는 그와 누워 있는 그녀를 번갈아 바라보았다. 그는 양쪽 관자놀이를 힘주어 눌렀다. 길고 지루한 산행이었다.

"그러잖아도 119에 전화를 하려는 참이었는데……"

"왜요?"

경찰이 물었다.

"그러니까…… 이 여자가 죽었는지 살았는지 잘 모르겠거든요."

그는 경찰에게 민둥산 정상 부근에서 중턱까지 그녀를 업고 온 과정을 이야기했다. 말하면서도 상대방이 이해하기에는 무리일 거란 생각을 했다. 그 앞의 얘기는 모두 빼버렸기 때문이다. 하지만 그렇다 하더라도 개인의 프라이버시가 있는데 모두 말할 수는 없었다. 경찰은 고개를 갸웃거리며 그가 했던 대로 그녀의 상태를 찬찬히 살폈다. 사내는 고개를 끄덕이며 회심의 미소를 지었다. 경찰이 신중하게 입을 열었다.

"죽은 것 같은데……"

"거보라니까요. 내가 뭐라 그랬습니까. 아까부터 수상했다니까요."

"기절한 게 아닙니까?"

"경찰 양반, 이건 살인 사건입니다! 범인은 이 사람이고."

"아저씬 일단 조용히 계세요. 산에서 졸리다 말하는 여자를 등에 업었다. 업고 내려오는데 뭔가 이상해서 살펴보니 이렇다, 이 얘기죠?"

"이 사람아, 그게 말이 돼? 아까 산 위에서 죽이고 날 어두워지니까 지금 아무도 모르는 데에다 매장하려는 계획이잖아."

"가만히 좀 계시라구요, 아저씬! 이 여자분과는 어떤 관계죠?"

"옛날에 사귀었던 애인입니다."

"치정 살인이야!"

사내에게 주먹을 날리고 싶은 걸 그는 꾹 참았다.

"옛날 애인인데 어떻게 두 사람이 같이 있는 거죠?"

"이 여자가 오 년 만에 불쑥 찾아온 겁니다."

"어떻게?"

"산밑에 있는 우리집으로 찾아가 내 위치를 물었다고 했어요. 아!

우리집!"

그는 손으로 이마를 쳤다. 깜박 잊고 있었던 출구를 드디어 찾아낸 거였다. 그는 사내를 뚫어져라 노려보고 경찰에게 장황하게 자초지종을 설명하기 시작했다. 햇살이 사라진 민둥산 중턱에는 스산한 바람만 설쳐대고 있었다.

"그러니까…… 이 모든 게 꿈속의 일이란 겁니다."

"꿈이라구요?"

"꿈이라!"

경찰과 사내는 잠시 입을 다물었다. 그는 억새숲에 누워 있는 그녀에게 미소를 보냈다. 너무나 간단하고 명료한 일에 시간을 허비한 게 아까웠다. 뭔가를 한참 고심하는 듯하던 경찰이 마침내 정리가 됐다는 표정을 지었다. 둔한 사내는 여전히 복잡한 미로 속에서 헤어나지 못하는 표정이었다.

"결론은 선생님의 꿈속에서 벌어진 어떤 사건 속에 우리가 들어와 있다는 얘기군요."

"그렇죠."

"아, 뭐가 이렇게 복잡해! 그럼 당신이 살인범이란 얘기야, 아니야?"

경찰은 머리를 오른쪽 왼쪽으로 여러 번 번갈아가며 돌리다가 마침내 정리가 된 듯 입을 열었다.

"선생님, 사실 선생님의 얘기만 듣고선 이게 꿈인지 아닌지 판단하기 어렵습니다. 그런데 만약 이게 꿈이라 하더라도 제가 경찰인 이상 선생님을 체포하는 게 맞는 것 같습니다. 어찌되었든 이 여자분은 지금 죽었고 선생님은 살인 용의자니까요. 경찰인 제가 여기서 선생님을 놓아드리면 직무유기일 듯싶습니다."

"경찰 양반, 맞아요! 꿈이든 뭐든 살인자는 살인자고 당신은 분명히 경찰인 거요. 그리고 당신, 이게 꿈이란 걸 증명할 수 있어?"

"당신들이 떠나면 이 여자 금방 깨어난다니까요! 그게 꿈인데 난들 어떡합니까?"

"당신, 정신병자 아냐? 아니, 어떻게 세 사람이 똑같은 꿈을 꿀 수가 있어. 그게 말이 돼?"

"일단 파출소로 가시죠. 언제라도 이 여자가 죽음에서 깨어나면 선생님을 풀어드리겠습니다."

그에게는 너무도 간단하고 명료한 일을 두 사람이 믿지 않았기에 그는 다시 그녀를 업어야만 했다. 그녀를 업어야만 했기 때문에 경찰은 수갑만은 채우지 않았다. 대신 앞에서는 경찰이 뒤에서는 사내가 도망을 못 가게 감시를 했다. 더이상 두 사람을 설득할 수 없다는 걸 그는 분명하게 깨달았다. 그들은 그가 꾸는 꿈의 등장인물일 뿐이었다. 더군다나 그들은 이것이 꿈이 아니라고 굳게 믿고 있었다. 그녀 또한 당분간 깨어나지 않을 게 분명했다. 어디 꿈 한두 번 꾸는가 말이다. 걸려도 된통 걸린 게 틀림없었다. 그에게 업힌 그녀는 정말 돌부처만큼 무거웠다. 등에 닿은 젖가슴은 돌처럼 차가웠고 엉덩이와 허벅지는 호박돌처럼 단단했다. 민둥산은 어둑어둑해지고 있었다. 보이지 않는 억새의 잎들이 그의 뺨을 칼처럼 베고 뒤로 물러나는 저녁이었다. 이 꿈 밖으로 나가는 길은 어디에 있을까. 아무리 더듬어보아도 머릿속은 캄캄하기만 했다. 어디서부터 꿈이 시작되었는지 헤아려보았지만 갈피를 잡을 수 없었다. 혹, 이 꿈은 영원히 끝나지 않는 건 아닐까. 그렇다면 결국 꿈속에서 감옥까지 가야 한단 말인가. 거기서 얼마나 살아야 할까. 아니, 아니…… 이게 정말 꿈일까.

"나 같으면 헤어지고 오 년 뒤에도 날 좋아하는 여자가 있으면 발가벗고 춤추겠다."

그는 그녀가 사내의 입을 빌려 말한다고 생각했다.

"난 절대 그렇게 못하니 당신이나 실컷 하든가!"

"정신 못 차리는 걸 보니 감방에서 한참 썩어야겠네."

"이런 놈들 때문에 교도소가 아까워요, 교도소가!"

앞서가던 경찰이 뒷발질로 그의 사타구니를 냅다 걷어찼다. 그는 중심을 잃고 비틀거리다 길을 벗어나 억새숲으로 꼬꾸라졌다. 그런데도 그녀는 그의 등에서 떨어지지 않았다. 그가 그녀를 업은 게 아니라 그녀가 그의 등에 달라붙어 있는 것 같았다. 비탈진 억새숲에서 그렇게 몇 바퀴 구른 뒤에야 겨우 일어났다. 경찰과 사내는 어느새 그의 앞뒤에 자리를 잡았다. 그는 어둠이 내려 잘 보이지 않는 억새 길을 걸었다. 바람 한번 불면 모두 산산이 날아갈 거라 여겼던 억새꽃은 아랑곳 않고 꼿꼿하게 매달려 그의 볼을 간질였다. 아래로 내려가는 게 아니라 민둥산을 끝없이 빙글빙글 돌고만 있는 것 같았다. 하나둘 따스한 불빛이 피어나는 저 아랫마을에 언제 도착할 수 있을지 아득하기만 했다. 경찰과 사내는 앞뒤에서 심심찮게 그를 때렸고 그때마다 그는 비틀거리거나 억새숲으로 쓰러졌다. 꿈이어도 좋고 꿈이 아니어도 상관없었다. 쓰러졌다가 일어나 걸었고 또다시 쓰러지면 거듭 일어나 입을 꾹 다문 채 걸었다.

　고독처럼 어둑어둑한 민둥산에서.

　오 년 전에 헤어진, 차갑고 단단한 애인을 등에 업은 채.

콩 이야기

지금부터 하려는 이야기는 바로 콩 이야기다.

사실 나는 꽤 오래전부터 콩과 관련된 이야기를 글로 쓰고 싶었다. 하지만 그러지 못했다. 막상 쓰려고 하면 그동안 발갛게 달아오른 프라이팬 속의 콩들처럼 소란스럽던 머릿속이 이상하게도 텅 비어버린 것처럼 여겨졌기 때문이다. 그러니 막상 뚜껑을 열면 연기만 풀풀 날 뿐 내용물은 거의 없을 거란 의심마저 들었다. 시간 낭비나 하는 건 아닌가. 주먹 쥔 손으로 머리를 콩콩 두드려보아야만 했다. 콩이라니! 대체 그 자그마한 알 속에 무슨 얘기가 들어 있단 말인가! 더 중요하고 재미난 이야기들이 넘쳐나는 세상인데 겨우 콩알이나 만지작거리는 내가 한심해서 결국 들고 있던 콩 주머니를 컴컴한 곳간 속으로 던져버리지 않을 수 없었다.

그러나, 그렇다고 해서, 콩이 내 마음속에서 영영 사라진 것은 아니었다. 콩보다 더 무겁고 값나가는 것들, 감자나 배추 당근 당귀 무 옥수수 등등에 대부분의 시간과 힘을 들이다가도 흙 묻은 손을 털고 집으로 돌아오는 저물녘이면 아주 잠깐 '아, 콩이 있었지' 하고 아무도 몰래 중얼거리곤 했다. 물론 집으로 들어가면 하루의 피곤에 밀려 콩 생각은 저만치 밀어두곤 그대로 잠에 빠져드는 나날이었지만. 어지러운 꿈의 끄트머리에서 고작해야 겨우 한마디 웅얼거릴 뿐이었다. 언젠가는 콩 이야기를 쓸 거야. 그렇게 웅얼거리다가 지난 십 년의 세월이 훌떡 지나가버렸다. 세월이란 게 참 잔인하다 싶을 정도로 빨리 흘러가는 것처럼 느껴질 때가 있고 그때 어떤 사람들은 지나간 시간 속에서 이루지 못한 무엇을 아쉬워하는 경우가 있는데 내게 있어 그것은 다름 아닌 콩이었다. 막연히 콩이었다. 콩과 관련한 아무런 애틋함도 기억 속에 없었는데 바로 콩이었다. 그러니 막막할 수밖에. 이게 대체 뭔가? 왜 하필 팥도 아니고 콩이지? 내 마음이 공연히 억지를 부리는 건 아닌가. 지난가을, 한 포기에 만오천원까지 치솟은 배춧값에서 나만 비껴난 분풀이를 콩에게 하려는 것은 아닐까. 뭐 이러저러한 잡념에서 빠져나오지 못하고 있다가 결국 나는 면에 있는 작은 도서관을 찾아가게 되었다. 세상 사람들이 콩에 대해 뭐라고 말하고 있는지 알아보려고. 결론부터 말하자면, 도서관에서 내가 본 것은 예상했던 대로 고작 이 정도였다.

_ 각종 백과사전 속의 콩과 관련된 항목
_ 콩이 들어간 속담 모음집
_ 몇 가지 동화책 속의 콩

한숨이 나왔다. 도서관에는 콩다운 콩이 없었다. 도서관에서 콩을 찾으려고 했던 내가 한심했다. 그나마 눈에 들어온 내용은, 세계적으로 모두 550속 1만 3000에서 1만 5000여 종의 콩이 있다는 것과 콩과 관련된 잡다한 속담들이 전부였다. 결국 나는 열람실의 넓은 책상 위에 펼쳐놓은 두꺼운 백과사전을 베개 삼아 낮잠이나 청했다. 도서관으로 몰려온 중학생들의 재잘거리는 소리를 자장가 삼아서. 도서관에 콩밭이 있길 내심 바랐는데 굴러다니는 콩알 하나 보이지 않으니 어쩔 수 없이 직접 콩밭으로 가는 수밖에 없었다.

책상을 두드리는 소리에 깨어났다.

"코 고는 소리 때문에 아이들이 공부를 할 수 없다고 하네요."

도서관 사서는 싱글싱글 웃고 있었다. 주변을 둘러보니 도토리 같은 아이들도 키득키득 웃고 있는 게 보였다.

"어제 술 마셨죠?"

"……조금."

"도서관이 여관도 아니고…… 목욕탕에라도 갔다 오지 그래요?"

"……그래야겠어요. 콩 때문에 머리가 아프네요."

"콩?"

나는 침이 흘러 젖어버린 백과사전의 콩 항목 페이지를 사서 몰래 덮고 자리에서 일어났다. 열람실을 나오면서 돌아보니 아이들은 허수아비마저 사라진 콩밭의 참새떼처럼 다시 재잘거리기 시작했다. 사서한테 그 사실을 이르고 싶은 마음이 간절했지만 입을 꾹 다물었다. 그래봤자 득보다 실이 더 많다는 것을 지난 십 년 동안 무수히 겪어왔기에.

"콩이라뇨? 무슨 콩?"

"그냥 모든 콩."

사서는 분명 한심하다는 눈으로 계단을 내려가는 내 뒤통수를 바라볼 게 틀림없었다. 나는 고독한 자세를 유지하려고 바지 주머니에 두 손을 넣고 어깨를 최대한 움츠렸다. 그러자 왠지 모르게 정말 외로워졌다.

면에 하나밖에 없는 목욕탕은 전과 다름없이 전체적으로 지저분했다. 탈의실 곳곳에 먼지 뭉치와 꼬불꼬불한 털들이 작은 바람에도 굴러다녔고 평상 밑에는 손톱 발톱 각질 들이 널려 있었다. 이발 의자에 앉아 술냄새를 풍기며 낮잠을 자는 이는 때밀이였다. 어느 날 갑자기 세신 요금을 삼천원이나 올리는 바람에 거의 아무도 때를 밀지 않았다. 한 달에 한 번은 때를 밀던 나 역시 마찬가지였다. 그렇다고 때를 미는 기술이 탁월한 것도 아니었다. 하지만 미안한 마음은 사실이어서 나는 그가 잠에서 깨어날까봐 조심스럽게 옷을 벗고 욕탕으로 들어갔다.

"야, 때가 많네!"

당연히 많으니까 돈 주고 때를 밀지 아니면 왜 밀겠어, 라고 예전에 나는 말하지 못했다. 때가 많았던 손님들에 대해 그가 계속해서 주절주절 떠들었기에 내 마음은 그리 편하지 않았다. 때 밀어서 번 돈을 다방 아가씨에게 몽땅 바치고 목욕탕에서 쫓겨났다가(영업이 끝나면 으레 다방 아가씨를 목욕탕으로 불렀기에) 겨우 되돌아온 전력을 모르지 않기에 한마디 하려다가 간신히 참았다. 마침 그가 중요한 곳을 밀고 있었기 때문이었다. 다른 때밀이와 달리 그는 손님의 사타구니까지 정성껏 밀어주었는데, 처음에는 당황했지만 익숙해지자 그게 의외로 편안했다. 묘한 기분이 들기도 하고. 그러니까 왼손으로는 남자의 물건을 감싸서 아랫배 위에다 고정시킨 뒤 때수건을 두른 오른손으로 고환을 박박 미는 방식이었다. 그런 서비스에도 불구하고 손님들은 삼천원을 인상한 데에는 납득할 수 없다고 고개를 젓는 것 같았다. 때밀이용 침대가 물 한 방울 없이 매번 말라 있는 것을 보면 말이다.

샤워를 마친 나는 때가 둥둥 떠 있는 온탕을 포기하고 한증막으로 들어갔다(때를 미는 손님이 급감하자 때밀이는 청소하는 일부터 손에서 놓았음이 분명했다). 냉수에 적신 수건을 머리에 쓰고 손님도 별로 없는 목욕탕 풍경을 흐린 유리창 너머로 내다보며 본격적으로 땀 흘릴 준비를 했다. 아니, 콩 생각을 하려고 마음을 다잡았다. 디지털 온도계가 알려주는 한증막의 온도는 69도였는데(고장나지 않은 온도계가 맞는지는 분명하지 않다), 치열하게 한 소식 얻기에는 그럴듯한 온도처럼 여겨졌다.

훅훅 스팀을 내뿜는 한증막에 앉아 나는 명상에 잠기기 위해 숨을 가다듬었다. 사실 콩을 생각하면 안 좋은 기억이 먼저 떠올랐다.

늦가을 저물 무렵 밭에서 콩알을 줍던 일이 그것이다. 중학생 시절 학교에서 돌아와 가방을 내려놓기 무섭게 아버지의 불호령에 콩밭으로 호출되던 날이 있었는데 그때 내가 해야 하는 일이 바로 다래끼를 들고 콩알을 줍는 거였다. 아버지가 낮 동안 꺾어놓은 콩을 지게에 싣고 떠나면 나는 그 자리에 떨어진 콩알을 하나하나 주워야 했다. 콩알이란 게 특이하게도 꼭 한 번에 한 알밖에 주울 수 없었다. 날은 추워서 손가락은 곱아오고 더군다나 어두워지고 있었다. 자그마한 콩알은 아무리 주워도 다래끼 바닥에서 키를 키우지 않았다. 침침한 눈을 손등으로 비벼도 콩알은 점점 보이지 않았고 곱은 손을 사타구니에 넣고 불알을 만지작거리며 녹였지만 꺼내면 이내 다시 차가워졌다. 아픈 무릎을 두드리며 작은 콩알을 줍느니 영어 단어 하나를 더 외우는 게 미래를 위해선 나을 것 같았지만 식구들 누구에게도 통하지 않았다. 날이 완전히 어두워질 때까지 꼼짝없이 콩알을 줍는다는 것은 세상 모든 게 다 콩알로 보이거나 아무것도 보이지 않는다는 것과 마찬가지였다. 집으로 돌아와 전등불 아래서 다래끼를 들여다보면 그야말로 콩알 반 돌 반이어서 고생했다는 말은커녕 퉁바리맞기 일쑤였다.

줄줄 흘러내린 땀이 고인 사타구니를 바라보다가 나는 벌떡 일어났다. 콩에 대한 명상이고 나발이고 냉탕이 먼저였다. 69도가 확실한 모양이었다.

"에이, 씨발. 술이 안 깨네!"

샤워를 하던 때밀이는 노란 오줌을 목욕탕 바닥으로 쫄쫄 흘리며 욕설을 내뱉었다. 피부 각질과 비듬, 사타구니 털, 머리카락, 때, 그리고 정체를 알 수 없는(그러나 짐작은 가는) 분비물들이 둥둥 떠 있는 냉탕 속에서 나는 머리만 내놓은 채, 마치 의자에 앉은 것 같은 자세를 유지하고 있었다. 알통이 밴 때밀이의 팔 바깥쪽에는 조잡한 하트와 그것을 관통하는 화살 모양의 낡은 문신이 새겨져 있었는데 왜 그동안 한 번도 보지 못했는지 알 수 없었다. 나는 냉탕의 부유물들이 입 가까이 접근하면 손으로 물살을 만들어 밀어내며 때밀이의 문신에 대해 고개를 갸웃거리다가 마침내 고개를 끄덕였다. 때를 밀 때면 개구리처럼 알몸으로 누워 있다는 게 왠지 창피하기도 해서 잠을 자는 것처럼 눈을 감는 게 오래된 내 습관이었다. 그러니까 때밀이의 문신은 감은 눈 밖에 늘 있었던 게 분명했다. 물론 그것이 콩과는 별 상관이 없어 보였기에 나는 이내 시선을 거두고 물속에서 손으로 내 팔뚝을 슬쩍 밀어보았다. 당연히 때가 밀렸다. 하지만 아무리 생각해도 삼천원 인상은 너무 과했기에 나는 결심을 바꾸지 않았다. 혹, 그 문신이 콩깍지나 콩 모양이었다면 또 모를까.

"지겹지 않아요?"
"……뭐가요?"
콩과 관련된 두번째로 좋지 않은 기억을 막 떠올렸을 때 사서가 차 한 잔을 내밀며 말을 붙였다. 학생들이 빠져나가자 심심해진 게 분명했다.
"이 도서관이 문을 열 때부터 지금까지 줄곧 다녔다면서요?"
"햇수로는 십일 년째고 만으론 십 년이죠." 그동안 한 세 번쯤 도서관 직원들이 전근 발령을 받고 다른 밭으로 떠나갔다. 물론 콩을 심으러 간 건 아니겠지만.
"안 질려요?"
"질리죠." 떠나간 직원들처럼 달리 갈 곳이 없었다고 말하긴 싫어서 입을 다물었다. 시골 도서관을 한 십 년쯤 다녔으면 직원들이 심심할 때 말 상대도 해줘야 하고 심지어는 술도 마셔줘야 했다.
"앞으로도 계속 다닐 건가요?"
"왜, 불편해요?"

"아뇨. 혹시 환갑도 여기서 맞는 건 아닌가 하는 생각이 들어서요."

사서가 입을 가리고 웃었다. 전혀 뜻밖의 이야기에 나는 마치 새로운 콩이라도 발견한 기분이었다. 환갑을 도서관에서? 나는 재빨리 셈을 했다. 십오 년을 더 다니면 도서관에서 환갑을 맞이할 수 있다는 계산이 나왔다.

"그럼 영광이죠." 대답은 기분좋게 했지만 따라오는 여운엔 왠지 쓸쓸함도 묻어 있었다.

"참, 아까 콩 때문에 머리가 아프다는 말은 무슨 얘기죠?"

"……요즘 이상하게 머릿속에 콩이 가득 들어 있는 것 같아요."

"난 콩 싫어하는데. 밥에 콩 들어 있으면 젓가락으로 하나하나 골라냈어요."

"도서관 사서가 편식을 하다니. 책들이 싫어하겠어요."

"뭐, 누구나 취향은 있는 거니까요. 아, 두부는 좋아해요! 콩국수, 된장국, 콩나물, 콩자반, 아, 땅콩도 콩인가요?"

"콩이죠. 땅속에서 자라는 콩. 저기…… 제가 지금 콩 이야기를 써야 하거든요."

"……쓰세요. 콩 이야기!"

사무실로 돌아가는 사서의 들썩이는 어깨를 놓고 볼 때 아무래도 나를 비웃는 것 같았다. 불과 이 년 전만 하더라도 그녀는 어떤 존경의 눈으로 나를 대했었다. 그 존경이 한심하다는 눈빛으로 되돌아가는 데 걸린 시간은 그리 길지 않았다. 봄날 콩을 심고 가을에 콩대궁을 꺾기도 전에 이미 식어 있었다. 어쩌면 그녀의 말대로 나는 산 아래에 있는 조그마한 이 도서관에서 환갑 진갑을 모두 지내고 심지어는 열람실의 책상에 엎드려 죽음까지 맞을지도 모른다는 생각이 들었다. 그 정경을 떠올려보았는데 이상하게도 슬픔과 기쁨의 경계가 분명하게 나눠지지 않았다. 마치 낮과 밤의 경계가 뒤섞였던 그 늦가을 저녁의 콩알 줍기처럼. 죽기 직전까지 시골 도서관에서의 콩 줍기라. 사실 나는 그동안 도서관에 다닌 과거와 도서관에 있는 현재에만 급급했지 도서관에서 맞을 미래에 대해선 한 번도 생각해본 적이 없었다. 그건 정말이지 새로운 콩 이야기였다.

"마당에 있는 울콩, 경주상회에 가지고 가서 팔아라."
"그거 몇 푼이나 받는다고 팔아요!"
"오늘 팔아야 안 시들어!"
"에이!"
어느 여름날, 도서관에 가려고 가방을 메고 나온 내게 어머니는 울콩을 팔아 오라고 했다. 콩은 구멍이 촘촘하게 뚫린 붉은 양파 자루에 담겨 있었다. 아침나절에 딴 풋콩이었다. 이루 말할 수 없을 정도로 귀찮은 일 가운데 하나가 바로 자루에 담긴 콩을 장거리에 내다파는 일이었다. 덥고 힘들고 귀찮고 당연히 폼도 나지 않는 일이었다. 그렇다고 콩값이 금값도 아니니 투덜거리지 않을 수 없었다. 나는 책과 노트가 들어 있는 가방의 끈을 왼쪽 어깨에 걸치고 오른손에 콩 자루를 쥔 채 집을 나섰다. 오전의 마지막 시내버스를 놓치지 않으려면 부지런히 걸어야 했다. 집에서 버스정류장까지는 걸어서 십 분 정도 걸리는데 덥고 손이 저려오는 터라 버스가 오나 안 오나 확인하며 몇 번을 멈춰 서야만 했다. 온갖 투덜거림을 콩에게 쏟아놓으며. 그래도 거기까진 보는 사람이 없어 괜찮았다. 마침 장날이라 평소 한가하던 버스는 이 골 저 골에서 나온 사람들로 북적거렸다. 그들은 당연히 콩 자루를 들고 버스에 올라탄 나를 주시하며 한마디씩 했다. 강낭콩이네. 콩이 벌써 나오네. 콩값이 어터 되나? 앉을 자리도 없었다. 모두 낯이 익은, 그러나 말을 나눠본 적은 없는 얼굴들이었다. 나는 말없이 뒤쪽으로 가서 콩 자루를 아무렇게나 바닥에 던져놓고 버스가 멈출 때 쓸려 가지 않도록 신발로 주둥이를 대충 밟고 섰다. 천장에 매달려 흔들거리는 둥그런 손잡이를 잡고 흘러내리려는 가방을 고쳐 멨다. 겨드랑이는 축축하게 젖어 있었다. 버스는 흔들거리며 달렸다. 내 앞자리에는 환갑은 지났을 아주머니 한 분이 아기를 등에 업고 앉아 있었다. 나는 그 아기의 맑은 눈을 무심코 들여다보다가 이내 차창 밖으로 시선을 돌렸다. 나무들이, 집들이, 밭의 농작물들이 휙휙 지나갔다. 진땀나고 어지러웠던 간밤의 꿈들이 조각조각 떠올랐다가 사라졌다. 가방의 무게가 어깨를 짓눌렀다. 분명 다 읽지도 않을 거면서 쓸데없이 많은 책을 넣은 탓이었다. 버스는 마을마다 섰고 그때마다 장을 보러 가는 듯한 사람들이 새로 탔다. 브레이크를 거침없이 밟아대는 운전기사 때문에 속이 울렁거렸다. 십오 분이면 도착하는 거리가 한없이 멀게 느껴졌다. 오 일마다 돌아오는 장날엔 정말이지 버스를 타고 도서관에 가고 싶지 않았지만 자동차는커녕 운전면허도 없었고 늦게 일어나는 터라 첫 버스를 타는 것도 불가능했다. 그렇다고 집에 있을 수도 없었다.

　뭔가 이상한 느낌에 나는 몽상 속에서 빠져나와 현실로 복귀했다. 이런! 얇은 강보에 싸인 아기가 나를 바라보고 있었다. 한참 전부터 그 아기가 나를 주시하고 있었다는 것을 느낄 수 있었다. 아기는 그 맑은 눈으로 내게 말을 하고 있었다. 굳이 번역하자면 이렇다.

─왜 그렇게 사냐?

얼굴이 화끈 달아올랐다. 나는 천천히 시선을 이동시키며 주변을 둘러보았다. 혹…… 아기의 말 아닌 그 말을 누가 들었을까 조바심을 내며. 다행히 버스 안의 사람들은 자기들 얘기에 몰두하느라 아기의 말을 듣지 못한 것 같았지만 내 마음과 시선은 그때부터 당연히 편하지가 않았다. 나는 다시 아기의 맑은 눈과 마주쳤다.

─콩 좀 내다파는 게 그렇게 창피해?

어떻게 버스에서 내렸는지 모르겠다. 서둘러 콩을 처분하고 숨어들어 간 곳은 도서관이 아니라 돼지머리 삶는 냄새가 진동하는 술집이었다. 콩 판 돈으로 나는 묵묵히 술을 마셨다. 눈앞에서 어른거리는 아기의 맑은 눈을 떨쳐버리려면 한마디 내뱉어야 했다.

"마빡에 피도 안 마른 놈이!"

산 아래 있는 조그마한 도서관이 어두워지고 있었다. 도서관 앞 보건소 사람들이 퇴근하는 게 보였다. 건너편 보일러가게 주인은 왱왱거리는 기계톱을 들고 통나무를 잘랐다. 커피 배달을 나온, 킹콩처럼 덩치가 큰 여자는 그 옆 화물취급소 사무실로 들어갔다. 나는 잠시 노트북 자판에서 손을 떼고 손등으로 눈을 비비며 창 너머 풍경을 멍하니 바라보았다. 아직 꽃도 피지 않은 스산한 봄날이었다. 사서는 저녁으로 중국 음식을 시켜 먹었는지 열람실로 짬뽕 냄새가 은은하게 흘러들었다. 나는 시내버스에서 나를 빤히 바라보던 그 아기의 현재를 손가락으로 헤아려보았다. 아마 초등학교 고학년이거나 중학생이 되었을 것이다. 그리고 나는 여전히 같은 도서관에 앉아 있었다. 거의 억지로, 콩을, 생각하며. 도서관에서 콩을 생각하고 명상하다가 환갑, 진갑 다 지나고 결국 콩 한 알로 변해 아무도 찾지 못하는 곳으로 또르르 굴러가 자취를 감추는 건 아닐까. 갑자기 몰려오는 우울함을 달래려고 나는 자리에서 일어나 짐을 꾸렸다.

"콩 심으러 가세요?" 칫솔을 들고 여자화장실에서 나온 사서의 농담에 나는 고개를 끄덕였다. 아버지가 입에 달고 다녔던 말이 그제야 떠올랐다.

"콩 심어서 돈 번 사람 못 봤다!"

당연히 뼈가 있는 말이었다. 사실 나는 매년 여름 강낭콩을 내다판 돈의 거의 대부분을 어머니에게 전해주지 않고 그냥 내 주머니에 넣어버렸다. 액수가 좀 크다 싶으면 어쩔 수 없었지만 대개는 차비와 담뱃값, 점심으로 사 먹는 김밥 등등의 용도로 사용했다. 부모 자식 지간에 충분히 있을 수 있는 일이었다. 어린 시절에 농촌생활을 겪어본 사람은 알 것이다. 덩치가 큰 농작물이 아버지의 소관이라면 자잘한 작물들은 어머니의 영역에 속한다는 것을. 장날이면 어머니는 그 잡곡들을 한 말씩 머리에 이거나 배낭에 지고 나가서 팔아 자잘한 생필품이나 반찬거리들을 사오곤 했다. 거기에다 그런 곡물이나 봄날의 산나물 같은 것들은 누가 키웠고 누가 뜯었느냐가 중요한 게 아니라 내다판 사람이 임자라는 농촌의 우스갯말도 있었기에 나는 별다른 죄책감조차 느끼지 않았다. 그렇다고 내가 매일 콩 한 자루를 메고 나가 팔아버린 것도 아니었다. 가끔, 아주 가끔일 뿐이었다. 그런데……

다시 곰곰이 그때를 생각해보니 어머니는 내가 도시에서 벌여놓았던 일들을 전부 말아먹고 거의 무일푼이 되어 고향으로 돌아왔다는 걸 모두 알고 있었던 것 같다. 하루에 오천원을 가지고 도서관을 들락거린다는 사실도. 내게 팔아 오라고 건네준 콩 자루는, 그러니까…… 어머니의 배려임이 분명했다.

터미널 옆 치킨집에 앉아 닭튀김이 나오기를 기다리며 생맥주를 홀짝거리던 나는 고개를 꺾어야만 했다.

"주문한 거 포장해주세요."

"반 마리를요?"

"반 마리는 안 됩니까?"

"……됩니다." 치킨집 사장의 얼굴엔 반 마리를 누구 코에 바르냐는 표정이 담겨 있었지만 나는 애써 모른 척했다. 닭이 나올 때까지 우중충해진 마음을 달래려고 옥수수튀밥으로 생맥주 한 잔을 더 비웠다.

콩의 종류는 다양하다. 그중 집에서 가장 많이 심는 것은 노란 메주콩과 검은콩이다. 나머지는 강낭콩 종류다. 사실 나는 집에서 재배하는 콩의 종류에 대해 잘 알지 못한다. 다른 작물에 비해 비슷한 품종들이 많기 때문이기도 하고 부모님이 부르는 콩의 이름과 바깥의 이름이 전혀 다른 경우도 많았다. 사전이나 농작물 관련 책들을 들여다보면 더 혼란스러워지기만 했다. 그 혼란스러움의 중심에 각종 강낭콩과 완두콩이 자리하고 있었다. 팥이 콩인지 아닌지는 여전히 아리송하다. 땅콩은 그냥 뒤에 콩 자후가 붙어 있어서 콩이라고 여겼다. 사람 키보다 큰 섶이나 줄을 타고 올라가는 마당가의 덩굴콩은 그저 콩노굿이 예뻐서 꽃이 활짝 피었을 때면 한참 바라보는 게 전부였다. 다른 작물에 비해 왜 그렇게 다양한 모양과 이름, 용도의 콩들이 존재하는지 곰곰 생각해볼 겨를도 없었다. 대단하지도 않은 그깟 콩의 종류에 몰두하느니 차라리 술잔을 기울이는 게 나아 보였다. 알의 크기가 아이 머리통만했던, 중학교 시절의 그 감자를 떠올리는 게 더 현명한 일이었다. 물론 신품종의 그 감자는 몇 해를 견디지 못하고 이내 사라졌지만. 하여튼 자디잔 콩의 종류 따위를 놓고 왈가불가하기에는 내 청춘이 아까웠다. 콩 때문에 도서관에 가는 걸 누군가가 때려치우라고 한다면, 결국 그렇게 되었다면 당장 콩밭을 갈아엎고 배추를 심는 쪽을 택할 것이었다(밝혔다시피 지난가을의 배추는 한 포기에 무려 만오천원이나 되었다!). 그런데 콩이라니! 말도 안 되는 얘기였다. 그런데…… 나는 지금 그 '콩 이야기'를, 처음에는 '콩의 종류'(무슨 농업사전인 것 같아 포기했다)라고 이름 붙였던 이야기를 쓰려고 끙끙거리고 있다. 시골 마을의 도서관에서 한 십 년 버티다보니 별일이 다 생긴 것이다.

"아버지는?"
"술 취해 잔다."
"닭 튀겨 왔는데."
"인나서 닭 먹고 자요!"
어머니가 즐겨 보는 일일 연속극이 나오는 시간이었다. 저녁을 먹고 난 밥그릇과 반찬, 수저 들이 그대로 놓여 있는 밥상 귀퉁이에 닭을 올려놓고 나는 술을 마셨다. 깊은 잠에 들었는지 아버지는 방에서 나오지 않았다. 쭈그려앉아 연속극을 보며 닭을 뜯는 어머니의 굽은 등을 나는 오래 바라보지 않았다. 연속극도 건성으로 보며 술잔을 기울였다. 이상하게도 언제부턴가 집에만 들어오면 말을 하기 싫어졌다. 꺼내놓는 말이란 게 고작해야 아주 짧은, 그날그날의 안부가 전부였다. 뭐라고 어머니가 물어도 대개 침묵을 고수했고 대답을 해도 단답형이 전부였다. 그게 일상이 된 지 오래여서 어머니는 더이상 내 말을 채근하지도 않았다. 텔레비전 화면 속 연기자들이 내뱉는, 슬퍼하고 기뻐하고 화내는 목소리만 밤의 거실을 떠돌 뿐이었다. 그들만이 출생의 비밀 때문에 눈물 흘리고 흘러넘치는 우연의 일치로 놀라거나 기뻐했다. 아버지와 어머니, 그리고 나는 말없이 그들의 희로애락을 바라보다가 졸리면 각자의 방으로 들어가 잠들 뿐이었다. 간혹 코를 골거나 잠꼬대를 하며.

"자기들끼리 뭘 먹는 거야?"

"깨우니 일어나지도 않더구만. 닭 먹어요."

낡고 늘어난 러닝셔츠와 헐렁한 사각팬티 차림으로 마당에 나가 볼일을 보고 들어온, 술이 덜 깨서 눈이 퉁퉁 부은 아버지가 상 앞에 앉았다. 아버지의 등도 어머니 못지않게 굽었다. 어머니와 달리, 고된 농사일 때문이 아니라 지난 여름밤 술에 취해 집 뒤 개울에 떨어진 게 화근이었다. 아버지는 닭 대신 술잔에 소주를 따랐다.

"술은 그만 마시고 닭이나 먹어요."

물론 아버지는 어머니의 당부를 무시하고 술잔부터 단숨에 비웠다. 입술 끝엔 닦지 않은 침이 허옇게 붙어 있었지만 어머니는 발견하지 못했고 나는 알려주지 않았다. 고개를 숙인 채 닭의 날개만 쭉쭉 빨았다. 깊어가는 봄밤에.

"집에 오면 뭐 좀 얘길 해라. 이거 원, 재미가 있어야지."

"얘가 언젠 뭐 말을 했나. 밖에 나가선 잘 떠든다고 하더만. 아, 술만 마시지 말고 안주도 좀 먹어요!"

"아, 남이야 안주를 먹든 말든!"

"입술에 붙은 침이나 닦고 마셔요!"

일일 연속극이 끝나자 나는 재빨리 스포츠 채널로 화면을 돌렸다. 마흔 넘은 지 한참인데 부모랑 시시콜콜 잡담이나 나누고 있겠는가, 라고 속으로 웅얼거리며.

"아, 아홉시 뉴스 봐야지?" 아버지였다.

"매일 똑같은 뉴스 봐봤자 뭐해요." 어머니가 한마디 했다.

"그래도 봐야지."

"콩은 언제 심어요?" 나는 스포츠 채널에서 낚시 채널로 건너갔다.

"콩은 왜?"

"콩을 심어야 겨울에 꿩을 잡죠. 두부도 해 먹고."

"뭔 소리를 하는지. 아이고, 취한다!" 아버지는 무릎걸음으로 텔레비전 앞으로 다가가 잠시 화면을 들여다보더니 옆에 놓인 베개도 베지 않고 그대로 엎드렸다.

"아, 방에 들어가 자요!" 어머니는 녹음기를 재생하듯 취한 아버지에게 늘 같은 말을 던지지만 효과는 전혀 없다. 그걸 뻔히 알면서도 십여 년째 같은 말을 하는 어머니가 신기할 뿐이다.

아버지와 어머니, 그리고 나는 닭튀김 반 마리를 뼈만 남겨놓고 모두 먹었다. 모자라지도 남지도 않았다. 남은 뼈는 내일 아침 대문 밖에 있는 개의 몫이 될 것이다. 나는 큼직한 등받이 쿠션에 기댄 채 리모컨의 단추를 눌렀다. 볼만한 프로가 없었다. 아버지에게 방으로 들어가 자라고 하던 어머니는 싱크대 앞에서 두루마리 화장지를 베고 모로 누운 채 잠들었다. 그러니까, 각자의 방으로 들어간 사람은 아무도 없는 것이다. 길쭉한 거실에 제각각 누워 있는 세 사람은 마치 한 개가 빠진 윷가락처럼 보였다. 오십여 개가 넘는 채널을 두 바퀴 돌았지만 여전히 구미가 당기는 프로는 찾을 수 없었다. 조금 관심을 끄는 프로는 이미 두세 번은 봤던 방송이기 십상이었다. 두 분이 방에서 자면 볼륨을 약하게 해놓고 조금 야한 영화를 볼 수도 있는데…… 결국 나는 스리쿠션 당구를 중계하는 채널에서 손놀림을 멈추고 리모컨을 내려놓았다. 빨갛고 하얗고 노란 당구공들이 초록의 당구대 위에서 굴러다니고 있었다. 그것들은 마치 작은 콩의 유전자를 조작해서 커다랗게 변형시킨 것 같았다. 하지만 당구를 치는 선수와 당구대 위를 굴러다니며 부딪치는 당구공들을 좇아가는 것도 십여 분이 지나자 슬슬 싫증이 났다. 대신 심판을 보는, 흰 블라우스에 검은색 짧은 치마를 입은 미모의 여자에게 눈길이 더 오래 머물렀다. 그런데 그녀는 당연히 화면에 자주 나타나지 않았다. 그녀의 아름다운 얼굴과 매끈한 허벅지를 화면이 더 오래 담고 있으면 분명 시청률이 오를 텐데 가뭄에 콩 나듯이 보여주는 처사를 납득할 수가 없었다. 답답함을 참지 못하고 리모컨으로 다가가는 오른손을 나는 다시 거둬들였다. 모든 채널이 거기서 거기라는 생각에. 아버지는 온몸으로 거실을 닦듯 조금씩 자리를 이동했고 어머니는 약하게 코를 골고 있었다. 아버지의 머리 옆에는 갑갑해서 빼놓았을, 언제 보아도 기괴한 모양의 틀니가 형

광등 불빛을 받아 반짝거리고 있어서 나는 가급적 그쪽으로 눈길을 보내지 않으려고 애를 썼다. 어머니의 것은 분명 씻지 않은 다른 그릇들과 함께 물이 담긴 개수대의 바가지에 잠겨 있을 터였다. 마침 목이 말라 그쪽으로 가니 아니나 다를까, 다른 것은 다 사라지고 이와 치골만 남은 물고기처럼 윗니와 아랫니가 설거지물 속에서 나를 바라보고 있어 깊은 밤 홀로 흑흑거리지 않을 수 없었다.

"뭔 소릴 하는지. 아, 사람이 좀 알아듣게 얘기해. 혼자 중주발거리지 말고!"

"귀가 막혔나. 못 들었으면 쓸데없이 떠들지 말아요! 자기한테 한 소리 아니니."

"사람이 알아듣게 얘길 해야지."

"밥이나 먹어요!"

아침 단잠을 깨우는, 일주일에 한 번씩은 듣게 되는 소리였다. 토씨 하나 틀리지 않는 대화를 지치지도 않고 반복하는 두 사람이 신기할 정도였다. 얼마간은 정말 싸우는 줄 알고 오만상을 찌푸리며 잠에서 깨어나곤 했는데 하도 자주 듣다보니 어느 때부터인가 그마저 자장가가 되었다. 틀니를 불편해하는 어머니는 틀니를 빼놓는 일이 잦아 얘기할 때 말을 흘리는 경우가 많았는데, 설상가상 마주앉은 아버지는 나이들어가면서 청력이 약해진 탓에 벌어지는 일이었다. 나야 뭐 소닭 보듯 누구의 편도 들지 않고(그럴 겨를도 없지만) 잠이 덜 깬 눈으로 볼일을 보러 마당으로 나가거나 이불을 머리까지 뒤집어쓴 채 계속 꿈나라를 여행하는 게 다였다. 아, 그 와중에도 나는 눈을 감은 채 한 가지 다짐은 한다. 이를 열심히 닦아 늙어 틀니는 끼지 말자고. 하지만 치아가 튼튼하거나 그렇지 않은 것은 유전적 요소가 강하다던데…… 에라, 모르겠다. 잠이나 자자.

바가지 속의 틀니를 애써 외면하며 차가운 물 한 잔을 마셨지만 나는 자리로 돌아가지 않고 냉장고 앞에서 잠시 망설였다. 파리똥이 다닥다닥 붙어 있는 냉장고를 열고 김치와 소주를 꺼냈다. 물컵의 반쯤 소주를 따라 세 번에 나눠 마셨다. 김치를 우적우적 씹었다. 그만 잠을 자야 했다. 거실의 불을 끄고 내 방으로 들어와 눈대중으로 누울 자리를 확인하고 불을 껐다. 캄캄했다. 골짜기 외딴집으로 어떤 소리도 들어오지 않았다. 자리에 누워 나는 생각했다. 이게 콩 이야기인가, 아닌가…… 급하게 마신 소주가 뱃속에서 부글부글 끓고 있었다.

"뭔 소릴 하는지. 아, 사람이 좀 알아듣게 얘기해. 혼자 중주발거리지 말고!"

"귀가 막혔나. 못 들었으면 쓸데없이 떠들지 말아요! 자기한테 한 소리 아니니."

"사람이 알아듣게 얘길 해야지."

"밥이나 먹어요!"

"넌 밥도 안 먹고 아침부터 어딜 그렇게 가나?" 아버지는 소주잔을 잡고 있었다.

"일이 있어요."

"밥은 먹고 가지." 어머니는 다 안다는 듯한 표정이었다.

술이 덜 깬 탓인지 자장가로 들리지 않는 부부의 대화를 피해 서둘러 가방을 꾸린 뒤 뒤도 돌아보지 않고 거실을 나왔다. 집에서 나오기

전 나는 고광에 들어가 몇 종류의 콩을 챙겨 호주머니에 넣었다. 때론 아무리 나이를 먹어도 콩 한 알에 짜증이 날 때도 있는 법이었다.

"아예 도서관에다 콩을 심으려고요?" 작은 분무기로 화초에 물을 주던 사서는 어지러운 메모로 가득한 노트 위에 올려놓은 각종 콩을 신기한 듯 들여다보며 중얼거렸다.

"심을 데가 있을까요?"

"찾아보세요."

목욕탕에서 세수와 양치질, 면도를 하고 아침밥도 장거리의 식당에서 먹고 도서관에 와 앉았지만 마음은 당연히 편치 않았다. 다른 일은 안 하고 마치 콩점을 치듯 노랗고 까만 점들이 박혀 있는 콩을 이리 굴리고 저리 굴렸다. 볼펜으로 툭툭 쳐보다가 콩으로 콩이라는 글자를 만들었다. 앙증맞은 콩의 눈을 한참 들여다보다가 피식 웃음을 흘렸다. 마음에 드는 콩 다섯 개를 골라 손바닥에 올려놓고 공기놀이 하듯 뒤집기를 했지만 손등엔 어떤 콩도 안착하지 못했다. 사방으로 굴러간 콩을 찾아 사서의 눈치를 받으며 기다란 책상 밑으로 기어들어가는 소동까지 피웠다. 콩은 잘 굴러갔다. 하지만 나는 다섯 개 모두 찾았다. 공기놀이에는 콩이 적당하지 않다고 고개를 끄덕였다. 대신 모든 콩을 두 손바닥으로 감싼 채 흔들어보았다. 적당하게 간지러운 콩의 소리가 들렸다. 마침 다시 사서가 내 곁으로 다가오자 재빠르게 콩을 양손에 나눠 움켜쥐고는 오른손을 내밀며 물었다.

"홀일까요, 짝일까요?"

"자꾸 콩 가지고 장난하면 내쫓을 겁니다."

"알았어요. 홀? 짝?"

"……짝."

나는 손바닥을 펼쳤다. 반들반들해진 콩들이 손바닥 위에서 눈을 반짝이고 있었다.

"홀이네요."

"콩 이야기 쓰는 거 정말 맞죠?"

나는 고개를 끄덕였다. 사서의 표정에는, 만약 사실이 아니면 아무리 십여 년 동안 줄곧 도서관을 드나들었다 해도 영영 추방시키겠다는 의지가 담겨 있었다. 나는 두 손에 있던 콩을 작고 투명한 비닐봉지에 담았다. 홀이라는 사실이 왠지 슬퍼졌다.

"다 쓰면 보여드릴게요."

"이 콩들은 잠시 압수합니다. 눈앞에 콩이 있어야만 콩 이야길 쓸 수 있는 건 아니겠죠?"

적절한 지적이었다. 거의 매니저나 편집자와 다름없는 사서였다. 나는 사서가 돌아가자마자 자세를 고쳐 앉았다. 노트북 화면의 커서는 깜박거렸고 노트에 가득한 각종 메모들은 어서 빨리 자신들을 인용하거나 내용을 부풀려주길 원하고 있었다. 심호흡을 한 뒤 나는 그동안 준비한 콩의 일생을 천천히 눈에 담아나갔다. 그런데…… 졸렸다. 졸음이 몰려왔다. 사서가 흉을 보더라도 잠깐 눈을 붙인 뒤 그다음에 일을 시작해야만 했다. 나는 펼쳐놓은 국어사전의 '콩' 페이지를 베개 삼아 얼굴을 묻었다.

한동안 나는 아버지와 어머니가 봄날 언제 콩을 심었는지 알지 못했다. 밭둑을 따라 걷다보면 흙을 비집고 올라오는 작은 떡잎이 있었는데 그게 콩이었다. 밭을 모두 차지하는 게 아니라 대부분 다른 작물을 심은 밭 가장자리나 길옆에 시간이 날 때마다 심었기 때문이었다. 그러니까 돈이 되는 다른 작물에 밀린 게 콩이기도 하지만 그런 변두리에 심으면 더 잘된다고도 했다. 물론 간혹 콩값이 좋은 해는 당당히 밭을 독차지할 때도 있었지만 드문 경우였다. 농사를 지으면 원래 자투리 공간이 생기기에 거기에 콩을 심어도 충분하기 때문이다. 잡곡이라는, 태생적 운명의 그늘도 포함돼 있을 것이다. 콩을 둘러싼 속담들도 대부분 사소하고 자잘하고 오밀조밀하다. 마치 겨울밤 동네 아주머니들이 한집에 모여 밤새 화투를 치면서 주고받는, 그렇게 심각한 내용도 아닌데 끝이 없는 것처럼 계속 이어지는 이야기와도 비슷했다. 콩, 팥, 콩, 팥, 콩…… 쌀밥의 콩, 보리밥의 콩, 옥수수밥의 콩…… 콩이 났네, 팥이 났네…… 나는 화투 치는 걸 구경하다 그 옆에 쓰러져 잠들면서도 끊임없이 귓속으로 들어오는 그녀들의 이야기들을 꿈속까지 데리고 갔던 경우도 많았다. 그 어떤 옛날이야기나 연속극보다도 월남집, 버드나무집, 대장집, 장광최씨집…… 아주머니들이 나지막하게 꺼내놓는 밤의 이야기가 훨씬 더 흥미진진했기에 꽉 찬 오줌보가 고추를 땡땡하게 만들었음에도 불구하고 자리에서 일어나지 않았다. 오줌을 누려고 일어나면 겨울밤의 야한 콩 이야기가 멈출 게 뻔했으므로.

　여름의 끝자락으로 접어들면서 풋콩이 나왔다. 콩을 노리는 산짐승들이 서서히 기지개를 켜는 계절이었다. 풀을 주식으로 하는 동물들이 최고의 먹이로 치는 게 바로 콩이었다. 그 콩이 조금씩 단단해지는 가을이 시작되면 새들까지 날아들었다. 어린아이의 그림으로 표현하자면 산밑 콩밭을 둘러싸고 번득이는 산짐승들의 눈이 도처에 가득하다고 보면 된다. 아버지는 허수아비를 만들고 빨간 노끈을 이리저리 연결하고 밤이면 양은 세숫대야를 들고 나가 두드리거나 밭 옆에 장작불을 피워놓곤 했다. 고라니, 노루, 산토끼, 꿩, 멧비둘기, 산돼지가 그것들이었다. 심지어는 외양간에서 잠자던 소마저 어떻게 밧줄을 풀고 나가 태연하게 그것들과 합류한 적도 있었다. 그런 날 아침이면 어머니와 아버지는 전날 누가 마지막으로 외양간에 소를 묶었느냐를 두고 한바탕 말싸움을 했고 나는 부리나케 밥그릇을 비우고 학교로 갔다. 범인은 바로 나였기에.

"너, 어른들 콩 까는 거 본 적 있냐?"

"……많이 봤지."

"새끼, 그거 말고! 이거 하는 거." 주변을 둘러본 뒤 까까머리 친구 녀석은 의미심장한 눈으로 마주잡은 두 손바닥을 비볐다. 얼굴이 발개진 나는 할말이 없었다. 녀석은 네가 어찌 그런 걸 봤겠냐는 듯 이내 거만해졌다.

"봤어? 어디서? 누가 하는 거?"

"도시락 반 줄 거지?"

"지어낸 거 아냐?"

"새끼, 속고만 살았나! 어제 집에 온 우리 누나하고 매형 얘기다."

"반콩 얘기면 너 죽는다!"

콩깍지 속의 콩이 단단하게 여물어가는 늦가을이었다. 아버지는 잘 말린 콩짚을 마당에 골고루 펴놓고 도리깨질을 했다. 어머니와 내가 하는 일은 콩을 묶은 단을 나르거나 도리깨로 한번 턴 콩짚을 단단한 물푸레나무 몽둥이로 다시 터는 일이었다. 볕 좋은 가을날 아버지가 도리깻장부를 휘두를 때마다 도리깨 소리가 윙윙 울렸다. 도리깨꼭지에 매달린 세 가닥의 휘추리가 마른 콩대를 때릴 때마다 사방으로 노란 콩알들이 혼비백산 튀어나갔다. 나도 해보겠다고 우겼지만, 도리깨질을 아무나 하는 건 줄 아냐며 번번이 무시당했다. 그저 꺼끌꺼끌한 콩 단이나 부지런히 안아서 날라야만 했다. 나는 공산당이 싫어요. 나는 콩사탕이 싫어요! 나는 콩사탕이 정말 싫어요! 나직하게 중얼거리며(당시 초등학교와 중학교에선 심심찮게 각종 웅변대회가 열리곤 했는데 운동장에서 뜨거운 땡볕을 맞으며 웅변을 듣는 일은 고역 중의 고역이었다). 나는 콩깍지에서 튀어나오는 콩알에 온몸을 가격당하며 기회를 노리고 있었는데 동네 아저씨의 방문으로 마침내 벽에 기대놓은 도리깨로 슬금슬금 다가갈 수 있었다. 도리깨는 생각보다 무거웠다. 저편에서 술을 마시는 아버지와 아저씨가 비웃는 소리가 들렸다. 나는 장검의 손잡이처럼 두툼한 도리깻장부를 두 손으로 잡고 몇 번의 탄력을 이용해 힘차게 휘둘렀다. 그러나 뒤편에서 원을 그리며 날아온 휘추리는 정확하게 내 뒤통수를 후려갈겼다. 아이고! 사방으로 콩알이 튀어나가는 게 아니라 눈알이 빠져나올 지경이었다. 하지만 거기에서 멈출 수 없었다. 내가 바로 농군의 자식 아닌가. 두 팔을 뻗어 도리깨를 몸에서 최대한 멀리 위치시킨 채 다시 휘둘렀다. 오, 아니나 다를까. 휘추리는 기분좋게 허공을 한 바퀴 돌아 콩짚이 아닌 맨땅으로 내리꽂혔다. 도리깻장부 끝의 구멍에 끼워져 있던 나무 비녀(가장 중요한 부속품이다)가 깨졌고 내 손은 220볼트 전기에 스친 듯 찌르르 떨렸다. 맙소사! 나는 정말로 콩사탕이 싫어요!

"잠만 자는군요."

"……어린 시절의 콩 이야기를 쓰고 있었어요. 잠을 잔 게 아니라."

"잠도 쫓을 겸 잠깐 와보세요."

사서가 나를 데리고 간 곳은 도서관 옥상이었다. 계단을 올라가는 동안 몇 가지 상상들이 교차하면서 내 가슴은 콩닥거렸지만 오래가지는 않았다. 한때 나는 자물쇠가 달린 도서관 옥상의 철문을 열고 나가면 사철 내내 시원한 여름 바다가 펼쳐져 있다는 내용의 이야기를 쓴 적이 있었다. 폭설이 길을 덮는 날들이 많았던 한겨울에 쓴 이야기였다. 등장인물들은 모두 산골 마을의 도서관에서 언제 끝이 날지 모르는 어떤 공부를 하느라 지친 사람들이었다. 그들은 지치고 피곤할 때마다 옥상으로 올라가 바다를 보며 다소나마 위안을 받았는데 문제는 그곳으로 가는 열쇠를 사서가 가지고 있다는 거였다. 거기에서 사건이 벌어졌다. 하지만 모델이 되었던 당시의 사서는 군청으로 자리를 옮긴 지 오래되었다. 독서에는 별반 흥미를 보이지 않는 지금의 사서가 그 이야기를 읽은 것 같지는 않았기에 나는 어느 정도 여유를 가질 수 있었다. 그리고 당연히 십여 년 뒤의 도서관 옥상에는 바다가 없었다. 사서는 낡은 깃발들이 걸려 있는 세 개의 게양대 아래로 나를 데려갔다. 거기에는 흙만 담긴 화분들이 가지런히 놓여 있었다. 화분 속의 흙은 젖어 있었다.

"아까 그 콩들을 모두 여기에 심었어요. 잘했죠?"

나는 콩이 묻혀 있을 흙을 말없이 내려다보았다.

"바다보다는 나은 것 같지 않아요?"

"……그렇군요."

"언제쯤 싹이 돋을까요?"

"……글쎄요. 한 일주일쯤."

"이 게양대를 타고 쭉쭉 올라가며 꽃을 피우면 아름답겠죠? 동화에 나오는 콩나무처럼."

나는 도서관 옥상의 화분에서 싹을 틔워 게양대를 감고 올라간 덩굴강낭콩이 쉬고 있을 것만 같은 하늘의 뭉게구름을 바라보았다. 왠지 코끝이 찡했다. 그 구름을 보며 중얼거렸다.

"저녁에 술 한잔 할래요?"

"우리들 중 누구한테 하는 말이에요?" 누군가 내 옆구리를 툭툭 쳤다. 돌아보자 지난 십여 년 동안의 사서들이 콩노굿처럼 웃고 있었다.

택시에서 내린 나는 집을 향해 걸었다. 별들이 총총한 봄밤이었다. 잠시 걸음을 멈추고 밤하늘을 한 바퀴 둘러보았다. 내가 아는 별자리는 많지 않았지만 상관없었다. 고작해야 눈에 잘 띄는 북두칠성과 카시오페이아가 전부였다. 콩 이야기가 끝나면 북두칠성의 네번째 별에 대한 이야기를 쓰고 싶다고 생각한 적은 있지만 자신할 순 없었다. 사실 콩 이야기만이라도 잘 끌고 나갈 수 있을지 의문이었다. 도서관에 앉아 내가 한 일은 고작 손바닥이나 노트북 자판 위 여기저기에 콩들을 올려놓고 들여다보거나 휴대폰으로 사진을 찍은 것 정도가 전부였다. 그 콩들이 스스로 입을 열고 내게 말을 걸어왔다고 거짓말을 할수도 없었다. 사실 자그마한 콩 속에 어떤 이야기가 들어 있는지도 확실하지 않았다. 집으로 건너가는 다리 위에서 나는 술냄새가 가득한 한숨을 하늘로 올려보냈다. 낮 동안의 구름들은 모두 어디론가 사라지고 별들만 촘촘한 하늘로. 북두칠성의 네번째 별은 나머지 여섯 개의 별들과 달리 그러한 내 마음처럼 희미하게 깜박이고 있었다. 그래도 여기 있는 게 얼마나 다행이냐고 내게 속삭이는 것 같기는 했다. 마치 까만 쥐눈이콩의 작은 눈처럼. 그러고 보니 왠지 하늘의 별이나 지상의 콩이 별반 다르지 않다는 생각도 들었다. 누가 되지 않는다면 그 별들에게 새로운 이름을 지어주고 싶었다. 목욕탕에서 때를 미는 때밀이, 할머니 등에 업혀 장에 가는 아기, 도서관 옥상에 콩을 심는 사서, 콩 자루를 들고 툴툴거리며 시내버스를 타는 나, 매일같이 콩과 팥을 나누고 합치고 다시 나누는 어머니와 아버지…… 야, 이거 괜찮은 별과 콩의 이야기구나! 나는 집으로 가는 길에 신이 나서 별들의 새 이름을 지어주었다. 아주까리콩, 흰콩, 선비제비콩, 누렁콩, 우렁콩, 푸른콩, 얼룩콩, 밤콩, 좀콩, 작두콩, 완두콩, 까치콩…… 그러다 결국 돌부리에 걸려 손도 못 내민 채 앞으로 넘어지고 말았다. 뭐, 인생에서 가끔 벌어지는 일이었다. 옷에 묻은 흙을 털고 얼얼한 뺨을 문지르는데 개 짖는 소리가 들려와 고개를 드니 집에서 흘러나온 불빛이 어둠 속에 오롯이 앉아 있는 게 보였다.

술 취한 아버지는 잠들었고 돋보기를 쓴 어머니는 둥근 상 위에 콩을 가득 올려놓고 하나하나 고르는 중이었다. 오래된 경전을 읽듯이. 내 꼬락서니를 훑어본 어머니가 입을 열었다.

"애비나 자식이나……"

파호破戶

나는 눈이 얼어붙은 장갑을 벗고 담배를 피웠다. 눈밭의 달집은 그런대로 모양이 갖춰졌다. 만만찮은 볏짚과 장작이 들어간 달집이었다. 어떻게 보면 늦가을의 낟가리 같고 또 어찌 보면 스님들의 다비식 때 쓰이는 나뭇더미 같았다. 얼어서 버석버석해진 장갑과 담배꽁초는 달집에 던져버렸다. 달집을 마지막으로 모든 준비는 끝났다. 하늘을 보니 특별한 기후변동이 생길 것 같지도 않았다. 집으로 돌아가 몸을 녹인 뒤 오후에 한 차례 점검만 마치면 되었다. 넉가래와 낫, 망치 등속을 짐칸에 모두 싣고서 경운기 시동을 걸자 검은 연기가 사납게 빠져나갔다.

"그동안 서로 바빴으니 이번에 모두 한번 뭉치자. 그래도 형제자매 아니냐. 니가 준비할 일은……"

나는 숟가락을 놓고 수화기를 통해 큰형의 긴 사설을 들었다. 큰형은 고향에서 보낸 어린 시절을 진정으로 그리워하는 것 같았다. 그 시절로 몸은 돌아갈 수 없겠지만 마음만이라도 그러고 싶은 모양이었다. 나는 중간중간 짧은 대답을 남겼다. 큰형은 대화의 곳곳에서 '뭉치다'란 낱말을 줄기차게 구사했다. 작은형과 누나들에게서는 이미 어느 정도 확답을 받은 듯했다. 나는 눈이 내리던 어린 시절의 어느 겨울날 형제자매들이 눈덩이를 뭉치고 굴려 텃밭에 만들어놓았던, 각기 다른 크기와 표정의 눈사람을 떠올렸다.

"준비하는 데 드는 돈은 니 통장으로 보낼게. 부족하면 전화하고. 시간은 충분하지?"

수화기를 들었던 왼손은 땀으로 끈적거렸다. 수저질을 다시 하는 게 귀찮아졌다. 큰형의 말을 받아 적은 종이를 들여다보며 술병과 술잔을 가져왔다. 손바닥 안에서 구겨진 종이는 텔레비전 앞으로 굴러갔다. 대충 개어놓은 이불에 등을 기댄 채 리모컨으로 텔레비전의 채널을 돌렸다. 볼만한 프로는 없었다. 재방송의 연속일 뿐이었다. 창밖의 풍경도 마찬가지였다. 눈 덮인 밭과 집, 길, 산이 움직임 없는 그림자처럼 변함없이 제자리를 지켰다. 술잔을 채 비우지 못하고 나는 기침을 쏟아냈다. 반쯤 누워서 술을 마실 수는 없는 모양이었다. 담배로 속을 달래면서 텔레비전 앞의 종이 뭉치를 노려보았다. 그것은 눈싸움을 하던 아이들이 조준을 잘못해 방으로 들어온 눈뭉치 같았다. 방바닥에 떨어졌지만 녹지 않는 눈뭉치. 나는 텔레비전 앞으로 엉금엉금 기어갔다.

큰형은 2박 3일의 행사 비용으로 쓰기에는 너무 많은 돈을 입금시켰다. 나는 우체국 건너편의 흙다방에서 쌍화차를 시켜놓고 전화를 걸었다. 며칠 잠잠했던 눈은 작정이라도 한 듯 장거리를 순식간에 뒤

덮고 있었다. 미등을 켠 차들은 게으르게 우체국과 다방 사이를 지나
갔다.

"우리도 이젠 중산층이야!"

나는 대답 대신 담배에 불을 붙였다. '우리' 안에는 누가 포함되는
것일까, 생각하며. 쌍화차에는 세 알의 잣이 떠 있었다.

"돈은 충분하냐?"

어쩌면 폭설로 행사에 차질이 생길지 모른다고 말하려다가 입을 다
물었다. 요구르트 잔을 들고 앞에 앉은 이양의 껌 씹는 소리가 다소
사납게 들렸다. 나는 손가락으로 조용히 하라는 신호를 보냈다. 이양
의 입술 꼬리가 금세 늘어났다.

"누나랑 매형들은?"

"내가 누구냐! 넌 차질 없게 준비나 잘해. 야, 공기총 빼먹으면 안
된다!"

나는 두툼한 봉투에서 돈을 꺼내 쌍화차와 요구르트 값을 계산했
다. 눈이 동그랗게 변한 이양은 눈발이 휘몰아치는 현관까지 나와 팔
짱을 끼며 아양을 떨었다.

"오빠, 돈 많은데 저녁때 송어회 사라, 응?"

"송어회 사면 넌 뭐해줄 건데?"

"음…… 오빠가 달라는 거 줄게! 알았지? 전화해야 돼?"

묵직해진 사타구니를 농용 트럭의 운전석에 올려놓고 나는 여름밤
의 벌레처럼 차창에 달라붙는 눈발을 와이퍼로 밀어냈다. 부채 모양
으로 펼쳐졌다가 다시 닫히는 회색의 거리 속으로 털털거리는 트럭을
몰고 천천히 들어갔다. 횡단보도와 정지선, 중앙선이 모두 사라진 거

리로. 생각 같아선 이양을 데리고 가서 장을 보게 하고 싶었지만 좁은 동네에 어떻게 소문이 날지 모르기 때문에 애써 참았다.

굵어졌다가 가늘어지기를 되풀이하던 눈은 이틀을 퍼붓고 거짓말처럼 그쳤다. 여름의 폭우와 겨울의 폭설은 그런 점에서 닮았다. 예상대로 달은 이틀 동안의 먹구름에도 아랑곳 않고 한껏 부풀어 있었다. 2박 3일의 파티를 치르기엔 더할 데 없이 완벽했다. 시간을 가리지 않고 전화를 걸어와 불만을 토로하는 누나들에게 조금 시달렸지만 그녀들의 입장을 이해하지 못할 정도는 아니었다. 키질을 하듯 중간에서 적절하게 걸러내기만 하면 되는 일이었다. 고비가 전혀 없지는 않았다. 통화 도중에 결국 울음을 터뜨린 막내누나 때문에 잠깐 모든 걸 뒤집어엎고 싶은 생각이 들었지만 소주 한 병으로 간신히 감정을 달랠 수 있었다. 막내누나의 설움을 모르지 않기 때문이었다.

"이럴 수는 없는 거야! 우리가 새대가리니!"

나는 머릿속에서 맴도는 막내누나의 목소리를 지우며 바람에 날려와 길을 덮은 눈을 넉가래로 치웠다. 혹한은 아니었지만 눈을 쓸고 오는 바람은 매웠다. 큰길에서 집까지 자가용을 들어오게 하려면 어쩔 수 없이 바람이 실어나르는 눈과 싸움을 해야 했다. 막내누나의 울음은 아직 싸움의 불씨가 살아 있다는 뜻이었다. 눈 속에서도 꺼지지 않는 불씨가. 나는 바람을 등진 채 눈 위에다 소변을 보았다. 큰길에는 스키장을 찾아가는 차량 행렬이 끊이지 않았다.

집 안팎에서 울리는 극성스런 조카들의 떠들썩한 소리는 기와지붕을 덮은 눈을 한꺼번에 쓸어내릴 것처럼 요란스러웠다. 사방에서 눈

뭉치가 날아다니고 눈에 미끄러져 넘어지는 비명과 함께 웃음소리가 진동했다. 매형들은 일찌감치 술판과 화투판을 벌였고 누나와 형수들은 부엌에서 지지고 볶느라 음식 냄새를 피웠다. 늘 혼자 있던 집에 한꺼번에 스무 명이나 들이닥쳤으니 나로서는 어디에다 정신을 둬야 할지 모를 정도로 어수선했다. 여기저기서 부르고 요구하는 사항에 일일이 답하는 것도 슬슬 짜증이 났다.

"고생했다."

집 뒤편의 화목보일러실에 앉아 불을 때며 편하게 담배 한 대 피울 여유마저도 없었다. 큰형은 마른오징어와 소주병을 들고 들어와 옆에 앉았다. 숯불에 올려놓은 오징어가 구워지기도 전에 제 아빠를 쫓아온 조카들이 비집고 들어와 조잘거리며 오징어를 뜯었다. 조카들은 오징어 몸통을 모두 입에 넣고서야 문도 닫지 않은 채 보일러실을 빠져나갔다. 눈보라가 잠시 요동쳤다.

"역시 난방은 나무로 해야 운치가 있어! 이렇게 숯불도 나오고. 여기다 싸릿가지 올려놓고 구운 고등어맛을 잊을 수가 없어. 많이 굽지도 않았잖아. 그거 한 토막 먹으려고 눈에 불을 켜고 밥상 앞에 앉았던 거하며……"

큰형은 오징어 다리를 반쯤 입 밖으로 내놓은 채 어린 시절을 회상했다. 나는 불빛이 일렁거리는 소주잔을 비웠다.

"그래도 형은 장남이라 도시락에 쌀밥만 싸줬어."

"니가 자기도 쌀밥 안 싸주면 학교 안 간다고 집을 몇 고패나 돌며 떼를 써서 맘 편히 먹지도 못했다!"

나는 소주 한 잔을 다시 비웠다. 숯불 위의 오징어 다리에서 연기가 피어났다. 그랬다. 아침이면 둥근 무쇠솥 주변을 떠나지 않았다. 강냉이밥 가운데에 겨우 한줌 담겨 있는 쌀밥을 어머니가 주걱으로 뒤섞을 때까지 고집스럽게 부뚜막에 앉아 감시를 했었다.

"공평하지 않잖아. 자식이 몇인데 말이야."

농담 투로 나는 어머니의 장남 편애를 비판했다.

"막내 말이 맞아. 식으면 모래알 같은 강냉이밥을 큰오빠도 먹어봤어야 해. 나도 한잔 줘."

어린 조카를 잠재운 막내누나가 들어왔다. 손에는 담배 한 대와 라이터가 들려 있었다. 서른 한참 넘어서 결혼한 터라 애 키우는 게 만만찮은 모양이었다. 가끔 전화하면 늘 어린 조카의 울음소리가 수화기 저편에서 들려와 서둘러 전화를 끊은 게 한두 번이 아니었다.

"그래도 넌 막내니까 투정이 가끔 먹혔어. 우리가 그랬다간 빗자루나 부지깽이로 얻어맞기 바빴어야."

"그런 게 다 추억이야, 추억! 들어가 점심이나 먹자."

큰형은 막내누나의 담배 연기에 얼굴을 찌푸리더니 보일러실을 나갔다. 닫히지 않은 문으로 들어온 눈보라가 다시 한바탕 소동을 쳤다.

"추억이지…… 추억……"

"담배 좀 끊어. 젖먹이 애 엄마가 웬 담배야, 담배는!"

"많이 안 피워. 참, 오후에 발구 탄다고? 재밌겠다!"

"누나, 제발…… 조용히 좀 지나가자, 응?"

막내누나의 빈 잔에 소주를 따르며 나직한 목소리로 부탁했다. 알 듯 모를 듯 한 미소가 막내누나의 얼굴에서 담배 연기와 함께 지나갔다. 나는 장작 몇 개를 더 집어넣고 화목보일러의 아궁이 문을 닫았다.

산자락에 닿아 있는 비탈밭은 장딴지 높이까지 눈으로 덮이고 미리 다져놓은 썰매 길은 저 아래 얼어붙은 개울까지 일직선으로 뻗어 있었다. 햇살이 사방에서 반사되고 있어 눈이 시릴 정도였다. 조카들은 일찌감치 내가 개조한 발구 위에 올라앉아 출발을 채근했다. 모닥불 주변에 쪼그려앉은 형과 매형들은 말린 양미리를 구워 술안주로 삼았다. 나는 소주 한 컵을 단숨에 비우고 발구 앞으로 다가갔다. 비탈밭의 경사는 스키장의 중급자 코스 정도는 되었다. 내가 정해놓은 길을 벗어나지만 않는다면 꽤 속력이 나올 것 같았다. 발구는 아버지가 남긴 물건들 가운데 하나였다.

"저 밑에서 일부러 한 번 뒤집어. 그래야 애들 기억에 오래 남아."

손잡이를 움켜잡은 내게 큰형이 다가와 귓속말을 했다. 눈이 두두룩 쌓여 뒤집어져도 다칠 위험은 없었다. 매형들이 뒤에서 밀고 내가 앞에서 당기자 마침내 발구는 출발했다. 서서히 속도가 붙자 나는 재빨리 운전석에 올라앉았고 매형들은 배를 떠나보내듯 손을 놓았다. 조카들의 함성이 일제히 피어났다. 나는 어렸을 때 외쳤던 출발 구호를 함성에 보탰다.

"양로讓路ー!"

발구는 얼어붙은 썰매 길을 점점 빠르고 경쾌하게 내려갔다. 밭과 밭이 만나는 둑에선 가볍게 점프했다가 내려앉았다. 뒤에서 짧은 비명이 제각각 피어났다가 흩어졌다. 썰매의 양쪽 휘어진 날 위에 올려놓은 두 발이 경련을 하듯 떨렸다. 아래의 밭은 위의 밭보다 경사가 더 가팔랐다. 눈보라처럼 몰려드는 햇살에 눈을 가늘게 뜬 나는 큰형의 요구대로 발구를 뒤집기에 적당한 장소를 찾았다. 경사가 완만해지는 곳에 많은 눈이 쌓여 있었다. 그곳이 함성과 비명을 함께 묻어버리기에 적당했다. 어린 시절 나와 막내누나는 나뭇단을 가득 실은 발구를 타고 가다 길옆 골짜기의 눈 속에 처박힌 적이 있었다. 아버지가 발구와 나뭇단을 해체할 때까지 두 사람은 꼼짝 못하고 엎어진 발구 밑에 깔려 있어야 했다. 아주 무거운 이불을 덮은 것 같은 기분에 눈물과 웃음을 번갈아 끄집어 내놓으며. 이윽고 나는 발구의 방향을 급하게 틀었다. 다시 짧은 비명들이 꽃을 피웠다가 우수수 떨어졌다.

모닥불 주변의 눈이 조금씩 녹았다. 양미리는 노르스름하게 익었다.

"저게 아버지가 쓰던 발구라고?"

볼이 발개진 막내누나는 발이 시린지 나뭇등걸을 잡고 불 위에 번갈아 신발을 올려놓았다. 나는 고개를 끄덕였다. 마을 사람들 대부분이 기름보일러로 바꿨는데도 아버지는 기름값이 아깝다는 이유로 나무를 때는 아궁이를 고수했다. 눈이 쌓인 깊은 산골짜기에서 트럭으로는 다니기 힘든 길까지 나무를 운반하는 데는 발구보다 더 나은 운송 수단이 없었다. 일 년 동안 땔 나무는 통상 다른 일이 없는 겨울철에 해놓는 게 관례였다. 남들처럼 뜨끈뜨끈한 물 좀 실컷 쓰고 싶다는 어머니의 성화가 빗발치자 아버지가 선택한 것은 다름 아닌 화목보일러였다. 나이가 들어 힘이 부칠 텐데도 아버지는 즐겁다며 나무하는 일을 멈추지 않았다. 즐거움이 아니라 고생이라고 식구들이 이구동성으로 말해도 귀에 담지 않았다. 발구는 그렇게 살아남았다. 비록 조카들을 태우기 위한 썰매로 전락했지만.

"누나도 한번 타봐. 옛날 생각 날 거야."

"마음을 바꿨어. 저걸 타면 아버지가 이번엔 진짜 아주 먼 곳으로 데리고 갈 것 같아……"

"아버지가?"

어지간히 취한 형과 매형들은 조카들과 어울려 발구와 비닐 썰매를 타느라 야단이었다. 깨끗했던 눈밭은 그들이 구르고 넘어지며 찍어놓은 흔적으로 어지러웠다. 나뭇등걸에 걸터앉아 술을 마시는 막내누나의 옆모습을 훔쳐보았다. 왠지 한없이 낯설었다. 그 갑작스런 어색함을 달래려고 꺼져가는 불 위에 마른 솔가지를 꺾어 얹고 입바람을 불었다. 쿨럭거리던 연기 아래에서 이내 불꽃이 피어올랐다. 눈으로 들어간 매운 연기가 눈물을 불러내자 나는 멋쩍은 웃음을 흘렸다. 막내누나는 내게 찰랑거리는 술잔을 건넸다.

"무섭거나 외롭지 않아?"

"뭐가?"

눈 비탈에 사람을 모두 떨어뜨린 발구가 홀로 저 아래로 미끄러져 내려갔다. 쫓아가던 큰형은 얼마 못 가서 눈 속에 처박혔다. 옷에 묻은 눈을 털며 일어난 사람들은 손가락으로 발구를 가리키며 깔깔거렸다. 나는 채 씹지도 않은 양미리를 억지로 삼켰다. 부러지지 않은 가시가 식도를 긁고 가는 것 같았지만 애써 참았다. 시계를 보니 '썰매 타기' 시간이 끝나가고 있었다.

"이젠 널 보호해줄 사람은 아무도 없어…… 잘 알잖아."

막내누나는 길을 벗어나 집을 향해 일직선으로 걸어갔다. 양쪽으로 팔을 벌린 채 무릎까지 빠지는 눈을 헤치며. 나는 기세 좋게 타오르는 모닥불을 눈으로 덮고 반쯤 남은 술병을 든 채 누나의 발자국을 따라갔다. 부모라는 우산이 사라졌으니 한 여자를 만나 새로운 가정을 꾸미라는 얘기였다. 그늘이 깊어지는 소나무숲을 빠져나온 차가운 바람이 내 등을 떠밀어 자꾸만 엉뚱한 곳으로 발을 내딛게 만들었다. 팔을 벌렸지만 발은 더 깊은 눈 속으로 빠져서 나오지 않았다.

"우리도 남매 계를 만들면 어떨까?"

오른손엔 삼겹살을 싼 쌈을, 왼손엔 소주잔을 든 큰형이 꺼낸 제안이었다. 누나들은 흥미가 당기지 않는지 술잔을 비우고 건네며 불판 위에서 구워지는 삼겹살만 건성으로 뒤집었다. 큰형은 매형들에게 동조를 구하는 눈빛을 바쁘게 보냈지만 어차피 그들은 한 다리 건너편에 위치한 터여서 직접적인 도움을 줄 수 없었다. 나는 자리에서 일어나 고기 굽는 냄새와 연기가 빠져나갈 수 있게 창문을 열었다. 외등 불빛 속으로 눈송이가 드문드문 모습을 드러냈다. 무안해하는 큰형을 위로할 겸 그 소식을 알렸다.

"눈 온다!"

"어, 정말!"

"한겨울에 눈 오는 게 뭐 특별한 일이라고 그래!"

말은 퉁명스럽게 뱉었지만 큰형의 표정은 이내 밝아졌다. 형제자매들이 태어나기 전부터 눈은 한 해도 거르지 않고 겨울마다 이 집의 지붕과 마당에 내렸을 테지만 언제나 때를 타지 않는 그 무엇이었다. 온갖 소리들을 잠재우며 내리는 밤눈은 더더욱 신비로웠다. 모두들 한동안 점점 더 굵어지는 눈송이에 홀린 듯 빠져 있었다. 그들의 표정은 이제 막 말을 배우는 아이처럼 맑았다. 다소 시끄러워지겠지만 나는 안방에서 텔레비전에 매달려 있는 조카들에게도 눈 소식을 알려주려고 일어났다. 말을 꺼내기 무섭게 조카들이 우르르 빠져나갔다. 나는 빈방에 홀로 서서 벽에 걸린 거울을 들여다보았다. 구멍이 뚫어질 정도로.

"눈사람이나 한번 만들어볼까……"

작은형이 말했다. 유일하게 술을 마시지 않는 작은형은 대신 담배를 달고 살았다. 화목보일러의 아궁이에다 꽁초를 던져버리곤 빨간 목장갑을 꼈다. 나도 장작 몇 개를 잉걸불 위에 올려놓고 아궁이 문을 닫았다. 마당은 눈싸움을 하는 조카들의 함성으로 북새통이었다. 작은형은 축구공만하게 눈을 뭉쳐서 굴렸다. 찰눈이라 금세 덩치가 커졌다. 작은형은 과묵했다. 나도 눈덩이를 굴리며 그 뒤를 따라갔다. 허연 입김을 내뿜는 조카들도 앞서거니 뒤서거니 눈덩이를 굴리며 마당을 빠져나왔다. 눈뭉치를 부풀려 눈덩이로 만드는 일은 생각처럼 쉬운 일이 아니었다. 부피가 커질수록 잘 굴러가지 않았고 잔뜩 구부린 허리로는 통증이 몰려왔다. 잠깐 방심한 사이에 저절로 언덕을 굴러 내려간 조카들의 눈덩이는 시시포스의 바위처럼 픽석 무너지곤 했다. 커다란 눈덩이 위에 또다른 눈덩이를 올려놓는 것도 쉽지 않았다. 몇몇 조카들은 집으로 들어가 떼를 써서 지원군을 동원하는 작전도 구사했다. 결국 조카들의 손에 끌려 나온 큰형과 매형들도 눈사람 만드는 일에 매달렸다. 나는 마른 장작 한 아름을 가져와 눈사람이 만들어지고 있는 집 앞 텃밭에다 불을 피웠다. 텃밭은 어렸을 적부터 눈이 내리는 날이면 눈사람이 들어서던 자리였다.

몸속에 오로지 눈밖에 없는 여섯 명의 눈사람들이 저마다 다른 크기 다른 표정을 한 채 텃밭에 자리잡았다. 디지털카메라의 플래시가 왁자하게 터졌다. 함박눈은 꽃가루처럼 흩날렸고 검은 허공을 향해 장작불이 기세 좋게 타올랐다. 큰형수가 내온 커피는 알맞게 달궈진 돌처럼 뱃속을 따스하게 변화시켰다.

"다른 일 없으면 본격적으로 농사 한번 지어보지그래?"

"아무나 짓나……"

"너마저 떠나면 이 집과 밭은 곧 날아가고 말아. 농사를 전혀 모르는 것도 아니잖아. 농기구도 그대로 있고."

그 말을 끝으로 작은형도 담배를 끄고 집으로 들어가자 텃밭엔 나와 눈사람들만 남았다. 장작불도 힘을 잃어갔다. 나는 작은형의 그 말에 드리워져 있는 그림자를 떠올리며 눈사람들 사이를 천천히 걸었다. 오랫동안 집을 떠났다가 돌아온 눈사람들은 행복한 얼굴로 함박눈을 맞고 있었다. 아버지와 어머니는 여섯 명의 자식을 키웠지만 어느 누구도 농부로 만들지 않았다. 자식들은 마당과 텃밭에다 단지 눈사람만 만들다가 차례차례 집을 떠났을 뿐이었다. 나는 내가 만든 눈사람의 입에다 피우던 담배를 물려줬다. 술도 한잔 건네고 싶었지만, 밤새 비틀거리며 눈밭을 쏘다닐 것 같아 애써 참았다. 그러다 현관문을 열고 들어온 눈사람이, 내년부턴 자기가 농사를 짓겠다고 헛소리라도 친다면 큰일이었다. 나는 눈사람의 머리를 쓰다듬어주었다.

눈 내리는 밤의 마지막 일과는 당연히 화투였다. 일찌감치 돈을 모두 털린 나는 옆에 차려놓은 술상 앞으로 자리를 옮겼다. 실속 없이 목소리만 큰 사람은 큰형이었고 기회가 있을 때마다 수를 쓰는 이는 첫째 매형이었다. 작은형은 어김없이 첫째 매형이 슬쩍 가져간 화투 짝을 원위치에 옮겨놓았다. 형수와 누나들의 야유가 쏟아졌지만 그때뿐이었다. 대부분 자신의 손에 들린 화투에만 몰두하는 초보자 수준을 넘어서지 못했다. 큰 점수가 났다는 것에 흥분해서 처음에 흔들었던 거며 상대방이 피박인 줄도 모르고 넘어가기 일쑤였다. 마흔여덟 장 조금 더 되는 화투에 자신의 성격을 고스란히 비추기에도 바빴다.

"밑천 대줄 테니 도련님도 다시 해요!"

큰형수가 내게 술을 따라주었다.

"전 화투 체질이 아녜요, 형수님."

"재미로 치는 건데 뭐 어때요. 그나저나 도련님은 언제 아가씨 데려올 거예요?"

"형수님이 소개를 안 시켜줬는데 어떻게 데려오겠어요."

"야, 남들은 연애해서 잘도 데려오더라!"

빈 술잔을 내밀며 큰형이 끼어들었다.

"요즘 아가씨들이 시골로 시집가는 걸 싫어하잖아요, 도련님. 그러니 이참에 서울로 내려와요."

"전 서울이 싫어요."

"차라리 연변 아가씰 데려오는 게 어떨까? 니 생각은 어때?"

단숨에 잔을 비운 큰형이 다시 끼어들었다.

"걔들은 툭하면 도망간다잖아요, 형님!"

첫째 매형마저 화투를 손에 쥔 채 말을 거들었다.

"도망가면 또 데려오지 뭐."

"베트남 아가씬 절대 도망 안 간다던데."

"처남, 혼자 사는 게 편한 거야. 결혼하면 그때부터 행복 쫑이야, 쫑!"

한 판 쉬게 된 막내 매형은 술상 앞으로 다가와 결혼무용론을 설파하기 시작했다. 나는 고개를 끄떡이며 연거푸 술잔을 비웠다.

"만세 ― 대통령이다!"

지난 판에서 일등을 한 큰형이 첫 장을 치기도 전에 큰누나의 목소리가 시끌벅적한 화투판과 술판을 일시에 잠재웠다. 팔 네 장이 한꺼번에 들어온 것이었다. 나는 안도의 숨을 내뱉었지만 화투를 쥔 사람들은 큰누나가 펼쳐 보인 보름달의 휘광에 갇혀 할말을 잃었다. 함박눈이 퍼붓는 밤에 뜬 휘황찬란한 보름달이었다.

"이게 대체 얼마짜리야!"

"일인당 삼만원씩 줘야 해!"

"아냐, 만원씩!"

"에이, 이거 파토야, 파토!"

화투를 내던진 큰형은 밖으로 도망쳤다.

"돈 안 주고 치사하게 어디 가는 거야?"

"이건 무효야, 무효!"

큰형은 문밖에서 머리만 디밀고 한마디 더 던졌다. 화투판의 야유가 일제히 그곳으로 날아갔지만 큰형은 아랑곳하지 않았다. 큰누나는 큰형수가 대신 들으라는 듯 목소리를 높였다.

"쩨쩨하긴! 그깟 돈 몇 푼 된다고 도망이야, 도망은."

"고모, 그 쩨쩨한 사람과 함께 사는 사람 속은 어떻겠어요! 내가 대신 낼 테니 계속 쳐요."

"집어넣어요, 언니. 오빠 매너가 문제지 돈이 문제겠어요. 자기가 따면 악착같이 받아내고 잃으면 도망친 게 어디 한두 번이었어요."

"받아요, 고모. 그래야 내가 저이한테 대신 받아내지."

나는 밤눈 내리는 소리를 들으며 닭장의 닭들과 외양간의 소를 살폈다. 내 모습을 본 두 마리 개는 온몸에 눈을 묻힌 채 경중경중 뛰었다. 아버지와 어머니는 의외로 골치 아픈 것들을 많이 남겨놓고 떠났다. 나는 아직 아무것도 정리하지 못한 채 속수무책으로 겨울을 나는 중이었다. 봄이 오면 더 많은 것들이 도처에서 모습을 드러낼 터였다. 겨울잠을 자고 일어나 주인을 찾는 그것들과 나는 대면하고 싶지 않았다. 대면할 자신이 없다는 게 솔직한 심정이었다. 고향집을 피서지와 소풍 장소 이상으로 여기지 않는 형과 누나들에게 헛간에 보관중인 온갖 씨앗들과 울 밑 얼어붙은 땅속에서 봄을 기다리는 것들의 미래를 의논할 수는 없었다. 집과 집을 둘러싼 밭에 숨어 있는 다른 모든 것들에 대해서도 마찬가지였다.

나는 집에서 흘러나오는 왁자한 웃음소리를 들으며 아궁이 앞에서 담배를 피웠다. 안주 없이 쓴 소주를 삼켰다. 문밖의 함박눈은 조금 무섭고 외롭게 내렸다. 눈길을 홀로 미끄러져 가는 아버지의 발구가 떠올랐다. 아궁이의 불도 졸린 듯 재로 변하는 밤이었다.

"아빠, 호랑이 한 마리 잡아와!"

다음날, 남아 있는 사람들의 배웅을 받으며 눈 속의 사냥꾼들은 집을 떠났다. 빌려온 공기총을 메고 앞장선 내 발자국이 깊은 길을 만들었다. 밤새 내리던 눈이 그치고 햇살이 가득한 터라 풍경은 절로 감탄을 불러일으켰다. 눈이 절경을 유지하는, 얼마 되지 않는 시간 속을 걷고 있는 것이었다. 여자들과 조카들이 모두 빠진, 남자들만의 산행이었다. 무릎까지 빠지는 눈밭을 걷는 일은 쉽지 않았다. 얼마 가지 않았는데도 숨소리가 거칠어지고 가래침을 뱉는 소리가 튀어나왔다. 큰형은 총구가 아래로 향하도록 공기총을 내려뜨린 채 대열 끝에서 걸음을 재촉했다.

"넘어야 할 산이 몇 갠데 벌써부터 이럼 어떡해! 막내야, 속도 좀 더 내!"

"아니, 이 눈 덮인 산에 진짜 뭐가 있긴 있는 겁니까?"

도시에서 태어난 첫째 매형의 의심은 좀체 사그라들지 않았다.

"가보면 알아! 설마 자네들 일부러 골려먹으려고 이러겠어!"

눈이 그친 지 얼마 되지 않았기에 토끼가 뛸 것 같진 않았다. 뛴다 해도 위력이 약한 공기총으로 잡을 수 있을 확률은 적었다. 토끼나 노루, 고라니가 눈구덩이에 빠져 허우적거리지 않는 한. 이틀 전 철사에 고를 내어 목목이 설치해놓은 올무도 눈에 묻혀버렸을 터였다. 그렇다면 두 자루의 공기총으로 노릴 수 있는 건 새밖에 없었다. 그중에서도 꿩을 찾아야 했다.

"자, 지금부터 시작이야. 주변을 잘 살피면서 걸으라고. 발견만 하면 잡는 건 시간문제야."

"형님 말은 못 믿겠고, 처남, 정말 잡을 수 있는 거야?"

"들꿩 정돈 잡을 수 있어요."

"재수좋으면 산돼지도 잡는다니까 그러네! 왜 내 말을 안 믿어?"

말할 때마다 술냄새를 풀풀 풍기는 큰형은 공기총으로 사방을 돌아가며 조준했다. 간식으로 준비한 술과 음식은 금세 동이 났다. 취기가 불러온 호기만으로 따진다면 여섯 명이나 되는 장정이 산돼지 한 마리 못 잡을 까닭이 없었다. 하지만 산돼지를 잡기에는 눈이 부족했다. 길은 본격적으로 좁은 골짜기 속으로 들어가고 있었다. 아버지가 괭이나 도끼 자루로 쓰려고 잘라놓은 고로쇠나무를 지팡이 삼아 하나씩 잡은 매형들의 표정은 사뭇 진지해졌다. 나와 큰형은 공기총에 실탄을 장전했다.

"되려 내가 꿩한테 잡히겠어!"

"눈 속에서 뭔가가 자꾸만 발을 잡는 것 같은데. 돌아가는 게 낫지 않겠어요?"

"꿩은커녕 참새 한 마리 안 보이잖아!"

매형들의 불만이 계속해서 튀어나와도 산행은 중단되지 않았다. 헉헉거리는 숨소리가 눈 위로 녹아내렸지만 눈 덮인 산의 고요를 깨뜨리진 못했다. 예상대로 고라니나 산돼지의 발자국은 보이지 않았다. 산짐승들 습성상 눈이 그치고 하루쯤 더 지나야 움직일 터였다. 더군다나 가축처럼 정해진 집도 없었다. 물론 허기를 이기지 못하고 먹을 것을 찾아 돌아다니는 산돼지와 만날 수도 있지만 그 경우도 문제였다. 하지만 습성상 떼로 몰려다니는 산돼지가 공기총 두 자루를 무서워할 리 없었다. 사람을 보고 도망치지 않고 덤벼든다면 결과는 장담하기 힘들었다. 산길을 걷다 곰을 만난, 옛날이야기 속의 사람들과 갑작스레 악수를 하게 될 수도 있었다. 하여튼 고작 산 두 개를 넘었을 뿐인데 매형들의 상태가 그런 상상을 불러일으켰다. 나는 외통수가 될지 모르는 골짜기에서 능선을 넘는 고갯길로 방향을 틀었다. 온몸은 땀으로 축축해진 지 오래였다. 가끔 소나무 가지에 얹혀 있던 눈이 부스스 떨어졌지만 땀을 식히기엔 많이 모자랐다.

"대체 어디까지 갈 겁니까?"

"따라오지 말고 소주에 삼겹살이나 구워먹는 건데 말이야."

"아직까지 총 한번 못 쏴봤잖아."

고갯마루에 올라서서 내려갈 길을 확인한 매형들은 다시 한차례 불만을 쏟아냈다. 큰형은 대꾸 없이 배낭을 풀고 커피를 끓일 준비를 했다. 건너편 골짜기는 폭이 넓어서 그 안으로 햇살이 가득했고 덤불이 우거져 있었다. 나는 침을 삼키며 큰형과 작은형에게 고개를 끄덕였다.

"이제부터 시작이야. 지금부턴 가급적 목소릴 낮춰. 커피 한잔 마시고 나면 곧 신선한 피맛을 보게 될 거야."

"피맛?"

첫째 매형의 눈이 동그랗게 변했다.

나는 공기총의 방아쇠에 손가락을 올린 채 천천히 고갯길을 내려갔다. 산길의 주인은 아버지였다. 어릴 적 나와 형들은 아버지를 따라 산길을 오르내리며 토끼를 잡고 나무를 하고 산속 어디에 돌배나무와 머루, 다래 덩굴이 있는지 배웠다. 접골약으로 쓰인다는 산골이 나는 샘도 고갯길을 통해야만 갈 수 있었다. 그러나 지게를 지고 낫을 든 아버지가 떠나간 산길은 일 년이 다르게 그 모습이 변해갔다. 잡목들만이 더이상 겁날 게 없다는 듯 길을 잠식했다. 눈 속에 묻힌 발을 빼내려 할 때마다 가시덤불 같은 것들이 올가미처럼 발목을 휘감고 놓아주지 않았다. 나는 등산화 속으로 반죽이 되어 들어오는 눈의 차가운 감촉을 견뎠다.

마치 손목의 혈관 위에 얼음덩어리를 올려놓은 듯 번지는, 시리고 저린 기운의 끝자락에서 나는 자세를 낮추고 뒤따라오는 사람들에게 수신호를 보냈다. 맨 뒤에 있던 큰형이 재빨리 내 옆으로 다가왔다. 나는 손가락으로 찔레 덤불을 가리켰다. 큰형은 곧 낮은 탄성을 내뱉었다.

"꿩이다."

들꿩 무리는 햇살이 고여 있는 찔레 덤불 위에서 먹이를 찾느라 바삐 움직이고 있었다. 공기총에 망원렌즈가 달려 있었지만 사정거리 밖이었다. 다른 사람들은 남겨놓고 나와 큰형은 숨을 죽인 채 포복에 가까운 자세로 찔레 덤불을 향해 다가갔다. 공기총의 안전장치는 그사이 풀어놓았다. 고작 십여 미터 거리를 이동하는 데 몇 시간이 걸리는 듯한 초조함을 건너가고 나서야 마침내 우리 두 사람은 사격 자세를 취했다. 들꿩들이 한곳에 모여 있기에 어쩔 수 없이 거의 동시에 방아쇠를 당겨야만 두 마리를 한꺼번에 잡을 수 있는 상황이었다. 나는 숨을 고른 뒤 망원렌즈의 십자선 가운데에 들꿩의 머리가 들어오도록 조준해놓고 살며시 입술을 열었다.

"하나…… 둘…… 셋."

공기총의 실탄이 얼마만한 속도로 날아가는지 나는 몰랐다. 다만 찔레 덤불을 부리로 헤치던 들꿩의 머리가 꺾이는 순간은 렌즈를 통해 분명하게 보였다. 220볼트의 전류가 온몸을 가로질러 가는 것 같았다. 나머지 새들이 일제히 허공으로 흩어지는 동안 나와 큰형은 찔레 덤불을 향해 뛰어갔다. 두 다리가 후들거려 눈 속으로 곤두박질칠 것 같았지만 멈추지 않았다. 오랜만에 찾아온 전율이 온몸을 그러쥐고 있었다.

"야, 따스하네!"

매형들은 목이 꺾인 들꿩을 신기한 듯 만지작거렸다. 들꿩의 눈꺼풀은 닫힌 채 열리지 않았다. 배낭에서 주머니칼과 등산용 컵을 꺼낸 큰형이 재빠르게 작업에 들어갔다. 대충 목털을 뽑고는 주머니칼로 꿩의 목을 땄다. 나는 그 옆에 쪼그려앉아 컵을 들이댔다. 검붉은 피가 봄날 고로쇠나무 수액처럼 뚝뚝 떨어졌다.

"이걸 마신다고?"

"사슴피라면 모르겠지만 꿩피를 어떻게 먹어!"

"맛있어요."

나는 배낭에서 박카스를 꺼내 컵에 붓고 나무젓가락으로 저었다. 큰형과 나는 누가 보아도 손발이 척척 맞는 콤비였다. 피를 모두 빼앗긴 들꿩 두 마리는 오래 빨지 않은 걸레처럼 눈 위에 던져졌다. 집으로 가져가면 으깨지고 다져져 만두가 되는 일만 남았다. 박카스와 섞인 피는 막내 매형을 제외한 다른 사람들의 입술을 붉게 적시고 이내 사라졌다. 큰형은 컵에 묻어 있는 피를 소주로 씻어서 말끔히 비웠다.

"꿩 사냥은 지금부터야."

"여기서 기다리면 도망간 꿩이 다시 돌아오기라도 한다는 겁니까?"

"달리 새대가리라 그러겠어?"

"너무 빨리 잊어버린다……"

"어, 정말 저기 한 마리 오네요!"

소나무숲에 자리를 잡고 소주와 함께 얼큰한 라면 국물을 들이켜던

참이었다. 어느새 젓가락을 내려놓은 큰형은 공기총을 들고 한 마리 사냥개처럼 찔레 덤불로 기어갔다. 제일 먼저 돌아온 들꿩은 아무런 의심 없이 눈밭을 헤치며 먹이를 찾았다.

"빨리 잊어버리는 것과 그러지 못하는 것 중에 어느 쪽이 더 불행일까요?"

소주를 비운 작은 매형이 조금 우울한 눈빛으로 중얼거렸다. 그사이 총소리가 울리고 꿩은 떨어졌다. 큰형의 환호성이 짧게 골짜기를 흔들었다. 입술에 피가 묻어 있는 첫째 매형이 대답했다.

"지금 상황은 너무 빨리 잊어버린 게 불행인 것 같아."

"잊은 게 아니라 배가 고파 돌아온 거 같은데 뭐. 겨울철엔 먹이도 부족할 거 아냐."

"죽기 전에 물어볼까?"

"또 온다! 처남, 총 이리 줘봐. 이번엔 내가 한번 잡아볼게."

잊을 만하면 찔레 덤불로 날아오는 들꿩을 잡으려고 눈에 불을 켠 사냥꾼들에겐 잊거나 잊지 않음 따위의 문제는 더이상 중요하지 않았다. 박카스와 섞인 한 컵의 피와 고기만 있을 뿐이었다. 나는 예의상 막내 매형에게 피를 권했지만 소용없는 일이었다.

"처남, 앞으로 어떡할 거야?"

나는 대답하지 않았다. 꿩을 닮고 싶다고 말하려다가 참았다.

"……어떻게 하면 좋겠어요?"

키를 훨씬 넘는 눈구덩이에 갇힌 고라니의 눈빛으로 나는 되물었다. 입에서 비린 피냄새가 났다. 서쪽에서 내려온 산그림자는 찔레 덤불 바로 옆까지 도착해 있었다. 추위가 술기운을 슬그머니 밀어내는 시간이었다. 따스한 구들장에 등을 지지고 싶은 마음이 간절했다. 답답하고 지루한 연극 속에 갇혀 있다는 기분을 지울 수 없었다. 2박 3일의 파티가 어디로 치달을지 도무지 알 수 없었다.

"한 폭의 그림이야!"

뒤처져 걷던 나를 기다리고 있던 작은 매형이 담배 연기를 뿜어내며 언덕 아래의 풍경을 가리켰다. 조카들이 집 옆 얼어붙은 개울에서 얼음을 지치고 있었다. 굴뚝에서 나오는 연기는 곧장 치솟았다가 천천히 풀어졌다. 길을 따라 군데군데 서 있는 검은 미루나무의 거미줄 같은 가지들에서 빠르게 그늘이 흘러나왔다.

"얼음과 눈으로 그린 그림이네요. 언제 녹을지 모르는……"

"처남, 저 그림을 지키는 것도 괜찮을 듯한데."

"……"

방으로 들어가자마자 나는 잠을 청했다. 눈밭에 서 있던 검은 나무들이 차례차례 꿈속으로 들어왔다가 나갔다. 그 나무들의 가지에 앉아 있던 새들이 누군가가 쏜 총알에 맞아 뚝뚝 떨어졌고 그때마다 이마와 등, 허벅지에서 식은땀이 흘러내렸다. 사람들은 내 주위에 둘러앉아 정답게 새들의 피를 마셨다. 입 주변을 온통 붉게 물들인 채. 피를 모두 마신 그들은 서로의 눈치를 살피며 망설이더니 이윽고 게걸스런 눈빛으로 입에 빨대를 문 채 나를 향해 한 걸음씩 다가왔다. 목 부위가 갑자기 근질거렸지만 꼼짝할 수 없었다. 끝이 뾰족한 빨대들이 풍선을 찌르듯 내 목을 뚫고 들어왔다. 가느다란 바람 소리. 휘파람 소리. 과도하게 두통약을 복용했을 때 몰려오는 현기증이 나를 휘감았다. 쭉쭉거리며 빨대를 빨고 있는 사람들의 뒤편으로 변함없이 조금 무섭고 외로운 듯한 밤의 함박눈이 내렸다.

"역시 꿩만두를 따라올 만두는 없어."

"아빠, 돌이 씹혀."

"돌이 아니라 뼈야, 뼈. 꿩 뼈는 먹어도 괜찮아."

"꿩만두는 엄마 아버지가 좋아했는데……"

막내누나의 한마디가 떠들썩한 저녁 밥상을 침묵으로 몰고 갔다. 큰형은 못마땅한 듯 수저를 내려놓으며 화를 냈다.

"야, 그걸 누가 모르냐! 그렇게 말하면 그분들이 만둣국 드시러 올 수 있어?"

"오빠 그런 말 할 자격 없어. 사십구재 때 오지도 않았잖아."

"그 얘긴 그만하자! 이미 예정됐던 일이라 어쩔 수 없었다고 몇 번이나 말했냐!"

큰누나의 힐난에 큰형은 목소리를 높였다. 서둘러 그릇을 비운 매형들은 담배를 찾아 들고 밖으로 나갔다. 조카들도 슬금슬금 사라졌다. 나는 고개를 숙인 채 계속해서 소주 한 잔에 만두 하나를 안주로 먹었다.

"미안해요, 고모. 제가 전화 드렸잖아요. 그거 취소하면 그동안 부은 돈은 무효가 되는 거였어요."

"당신은 가만있어!"

"그 돈 아까워서 사십구재도 팽개치고 동남아로 관광 떠났단 얘기잖아요! 돈이 아까워서."

"돈 얘기가 나왔으니 하는 말인데, 이때까지 엄마 아버지 고생해서 번 돈이 다 어디로 갔어요?"

막내누나가 큰누나의 말을 거들었다.

"고모, 말이 좀 심하네요. 우리가 무슨 도둑이나 되는 것처럼 말하네요."

"당신은 가만있으랬잖아!"

"나도 이 집 큰며느리예요. 말할 자격 있다구요!"

"미안하다. 이제 그만하자. 우리가 이러는 거 엄마 아버지가 좋아하시겠냐. 사십구재 땐 정말 미안하다. 내 생각이 짧았어. 앞으로 제사는 우리집으로 가져가서 잘 지낼 테니 걱정하지 말고."

"오빠, 그럼 이 집이랑 땅은 어떻게 할 건데?"

얼굴이 발갛게 변한 막내누나가 상체를 흔들며 물었다. 어지럽혀진 밥상 위 곳곳에서 술잔은 채워지기 무섭게 바닥을 드러냈다. 나는 자리에서 일어났다.

"어디 가? 여기 있어."

막내누나가 밖으로 나가려는 나를 잡았다.

"달집 태울 준비 해야지."

"얘기 마저 끝내고 같이 가. 넌 이 집 식구 아냐?"

나는 긴 밥상의 귀퉁이를 마주하고 앉았다. 형 누나들의 모습은 자식들과 아내, 남편을 대표해서 나온 듯 당당했다. 나는 누군가 남겨놓은 술잔을 만지작거리며 조금 무섭고 외롭게 내렸던 꿈속의 함박눈을 떠올렸다. 내 목을 뚫고 들어왔던 빨대들은 새 먹잇감을 찾아 어지럽게 흩어졌다. 큰형이 먼저 조심스럽게 운을 뗐다.

"어떻게 했으면 좋겠냐?"

"서로 싸우지 말고 공평하게 처리해야지."

"팔아서 나누자는 얘기야?"

줄곧 입을 다물었던 작은형이 작은누나의 의견에 얼굴을 찡그리며 물었다. 인근에 대규모 리조트가 들어서기로 한 뒤 그 여파로 땅값은 길고 깊은 잠에서 깨어나 한없이 치솟고 있었다. 삽으로 파면 흙보다 돌이 더 많이 나오는, 농부라면 거들떠보지도 않던 산자락의 밭들이 바깥바람을 타고 심하게 들썩거리는 중이었다. 누구도 예상하지 못한 바람이었다.

"이곳은 고향이야! 고향을 팔 순 없어. 다들 이 집에서 태어났고 저 땅이 먹여 살렸어!"

큰누나가 단호하게 선을 그었다. 작은누나와 막내누나가 돌아앉았다.

"언닌 그래도 먹고살 만하니 그런 말이 나오지."

"당장 올해부턴 농사지을 사람도 없잖아."

"막내가 지으면 되지."

모두의 시선이 밥상 귀퉁이에서 술잔을 만지작거리는 내게로 향했다. 궁금증이 가득한 눈동자들이었다. 나는 시선 둘 데를 찾다가 벽에 걸린 액자 속의 사진들 사이로 숨었다. 액자 속의 아버지와 어머니는 다소 경직된 표정을 짓고 있었다. 그러나 나는 이내 끌려 내려왔다.

"너, 농사지을 거야?"

"……모르겠어. 알아서들 해. 난 아무래도 상관없으니."

마당의 눈은 얼어가고 있었다. 걸음을 옮길 때마다 신발 밑에서 바스스, 바스스 부서지는 소리가 들렸다. 나는 폐유가 든 통을 들고 집 뒤 밭으로 향했다. 시퍼렇게 벗어진 하늘엔 둥근 달이 떴고 매형과 조카들은 내가 만들어놓은 달집 주변에서 불놀이를 하느라 바빴다. 구멍이 숭숭 뚫린 깡통에 숯불과 잘게 쪼갠 나무를 넣고 철사에 매달아 빙빙 돌리는 놀이였다. 어릴 적에는 '망우리 돌리기'라고 불렸던, 정월 대보름 밤의 놀이였다. 타오르는 불덩이는 눈밭 위에 크고 작은 또 다른 달을 만들며 돌아갔다. 줄을 끊고 맹렬하게 허공으로 달아난 불덩이는 어느 순간 힘을 잃고 보름달 아래에서 쓸쓸하게 추락했다. 눈밭에 떨어진 작은 불들은 연기를 피워 올리며 꺼져갔다.

"다 끝났어, 처남? 한잔해."

"미안해요. 오랜만에 모두 모였는데 다투는 모습 보여서……"

"아냐! 사는 게 다 그런 거야. 어느 집이나 똑같아."

"야, 달 한번 크다! 대체 얼마 만에 보는 보름달이야!"

전날 내린 눈을 이고 있는 달집에 폐유를 뿌렸다. 냄새를 얼려버린 눈밭에서 피어오르는 기름 냄새는 의외로 신선했다. 코를 흥흥거리며 기름 냄새를 들이켰다. 아버지가 있다면 아까운 나무만 없앤다고 화를 낼 것이었다. 어머니는 하루에 몇 벌이나 옷을 적셔 들이는 거냐고 타박할 터였다. 집의 내부 구조도 변해서 젖은 옷과 신발을 말릴 솥뚜껑이며 부뚜막도 사라진 지 오래였다. 자식들은 장성해서 모두 집을 떠났고 남은 사람은 나 혼자였다. 나는 지난여름 당근으로 푸르렀던 밭에 거인처럼 외롭게 서 있는 달집을 탑돌이 하듯 돌며 남은 폐유를 마저 뿌렸다.

"다 모였지? 처남, 이제 불붙여!"

"너희들 소원 한 가지씩 비는 거야, 알았지?"

"예에ㅡ!"

꾸물거리던 불꽃은 조카들의 함성에 떼밀려 검은 연기를 뱉으며 기세 좋게 피어올랐다. 겨울밤, 눈밭에서 피어난 거대한 꽃이었다. 타오르는 달집을 둘러싼 사람들의 손에선 박수 소리가 피어났다. 그 얼굴들 위로 환한 불그림자가 일렁거렸다. 보름달은 하늘 더 깊은 곳으로 잠시 물러나 있었다.

나는 시계 반대 방향으로 천천히 달집을 돌았다. 왼쪽 볼이 너무 뜨거워지면 돌아서서 뒷걸음으로 걸었다. 가족들의 얼굴들이 둥실 떠올랐다가 멀어져갔다. 아직 제대로 피어나지 않은 조카들의 얼굴들이 따라왔다. 집은 불길에 가렸다가 다시 나타났다. 막내 매형이 건네준 술을 비우고 오징어 다리를 씹으며 걸었다. 눈 속에 묻힌 무엇인가에 걸려 넘어지자 모두들 깔깔대며 웃었다. 타오르는 달집 속에는 많은 것들이 들어 있었다. 불길은 온갖 형상들을 만들었고 이내 허물어버렸다. 달집의 한 귀퉁이가 불길에 무너지자 자잘한 불티들이 밤하늘로 솟아올랐다가 사라졌다. 형 누나들은 애써 담담한 얼굴로 서 있었다. 나는 그 담담함 속에서 타오르는 불길을 보았다. 아버지와 어머니는 많은 것을 남겨놓고 떠난 것이었다. *이제 어디로 갈 거지?* 고개를 두리번거렸지만 소리의 정체를 찾을 수 없었다. *어디로 갈 거냐고?* 걸음을 멈춘 채 불길을 노려보았다. 한 걸음씩 다가갈 때마다 얼굴이 화끈거렸다. 눈조차 제대로 뜰 수 없었다. 화염 속을 걷는 것만 같았다. 누군가 다급하게 내 어깨를 잡았다. 작은형이었다.

"농사 한번 지어봐. 올해 니 농사짓는 거 보고 결정하기로 했다."

"이 집은 니가 가져."

"밭은 일단 공동 명의로 할 거야. 농사지어서 부디 돈 많이 벌어라."

달집은 조금씩 주저앉았다. 멀찌감치 물러나 있던 보름달이 다시 다가왔다. 나는 비틀거리며 눈밭을 빠져나왔다. 조금…… 외롭고 무서웠다.

"고생했다."

큰형의 자가용이 마지막으로 골짜기를 빠져나가자 나는 다시 혼자가 되었다. 내 손에는 큰형이 준 봉투가 들려 있었다. 봉투 속의 내용물을 꺼냈다. 2박 3일의 파티를 진행한 수고비치곤 너무 많았다. 집으로 들어가다가 휴대폰을 꺼내 흙다방의 이양에게 전화를 걸었다.

"저녁에 뭐해?"

거대한 고요가, 폭설처럼 집을 덮고 있었다.

"송어회 사줄까?"

왜 옆집 부부는
늘 건강하고
행복할까요

옆집 아이가 아기공룡처럼 달리고 있다. 조금도 쉬지 않고. 현관문 쪽에서부터 베란다를 향해 달려갔다가 다시 쿵, 쿵, 쿵…… 되돌아간다. 벌써 사흘째 계속되고 있다. 거실에 누워 있으면 지진이 온 것처럼 온몸이 미세하게 떨린다. 소리를 지르거나 노래를 부르지 않는 게 오히려 이상하다. 오직 달리기만 한다. 벙어리 아기공룡처럼. 대체 그동안 아내와 딸아이는 어떻게 살았을까. 그녀들도 말없이 달리기만 했을까. 그는 화장대에 기대놓은 아내의 영정 사진에서 눈을 돌린다. 엎드린 채로 팔을 뻗어 토끼를 끌어온다. 쓰러져 있던 토끼를 일으켜 세우고 악수를 한다. 그러자 토끼는 요즘 아이들이 좋아하는 시끄럽고 정신없는 힙합 음악에 맞춰 춤을 춘다. 바닥의 진동은 조금씩 사라지는 것 같은데 대신 귓속이 아우성이다.

나무 어르신 뵈러 가는 날입니다. 날씨가 추우니 따스하게 입고 오세요.

그는 누워서 휴대폰의 문자를 들여다보다가 춤추는 토끼의 손을 잡는다. 음악과 춤이 동시에 멈췄지만 아기공룡의 뒤꿈치 소리는 그치지 않는다. 찾아가 악수를 해야만 비로소 멈출 것 같다. 그는 동그랗게 눈을 뜬 토끼를 가만히 바라본다.

"……엄마는 어디 가셨니?"

"식당에 일하러 갔어요."

"……아빠는?"

"아빠는 하우스에 갔어요!"

"농사일?"

"아뇨. 홀라 치는 하우스 지키러 갔어요."

"……그렇구나. 근데 넌 유치원에 안 가니?"

"……예."

여섯 살쯤 된, 세수를 한 지 오래된 듯한 여자아이의 눈은 토끼를 닮아 있었다.

"그러니까…… 아저씨가 잠을 잘 수 없구나."

추운 날씨임에도 불구하고 열두서넛의 조금 낯익거나 낯선 사람들이 수령이 오래된 은행나무 아래에 모였다. 나무 옆에는 낡았지만 정갈한 성당이 자리하고 있다. 그는 그들 사이에 끼이지 못하고 서너 걸음 뒤에서 나무 해설가의 설명을 대충 듣는다. 해설가는 늘 나무를 어르신이라고 불렀다. 그는 탑돌이를 하듯 나무와 나무를 둘러싼 순례자들을 안에 두고 시계 반대 방향으로 천천히 걷는다. 마치 실패에 실을 촘촘하게 감는 것만 같다. 아니면 스스로를 가둘 고치를 만들고 있거나. 아빠, 엄마가 이상해요! 지난여름의 다급한 딸아이의 목소리가 한겨울에 얼어버린 채로 떨어지는 은행처럼 서늘하게 되살아난다. 슈퍼 하는 엄마 친구에게 전화해서 빨리 와달라고 그래. 아빠 일 끝내고 저녁에 내려갈 테니. 그러나 그는 그날 저녁이 되어도 대관령에서 차로 이십여 분 거리인 강릉으로 내려가지 않았다. 괜찮아졌다는 소식과 다음날 일찍 해야 되는 몇 가지 밭일 핑계를 대고. 은행나무는 한겨울임에도 눈과 바람, 그리고 추위에 쪼그라든 은행을 꽤 많이 매달고 있다. 그 까닭이 궁금하지만 그저 해설가의 눈을 한 번 바라보는 것으로 만족한다. 밑동의 삼분의 일가량, 거인이 들어가고도 남을 구멍을 진흙으로 채운 채 버티고 있는 은행나무. 세월이 흐르면 나무는 거대한 진흙나무로 변해버릴지도 모른다. 아빠, 엄마가 또 이상해! 무서워. 빨리 와. 슈퍼 아줌마한테 전화해. 아빠 내일 아침 일찍 내려갈게. 아빠, 엄마 남편 맞아? 그는 나무와 나무를 바라보는 사람들의 뒷모습에 넋을 놓고 있다가 그만 단단하게 얼어붙은 은행에 정수리를 정통으로 맞은 듯 무릎을 꺾고 주저앉는다. 그가 나무를 탑돌이 하듯 돌다 보니 나무 뒤편 오래된 성당의 십자가마저 휘청 흔들렸던 것 같다. 그는 아내의 목소리를 듣고 싶었다.

검은 구두를 신고 목도리까지 한 토끼가 춤추고 있다. 사람처럼 두 다리로 서서 요란한 음악에 맞춰 머리를 흔들고 두 팔을 휘젓고 쫑긋 추켜세운 두 귀를 까딱거린다. 배에는 먹음직스러운 당근 하나가 그려져 있다. 옆집 아기공룡은 쿵쿵쿵쿵쿵쿵쿵쿵쿵쿵쿵쿵쿵쿵, 쿵쿵쿵…… 모두 열네 번 쿵쿵거리며 달려갔다가 한 번 쉬고 다시 반대편으로 달려간다. 아내와 딸아이가 살던 허름한 아파트의 거실은 동굴처럼 어두워져간다. 그는 눈을 감은 채 돌아눕는다.

"정말 이렇게 해야 돼?"

간단한 이삿짐을 싣고 강릉으로 가면서 그는 마지막으로 물었다.

"얘 이 년만 있음 중학교 들어가야 되는 거 알잖아. 촌구석에서 뭘 배우겠어?"

"당신 욕심 때문은 아니고?"

"부정 안 해. 하지만 당신도 알잖아. 좁디좁은 대관령에 지금 미용실이 몇 개나 되는지. 얼마 있음 다 망한다고. 지금이 기회야!"

"나는?"

"나는, 이 아니라 우리야!"

홀로 올라가는 대관령엔 부슬부슬 비가 내렸다. 짙은 안개도 꾸역꾸역 내려와 길과 나무들을 지워갔다. 모든 차량들이 비상등을 깜박이며 나 여기 있다고 스스로의 위치를 알리느라 바빴다. 그는 끊었던 담배가 피우고 싶어 바싹 말라버린 입을 침으로 적시다가 고개 중턱에 휴게소 표지판이 나타나자 지체 없이 갓길로 차를 몰았다. 계기판의 바늘이 빠르게 열두시 방향을 향해 치달리고 있었다. 안개도 놀랐는지 급하게 양 갈래로 흩어지고 있었지만 시계視界는 여전히 불투명했다. 그는 길게 무적을 울렸다.

휴게소에서 담배를 구입하려고 차에서 내릴 때는 미처 보지 못했던 토끼가 휴게소 마당에 있었다. 급하게 담뱃갑의 비닐을 뜯어내고 담배를 빨며 자동차로 가던 그는 갑자기 걸음을 멈췄다. 주변을 두리번거렸다. 안개와 가랑비가 뒤섞여 내리는 휴게소 주차장에서 토끼는 춤추고 있었다. 주차장에 모여 있는 여러 마리의 토끼들, 강아지들…… 다른 것들은 모두 움직이지 않고 있는데 유독 그 토끼 한 마리만 가랑비 속에서 음악에 맞춰 머리를 끄떡이며 팔을 흔들고 있었다. 그는 그 앞으로 다가가 똑같이 비를 맞으며 담배를 피웠다. 토끼를 파는 상인은 트럭에 덧댄 천막 안에 있는지 보이지 않았다. 봐주는 이가 거의 없는데도 토끼는 마치 어떤 사명을 완수하듯 표정 한 번 일그러뜨리지 않았다. 그는 새 담배에 불을 붙이고 그 앞에 쪼그리고 앉았다. 목덜미로 비와 안개가 끈적끈적 달라붙는 오후였다. 왜 하필 이 토끼만 춤을 춰야 하는 걸까. 종아리가 저려오도록 그는 춤추는 토끼 앞에 앉아 있다가 일어나 상인을 찾았다. 지금 춤추고 있는 저 토끼를 줘요. 새것을 가져가라는 상인의 권유를 그는 거부했다. 상인이 토끼의 왼손을 잡자 토끼는 춤을 멈췄다. 그가 토끼의 크고 동그란 눈을 보며 돌아설 때 상인은 다른 토끼의 손을 잡았고 곧 음악과 함께 토끼는 춤을 추기 시작했다. 그는 개의치 않고 차를 향해 걸어가며 품안의 토끼에게 말했다.

"힘들었지?"

그는 조수석 문에 토끼를 기대놓고 안개 자욱한 대관령으로 차를 진입시켰다. 토끼는 그의 옆모습을 말없이 지켜보고 있었다. 그는 고개를 끄덕였다. 대관령과 강릉은 고작해야 이십여 분 거리다. 아내와 딸이 보고 싶으면 농사일을 하다가도 언제든지 부담없이 다녀올 수 있다. 어쩌면 아내의 선택이 현명한 것인지도 모른다. 그는 토끼를 향해 다시 고개를 끄덕였다.

"고마워."

문에 등을 기댄 토끼는 여전히 대답하지 않았다. 십여 미터 앞도 잘 보이지 않는 안개와 주말의 영향으로 늘어난 차량들은 거북이걸음을 하고 있었다. 그는 담배에 불을 붙이고 운전석 창문을 조금 열었다.

"그래도…… 대관령 넘어가서 술 한잔은 해야지."

옆집 아기공룡은 여전히 쿵쿵거리며 달리기를 한다. 지치지도 않는 모양이다. 그는 손을 뻗어 토끼와 악수를 한다. 춤을 멈춘 토끼도 땀 한 방울 흘리지 않는다. 그 혼자만 지친 모양이다. 아내와 딸이 살던 아파트의 물건들을 정리할 엄두를 내지 못하고 있으니. 이 년 가까이 살았기에 자잘한 짐들이 꽤 많다. 이삿짐센터를 부르기는 애매하고 혼자 나르기엔 벅찬, 꼭 그만큼의 짐이다. 방학 동안 부모님께 보낸 딸아이의 짐은 대충 쌌지만 아내의 물건들은 아무리 마음을 다잡아도 손이 가지 않는다.

"아빠 왜 요즘 여기서 잠을 안 자?"

그는 일 년여 전부터 아내와 딸아이가 사는 아파트에서 잠을 자지 않았다. 잠을 잘 수 없었다. 잠이 오지 않았다. 잠을 자려고 누웠다가도 한 시간도 버티지 못하고 일어나 옷을 찾아 입고 대관령을 넘어갔다. 간혹 아이가 학교에 가고 없는 낮에 아내와 짧게 관계를 가졌을 뿐이다. 땀조차 흐르지 않는, 스치면 마른 모래만 주르르 흘러내리는 관계를. 그것마저 중단된 지 오래였다.

세면도구가 든 가방을 들고 나온 그는 옆집 문에 귀를 댄다. 아기공룡은 여전히 어디론가 달려가고 있다. 엄마는 저녁 늦게까지 식당에서 일하고 아빠는 밤을 새워가며 노름꾼들이 모여 있는 하우스를 지킨다. 아마 아이아빠의 등이나 팔에는 무시무시한 문신이 새겨져 있겠지. 그런데 왜 아이를 유치원에 보내지 않는 걸까. 엄마 아빠가 없는 시간이면 아이가 아기공룡으로 변한다는 사실을 알까. 그는 쿵쿵거리는 소리가 멀어지는 순간 초인종을 세 번 누르고 발걸음을 빨리해 승강기가 있는 곳으로 몸을 숨긴다. 복도를 울리는 슬리퍼 소리가 게으르게 따라온다.

잠시라도 쉬렴.

다음주 나무 순례에서는 층층 절벽 위 벼락 맞은 소나무 어르신의 침묵을 들어볼까 합니다.

지저분하기 이를 데 없는 아파트 상가의 공용 화장실에서 양치질을 하는데 문자가 도착했다. 우연히 그들의 나무 순례에 참가한 뒤부터 매주 도착하는 문자가 슬슬 지겨워진다. 칫솔을 입에 문 채 그는 문자를 삭제한다. 물로 입을 헹구고 이번에는 면도할 준비를 한다. 질척거리는 화장실 바닥, 널린 담배꽁초와 휴지 뭉치…… 따스한 물이라도 나오는 게 그나마 다행이다. 머리까지 감고 싶지만 사람들이 언제 들어올지 모르기 때문에 포기했다. 아내가 마지막으로 머문 화장실은 도저히 사용할 수 없고 싱크대에는 온갖 그릇들로 가득하다. 잠시 화장실 밖의 동향에 귀를 기울인 뒤 그는 재빨리 오른발을 세면대 위로 올려놓는다. 비누칠을 하고 물을 튼다. 오른발을 내리고 이번엔 왼발을 올리려고 하지만 자세는 묘하게 뒤틀어진다. 왼쪽 다리의 근육과 힘줄이 바람 드센 날의 연줄처럼 팽팽해져 나머지 신체를 끌어당긴다. 그는 서둘러 비누 거품을 씻어내고 발을 내리려 하지만 발은 그사이에 마비된 듯 꼼짝하지 않는다. 그래…… 벼락 맞은 나무처럼. 그 틈을 놓치지 않고 각본이라도 짠 듯 화장실 문을 열고 들어온 이는 아파트 경비원이다.

"당신 바람피웠지?"

"바람?"

"그러지 않음 왜 나랑 자는 거 자꾸만 피해?"

"그만해."

그는 안주머니에서 두툼한 봉투를 꺼내 아내 앞에 내려놓았다. 아내의 얼굴이 금세 밝아졌다.

"내가 할 수 있는 건 이게 다고 마지막이야."

"고마워. 다른 미용실 쫓아가려면 어쩔 수 없어. 이제 제대로 한번 겨뤄볼 거야. 나, 자신 있어!"

"올라가봐야 돼. 비가 너무 많이 와서 걱정이야. 이러다 다 쓸려가는 건 아닌지 모르겠어."

"걱정하지 마. 그냥 매년 오는 장마일 뿐이야. 저녁 먹고 가. 금방 차릴게."

아내의 생각과는 달리 비는 그치지 않았다. 거의 한 달을 내리던 비는 그날 이전의 모든 기록을 넘어버렸다. 아름드리나무들이 자라는 산비탈은 아예 통째로 떠내려왔고 지진이 난 듯 밭과 둑이 뚝뚝 갈라졌다. 다리는 무너졌고 도로는 끊어지거나 산사태에 뒤덮였다. 그는 빗속에 서서 추위에 벌벌 떨며 흙탕물에 휩쓸려 모조리 사라지는 농작물을 그저 바라보고만 있었다. 마치 세상의 종말을 보는 것 같았다. 비에 젖은 휴대폰을 꺼내들었지만 캄캄했다. 천지 사방에 빗소리만 가득했다.

벼락에 맞아 우듬지가 잘려나간 소나무는 절벽 끝에 서 있다. 죽었지만 바위틈에 뿌리를 내린 채 그대로 서 있다. 그는 죽어서도 눕지 못하는 나무 가까이 다가간다. 저 아래, 절벽의 바닥이 보인다. 사타 구니 근처로 전기가 흐르듯 찌르르하다. 한 세월 위용을 자랑했던 나 무 옆에서 그는 바람을 등에 지고 전화를 건다.

"……여보세요? 여보세요? 저기…… 벼락 맞을 때 기분이 어떨 까?"

아내는 전화를 받지 않는다. 신호는 가는데. 나무 순례단보다 먼저 오면 아내와 통화할 수 있을 거라 믿었는데…… 그는 바람이 더 많이 피우는 담배에 다시 불을 붙인다. 눈발이 몰려온다.

여기가 대체 어디란 말인가.

사방에서 들려오는 자동차 소리에 그는 잠에서 깨어났다. 그러고서 도 머리까지 덮은 묵직한 솜이불 속에서 계속 뭉그적거린다. 간밤에 마신 술도 머리를 무지근히 누르고 있다. 어렴풋하게 잠에서 깨긴 했 지만 여전히 비몽사몽이다. 눈을 떠보려고 하지만 접착제에 의해 붙 어버리기라도 한 듯 눈꺼풀은 완강하게 버티고 있다. 그런데…… 이 상하다. 왜 사방에서, 아주 가까이에서 자동차들이 달리는 소리와 요 란한 경적이 들리는 걸까. 손등으로 두 눈을 억지로 문지르고 나자 그 제야 조금씩 눈꺼풀이 올라간다. 자동차 소리도 점점 커진다. 그는 얼 굴을 덮었던 이불을 천천히 끌어내린다.

맙소사!

눈앞에 펼쳐진 풍경을 그는 넋을 잃은 듯 바라보기만 한다. 내가 왜 여기에 있단 말인가. 지난밤 만취해서 분명 여관으로 들어가지 않았던가. 충수도 기억한다. 삼층 끝 방이었다. 주인 노인과 요금 문제로 가벼운 실랑이 끝에 만원을 깎지 않았던가. 옆방엔 연인이 들었는지 줄곧 침대가 벽에 부딪치는 소리까지 들었었다. 그런데 그 방은 어디로 가고 왜 지금 네거리 한가운데 작은 화단에 요를 깔고 이불을 덮은 채 누워 있단 말인가. 그는 다시 눈을 비비고 주변을 둘러보지만 풍경은 여관방으로 되돌아가지 않는다. 돌아가기는커녕 자동차에 깔려 납작해진 토끼가 화단 아래에 널브러져 있는 게 새로이 보인다. 그 뒤 검붉은 피를 흘리며 죽어 있는 고라니까지. 여관방에서 혼자 자는 게 싫어 차에 있던 토끼를 안고 간 기억이 되살아난다. 그는 두 손으로 머리를 긁고 주먹으로 두드려도 보지만 풍경은, 기억은 변하지 않는다. 밝아오는 아침 네거리에는, 죽고 싶지 않으면 빨리 피하라고 빵빵거리는 자동차 경적만 시끄럽게 울릴 뿐이다. 그는 벗어두었던 옷가지와 만신창이가 된 토끼를 들고 비틀비틀 네거리를 벗어난다. 이것이 꿈이길 간절히 바라며.

너덜거리는 토끼를 들고 그는 네거리 주변의 그 여관을 찾고 있다. 다시 생각하니 투숙했던 방의 창으로 분명 네거리를 보았던 기억이 떠올랐다. 그러나 네거리를 다섯 바퀴나 돌았지만 어디에도 여관은 없다. 모두 다른 업종들뿐이다. 헝클어진 머릿속을 수습할 방법이 떠오르지 않는다. 하룻밤 취객들을 상대로 영업을 하고 감쪽같이 사라진 것일까, 아니면 정말 만취해 여관방인 줄 알고 네거리 한가운데로 직접 걸어갔단 말인가? 그러면 요와 이불은?

차들이 분주히 교차하는 네거리에서 그는 산을 떠나 도시까지 내려와 죽은 고라니를 침울한 눈으로 바라보다가 등을 돌린다. 젠장! 차를 어디에 세워놓았는지 떠오르지 않는다. 만취해 잠든 다음날이면 꼭 이런 일이 벌어진다. 버스정류장의 더러운 의자에 앉아 담배를 피우며 기억을 헤집고 있는데 꽝! 하는 소리가 네거리를 뒤흔든다. 그가 잠을 잤던 바로 그 옆에서 덤프트럭과 관광버스가 소싸움을 벌이듯 뒤엉켜 있다. 그는 벌떡 일어난다.

니가 인간이야!

이런 쌍년이!

온몸이 땀으로 흥건하다. 주변을 둘러보다가 머리맡에 서 있는 토끼에게서 멈춘다. 다행히 토끼는 무사하다. 두르고 있는 목도리도 깨끗하고 배에 그려놓은 당근도 손상이 가지 않았다. 바나나보트 같은 쿠션에 기댄 채 그는 옆집과 경계를 가르는 벽에서 불규칙적으로 튀어나오는 소리를 듣는다. 상이 부딪치는 소리, 술병이 깨어지는 소리, 철썩, 철썩, 퍽, 퍽, 사람의 몸이 무너져내리는 소리…… 그러나 아기 공룡의 발소리는 들리지 않는다. 시곗바늘이 새벽 두시 십분을 막 넘어서자 들려오는 유리 깨지는 소리…… 토끼가 무사해서 정말 다행이다. 고라니가 죽은 것은 안타까운 일이지만. 혹 그 고라니 덕분에 살아난 것은 아닐까. 그는 조심조심 손을 뻗어 토끼와 악수한다.

집구석에서 애를 도대체 어떻게 키운 거야?

내가 노는 줄 알아! 하루종일 식당에서 허리 한 번 못 펴고 일한단 말이야!

앞으론 집구석에서 한 발자국도 나가지 마!

돈만 많이 벌어와봐! 그러지 말라고 애원해도 그럴 테니!

악, 악, 악. 토끼가 즐겁게 춤을 춘다. 그의 기분도 조금 가라앉는다. 하지만 그 여관 주인은 정말 괘씸하다. 술 취한 사람을 어떻게 네거리로 내몬단 말인가. 그는 옹관묘 같은 이불 속으로 들어가 눕는다. 다시 꿈속으로 들어가 여관 주인을 꼭 찾아내겠다는 듯이. 옆집 부부는 진정 국면으로 들어선 모양이다. 토끼의 춤을 도와주는 음악만이 가득하다.

그는 네거리 주변의 골목길을 뒤지고 있다. 골목들은 대부분 비슷비슷해서 길을 잃기 십상이다. 삼층으로 이어지는 계단을 오르고 내리기를 여러 번 반복했지만 여관은 없다. 분명 그곳이라고 확신하며 계단을 올라갔는데 룸이 있는 술집이다. 건물에 입주해 있는 다른 상가의 주인들이 모두 한통속인 것처럼 느껴지지만 달리 방법이 없다. 다리가 아파 더이상 걷기도 힘들다. 결국 포기하고 어디에 주차해놓았는지 기억이 가물가물한 차를 찾아 나선다. 토끼의 춤과 함께 흐르는 음악이 저 뒤편에서 따라온다. 사랑을 나누는 듯한 옆집 부부의 가쁜 숨소리와 교성이 그 뒤를 따라오다가 사라진다. 주변 주차장을 모두 뒤졌지만 그의 차는 없다. 아직 할부금도 다 갚지 못했는데. 비슷해 보이는 차의 문손잡이를 괜히 만지다가 경고음 소리에 깜짝 놀라 물러난다.

초인종 소리는 집요하다. 문을 여니 운동복 바지에 반팔 티셔츠를 입은 덩치 좋은 사내가 서 있다. 빛이 바랜 용의 꼬리가 사내의 팔뚝을 감고 있다.

"옆집입니다. 슬프신 건 알겠는데, 음악소리 때문에 잠을 잘 수가 없어요."

대단히 미안하다는 표정을 짓고 있는 사내는 덩치에 걸맞지 않게 마치 아이처럼 온순해 보인다. 그는 거실에서 춤추고 있는 토끼를 돌아본다.

이삿짐센터 사람들이 짐을 모두 싣고 떠난 휑한 거실에 그는 앉아 있다. 남은 것은 그가 깔고 자는 요와 이불, 땀에 전 베개, 그리고 토끼 한 마리뿐이다. 그리고…… 그는 벽에 등을 기대앉아 닫혀 있는 화장실 문을 줄곧 노려보고 있다. 꽉 움켜쥐고 있는 그의 오른손에는 화장실 열쇠가 화석처럼 박혀 있다. 옆집 아이는 전과 달리 콩콩콩, 콩콩, 콩콩콩, 콩…… 일정한 박자에 맞춰서 달린다.

"이 기회에 당신도 다 정리하고 내려오는 게 어때?"

"강릉 내려가서 내가 뭘 해! 미용실 셔터나 내리고 올릴까?"

"찾아보면 다 일거리야!"

"이젠 밭마저 팔자는 얘기야?"

화장실 문에 귀를 붙인 채 그는 안의 동정을 엿들으려 한다. 물 흐르는 소리, 그리고 가끔 가느다란 한숨소리도 새어나오는 것 같다. 그는 움켜쥐었던 주먹을 편다. 손바닥에 열쇠 자국이 선명하다. 왜 하필 좁고 습한 화장실로 숨어버렸단 말인가. 손잡이로 다가가는 열쇠를 쥔 손이 수전증에 걸린 듯 떨린다. 콩콩콩, 콩콩, 콩……

"아빠, 엄마가 화장실에서 나오지 않아요!"

깊은 밤 딸아이가 수화기 속에서 울고 있다.

"거실 서랍에 열쇠가 있을 거야. 그래도 안 되면 엄마 친구한테 전화해."

"아빠가 좀 내려와! 무서워!"

"걱정하지 마. 괜찮을 거야."

그는 알고 있었다. 아내가 딸을 중개인 삼아 대관령 너머의 자신에게 시위하고 있다는 것을. 미용실을 확장하기 위해서라면 딸과 남편을 팔아서라도 목적을 달성하겠다는 시위나 다름없었다. 하지만 더이상 그가 해줄 수 있는 것은 없었다. 그 사실을 눈치챈 아내는 마지막으로, 지난여름 수마가 휩쓸고 간 밭을 고개 너머에서 주시하고 있었다.

거실의 이불 옆에서, 춤추지 않고 가만히 서 있는 토끼가 두 눈을 동그랗게 뜬 채 그를 보고 있다. 화장실 앞에서 이러지도 저러지도 못하고 열쇠를 든 채 엉거주춤 서 있는 그를. 토끼는 그런 그에게 꼭 무슨 말을 하고 있는 것 같다. 그는 결국 문 앞에 주저앉는다. 토끼의 등 뒤 유리창 너머로, 어두워지는 가운데 눈발이 날리기 시작한다.

"……마지막 남은 밭까진 팔 수 없었어."

토끼의 뒤편, 허공의 눈발이 짙어진다.

"난…… 그쯤에서 아내가 멈추길 바랐어."

"……"

"뭐, 그다음은 정해진 코스였어. 사채가 들어온 거지."

"……"

"뭐? 진심이야?"

그는 거실로 달려가 아무것도 없는 방구석으로 토끼를 내동댕이쳤다. 토끼는 엎어진 채로 춤을 춘다. 인상 한 번 찡그리지 않고. 춤추는 토끼를 내버려둔 채 다시 화장실 앞으로 성큼성큼 다가선 그는 열쇠구멍에 열쇠를 거칠게 밀어넣고 손잡이를 돌린다. 화장실에 고여 있던 어둠과 비린내가 스멀스멀 밖으로 흘러나온다.

"미안해."

토끼가 있던 자리에 앉아 그는 문이 열린 화장실 안을 엿보려 하지만 반 정도밖에 보이지 않는다. 세면대와 좌변기, 벽에 걸린 수납장과 거울이 전부다. 문은 열었지만 아직 들어가볼 엄두가 나지 않는다. 그는 토끼의 머리를 쓰다듬어주다가 벽에 기댄 등의 힘을 풀고 요 위로 스르르 미끄러진다. 옆집 아이는 새 길을 발견한 모양이다. 현관문에서 출발해 작은방, 주방, 화장실, 거실, 큰방, 거실, 베란다를 콩콩거리며 차례로 돌고 있다. 그리고 현관을 향해 한달음에 쿵쿵쿵 달려간다. 지난여름 수마가 휩쓸고 갔을 때의 그 물소리처럼.

"제발!"

딸아이처럼 아내도 수화기에 대고 울었다.

"안 돼. 그건 우리 가족이 기댈 마지막 언덕이야."

"뭐야? 날 못 믿는 거야?"

깊은 밤 아내는 수화기에 대고 바락바락 악을 썼다. 그는 수화기를 방바닥에 내려놓고 그 옆에 누워 마당의 돌배나무를 쓸고 가는 바람 소리를 들었다. 아내의 고성은 얼마간 이어지다가 가라앉았다. 바람에 쓸리는 돌배나무 잎이 늦가을을 알리고 있었다.

"자는 거야?"

그는 눈만 겨우 뜬 채 불빛이 흘러나오는 화장실을 바라본다. 낯선 집에 누워 있는 것만 같아 주변을 두리번거린다. 몸통에 비해 턱없이 크고 무거운 구두를 신고 있는 토끼의 눈이 반짝거린다. 눈이 제법 많이 내렸는지 바깥의 소음은 모두 잠들었다. 옆집의 아기공룡도 잠든 모양이다. 그는 요의를 참으며 입을 연다.

"깨어났어."

"눈이 꽤 많이 내리네……"

"그러게."

"저기…… 이해해줄 수도 있지 않아?"

"……"

집안에서 유일하게 불이 켜진 화장실은 왠지 멀리 있는 등대를 보는 것 같다. 그러나 그 등대의 세면대에도, 변기에도 아내는 없다. 욕조에 물을 받아놓고 반신욕을 하다 잠든 것일까. 그와 토끼 사이의 지루한 침묵을 뚫고, 조금씩, 옆집 부부의 가쁜 숨소리가 피어오른다.

"미안하다는 말을 하지 않았어."

그의 말에 토끼가 긴 한숨을 뱉으며 고개를 숙인다. 옆집 부부의 침대가 그의 거실 벽을 탁, 탁, 탁…… 두드리는 밤이다. 그는 조심스럽게 자리에서 일어나 뒤꿈치를 든 채 주방으로 걸어간다. 힘들게 싱크대 위로 올라가 쪼그려앉아 오줌을 눈다. 화장실의 불빛이 그의 엉덩이를 노랗게 물들인다.

한낮인데도 전나무 숲은 어두침침했다. 가을의 끝자락에서 불어오는 바람은 등골을 서늘하게 했다. 지난여름 사상 최대의 수마가 휩쓸고 갔음에도 살아남은 나무들은 변함없이 익어가는 열매를 매달고 있었다. 전나무 숲 사이사이에서 얼굴을 내밀고 있는 색색의 단풍도 마찬가지였다. 그는 나무 순례단의 꽁무니에 서서 숲길을 허청허청 걸었다. 한 해 농사가 수해로 인해 풍비박산이 났는데 '나무 어르신'을 구경하러 오다니. 헛웃음이 새어나왔다. 앞서가는 사람들에게 묻고 싶었다. 당신들에게 있어 대체 나무는 무엇이냐고. 주말마다 나무를 보러 다닌다는 사실을 알면 아내는 뭐라 말할까. 배부른 소리 하네. 나무라고? 그 사람들 무슨 사이비종교 신도들 아냐? 나 참, 나무라니.

　나무 해설가는 한 달 전 숲에서 가장 수령이 오래된 전나무가 쓰러진 것에 대해 안타까워하고 있었다. 그 나무는 무려 육백여 년의 생을 끝마치고 비로소 전나무 숲에 길게 누워 있었다. 다섯 아름은 되어 보이는 나무의 속은 텅 비어 있었다. 속이 텅 빈 채로 여태껏 그 거대한 몸을 버티고 있었다니. 그는 사람 몇이 들어가고도 남을 나무의 어둑어둑한 동굴 속으로 머리를 디밀고 들여다보다가 깜짝 놀랐다.

　와, 눈이 내려요!

　눈이 내린다는 감탄이 주변에서 피어나는 동안에도 그는 한동안 허리를 구부린 채 나무 안을 들여다보았다. 눈물이 몰려오고 있다는 걸 느끼고서야 간신히 어두운 동굴 속에서 빠져나왔다. 전나무 가지와 잎이 하늘의 대부분을 가렸는데도 그 틈을 빠져나온 눈은 천천히, 아주 느린 영화의 한 장면을 보는 것처럼 내려오고 있었다. 하늘을 향해 고개를 치켜든 그는 다행히 눈물은 감출 수 있었지만 동굴 속에서 들려오던 아내의 목소리는 사라지지 않았다.

　"여보, 제발 나 좀 살려줘!"

　"……"

　"이대로 무너질 순 없어! 여기서 무너지면 동창 년들이 뭐라 좋알거리겠어!"

　"……"

"당신, 내 남편 맞아?"

"나는…… 당신이 다시 돌아왔으면 좋겠어."

면의 장거리에서 작은 미용실을 하던 아내는 예뻤다. 이 골 저 골에서 장을 보러 나온, 등이 굽은 할머니들의 머리를 곱슬곱슬하게 지지는 아내는 행복해 보였다. 처음 미용 기술을 배우던 무렵 그의 머리를 연습 삼아 자르던 아내의 가위질 소리는 봄날의 종달새 소리처럼 들렸다. 머리 모양이 엉망이 돼서 운동모자를 푹 눌러써야 했지만 그것마저도 그는 즐거웠다. 즐거워서 휘파람을 불며 밭으로 나갔다. 그랬던 아내가…… 너무 먼 곳까지 가버렸다.

오늘 날과 장소 하나는 제대로 잡았네요!

전나무 숲을 통과하면 절이 있다. 그 절에서 나온 단기 출가자들이 전나무 숲길에서 삼보일배를 하며 다가오고 있었다. 막 내려 쌓이는 눈 위에 두 손과 두 무릎, 두 발의 자국을 고스란히 찍으며. 그는 길옆에 비켜서서 세 걸음 걷고 한 번 절을 하는 사람들의 샘물 같은 눈을 오래 들여다보았다. 그들의 걸음은 전나무 숲으로 천천히 내려오는 눈송이의 속도와 거의 흡사해서 마치 정지된 세계를 보는 것만 같았다. 그는 나무 순례자들을 먼저 떠나보냈다. 전나무 숲길을 온몸으로 밀고 나가는, 마치 밀고 밀어서 스스로를 단단한 불쏘시개로 변화시키려는 듯한 사람들 뒤를 한 걸음 한 걸음 쫓아가지 않을 수 없었다.

"쓰러진 나무 안에서 내가 뭘 봤는지 알아?"

토끼는 대답 없이 귀만 쫑긋 세우고 있다.

"나무는 모두 썩어 사라져 컴컴한 동굴이 되어버렸는데, 오래전에 아니 더 오래전에 불탄 나뭇가지들이 시커먼 옹이로 변한 채 이곳저곳에 박혀 있었어. 나무는 이미 죽었는데."

"……"

"내 안을 들여다보는 거 같았어."

"당신 아내는?"

"……아내?"

그는 토끼의 반문에 대답을 못하고 어둠 가득한 거실에서, 불빛이 흘러나오는 화장실을 멍하니 바라본다.

"아내……"

욕조와 좌변기가 있다. 세면대 위의 유리컵에는 낡은 칫솔들과 거의 다 쓴 치약 튜브가 담겨 있다. 세숫비누, 샴푸, 린스, 수건…… 다 그렇고 그런 물건들뿐이다. 손바닥만한 유리 너머로 보이는 수납장 안도 마찬가지다.

"들어가봐."

토끼가 그의 등을 떠민다.

"불을 끄고 문도 닫은 채 변기에 앉아 있어봐."

캄캄하다. 손도 보이지 않는다. 옆에 목을 맨 아내가 있는 것 같아 손을 휘저어본다. 그럴 리 없겠지만 누군가 밖에서 문을 잠가버릴 것만 같다. 변기에 앉은 그는 휴대폰 폴더를 올린다. 그 불빛에 비로소 콩닥거리던 심장이 조금 진정된다.

"여보…… 나…… 무서워……"

아주 먼 곳에서 도착한 듯한 목소리다. 그는 어둠 속 곳곳에 박혀 있던 시커먼 옹이가 떠올라 변기에서 벌떡 일어난다. 문고리를 돌려 문을 열려고 한다. 그럴 수 없는 구조임에도 불구하고 문은 열리지 않는다.

옆집 아이는 다이내믹하게, 마치 리듬을 타듯이 쿵쿵거린다. 머리
맡에 토끼를 세워놓고 누운 그는 그동안의 휴대폰 문자들을 하나하나
읽으며 지워나간다. 덤덤한 표정으로. 대부분 아내의 부고와 관련된
내용들이다. 그동안 어지럽혀진 마당을 싸리비로 쓸듯 그의 손놀림이
빨라진다. 더러 고맙다는 답장도 보낸다.

이곳의 느티나무 어르신과 석탑은 보름달이 떠 있는 밤에 봐야 제격인데
아쉽네요.

나무 순례단 모임에서 보낸 문자다. 한때는 화려한 위용을 자랑하
던 사찰이었으나 지금은 절터와 탑만 남은 폐사지. 그 귀퉁이에서 자
라는 나무 얘기다. 그는 달력을 찾으려 하지만 어느 곳에도 달력은 없
다. 벽을 넘어오는, 쿵쿵거리는 소리를 듣다가 고개를 젓는다. 토끼와
악수를 하고 동굴의 입구처럼 입을 벌리고 있는 이불 속으로 기어들
어간다. 입구를 막아버린다. 눈을 감고 억지로 잠을 청한다.

"아빠…… 엄마가……"

당신, 나쁜 사람이다. 아무리 내가 미워도 어떻게 아이에게 그 모습
을 마지막으로 보여준단 말인가.

"아빠, 나빠! 엄마도!"

폐사지로 가는 길의 풍경은 전과는 딴판이다. 눈이 내렸기 때문이
다. 모든 게 흰 눈 위에서 시작된다. 나무들이 그렇고 집과 사람들이
그렇다. 줄지어 날아가는 새들도 눈 위에 선명한 발자국을 찍어놓고
떠났다. 검은 아스팔트길도 그늘이 깊어지는 산골짜기로 접어들면 흰

눈길로 모습을 바꾼다. 그때마다 차의 뒷바퀴가 좌우로 미끄러진다. 그는 옆자리의 토끼에게 걱정 말라는 눈빛을 보낸다. 숨막히는 도시에서 사는 건 힘들어도 산골 마을의 이런 눈쯤은 아무것도 아니라고.

"왜 나무를 찾아다니는 거냐고?"

토끼는 눈을 동그랗게 뜨고 귀를 쫑긋 세운다.

"별 뜻 없어. 나무는 발이 없잖아."

폐사지 옆 공터에 차를 세워놓고 달이 뜨기를 기다리다가 깜박 잠이 들었던 모양이다. 앞유리에 부옇게 서린 김을 닦아내려고 와이퍼를 작동시킨다. 달은 보이지 않지만 동쪽 산의 능선이 희부옇게 변한 걸로 보아 조만간 떠오를 것이다. 그는 뒤로 젖혀놓은 의자에 등을 묻고 다시 눈을 감는다. 아내가 그에게 남긴 마지막 말은 '당신, 내 남편 맞아?'였다. 결혼한 지 십오 년이나 지난 뒤에 들은 말이었다. 그는 고개를 끄덕였다. 남편과 아내라는 말만 있었지 그 안은 텅 비어버린 지 오래되었다는 것을. 어느 누구도 수마 같은 게 휩쓸고 간 그 안을 채우려고 하지 않았다는 것을.

"여기까지 왔는데 나도 데려가."

"궁금한 게 있어. 왜 안 하던 말을 하는 거야?"

"……말을 해주길 원하잖아."

"……내가?"

거대한 절터다. 보름달이 비추고 있는 삼층 석탑과 부처가 앉았던 석조 좌대, 그리고 한쪽 구석의 검은 느티나무가 넓은 절터를 지키고 있다. 그는 토끼를 옆구리에 낀 채 달빛을 받아 푸르게 반짝거리는 주춧돌 위를 게으르게 걷는다. 주춧돌들은 마치 절터에 만들어놓은 미로처럼 보인다. 느티나무까지 가는 길, 삼층 석탑까지 가는 길, 제일 뒤편 부도까지 가는 길…… 그는 그 미로의 골목골목에 쌓인 눈 위에 발자국을 찍는다. 마치 모든 골목을 다 돌아서 거기에 도착하겠다는 듯이. 보름달도 몇 발짝 뒤에서 호흡을 맞추고 있다. 그는 고개를 치 켜들고 보름달 근처에서 무엇인가 찾으려고 두리번거리지만 시퍼렇 게 벗어진 하늘만 보다 돌아온다.

"예전에는 잘 보였는데……"

"뭐가?"

"별."

탑돌이 하듯 석조 좌대를 몇 차례 돌고 내려와 삼층 석탑을 돈다. 보름달은 탑에 가렸다가 나타나기를 거듭한다. 그는 탑 뒤에 숨을 때 와 달 아래 모습을 드러낼 때의 심장 박동수가 다르다는 것을 눈치챘 다. 그러나 탑 뒤의 공간은 너무 좁다. 조금 더 있으면 탑 꼭대기로 달 이 이동할 게 틀림없다. 넓은 절터의 어디에도 숨을 곳은 없다.

"……미안해."

"지금 우는 거야?"

그는 서둘러 느티나무의 검은 그늘을 향해 걸어가지만 길은 점점 늘어나는 것만 같다. 입고 있던 옷마저 어디론가 사라지고 알몸뚱이 가 된 기분이다. 눈 위에 찍힌 발자국은 달빛을 받아 시리도록 선명하 다. 느티나무 그늘에 몸을 숨기는 걸 포기한 그는 보름달이 삼층 석탑 을 다 지나가도록 절터를 걸었다. 마치 백팔배를 하듯 걷고 또 걸었다. 불타지 않았더라면 결코 볼 수 없었을 중문, 강당, 금당, 승방, 회랑이 들어서 있던 본디 자리를. 허리가 아파오고 가쁜 숨이 차오르도록.

"혹시, 지금 누굴 기다리는 거야?"

"……"

"그게 말이 돼?"

그는 석탑 아래에 토끼를 내려놓고 악수를 한다. 그리고 돌아선다. 텅 빈 절터로 음악이 흐르고 토끼는 춤을 춘다. 보름달은 서산 위에 떠 있다.

옷을 모두 벗고 화장실로 들어간 그는 목욕을 한다. 옆집 아이는 쿵쿵쿵, 쿵쿵, 쿵쿵쿵…… 달리고 있다. 양치질을 끝마치고 정성스럽게 면도를 한다. 물방울 하나 남기지 않으려고 마른 수건으로 꼼꼼하게 몸을 닦는다. 변기에 걸터앉아 몇 번에 걸쳐 심호흡을 한다. 아기공룡의 쿵쿵거림이 돌연 멈추고 한바탕 고성이 오간다. 그릇들이 깨지는 소리가 들리고 잠시 쉬었다가 남녀의 사랑 노래가 그 뒤를 잇는다. 그는 화장실 문을 닫고 아내에게 전화를 건다. 긴 연결음 끝에 마침내 저쪽의 문이 열린다.

"아빠? 아빠…… 나…… 무서워……"

그는 거울을 보며 고개를 끄떡인다.

"……그래. 내일 갈게."

옛 애인들을
신고 달리는 버스

신부와 나는 뜨거운 짜이 한 잔을 후후 불어 마시고 아침 버스를 탔다. 호텔에서 예매해준 표를 확인한 남자 차장은 우리를 버스 맨 뒷자리로 안내했다. 나는 신부를 창가 쪽에 앉히고 선반에 배낭을 올려놓았다. 해가 뜨기 전, 묽은 먹빛의 안개 속에서 버스를 타기 위해 종종걸음을 걷는 사람들이 차창 밖으로 보였다. 얼굴이 가무잡잡한 한 사내가 만두튀김이 담긴 목판을 들고 아직 버스를 타지 않은 사람들에게 다가가 팔고 있었다. 그 뒤편 담장 아래에서는 커다란 침낭 같은 이불 속에서 잠을 자던 소년이 어머니인 듯한 여자가 흔들어 깨우자 인상을 찡그리며 일어나 앉아 감긴 눈을 뜨느라 애쓰고 있었다. 담장을 벽 삼아 길거리에 깔아놓은 이불 속에는 아직 깨어나지 않은 사람들이 더 있어 보였다. 길옆에 줄지어 서 있는 버스들. 먹빛을 밀어내며 조금씩 밝아지는 주변. 나는 무릎에 올려놓은, 장구보다 작은 마달madal의 오른쪽 면을 한데 모은 네 손가락을 이용해 쳤다. 퉁─!

아무 말도 않고 창밖을 보던 신부가 우울한 표정으로 나를 쳐다봤다. 나는 마달의 왼쪽 면을 치려다 멈췄다.

"시간 지났는데 출발 안 하네."

신부는 대꾸하지 않았다. 손목시계의 바늘은 새벽 다섯시를 가리키고 있었다. 한국시간이었다. 버스의 시동이 걸리자 신부는 예약이라도 한 듯 스르르 눈을 감았다. 잠이 부족했던 모양이었다. 어디선가 마달의 왼쪽 면을 두드리는 소리가 울렸다. 통—! 나는 마달의 양쪽 가죽 면을 손바닥으로 쓰다듬었다. 꺼칠꺼칠한 게 마치 지난 며칠 동안의 음주에 시달린 내 볼을 만지는 것 같았다. 차창 쪽으로 고개를 돌린 채 눈을 감은 신부의 상태를 확인한 뒤 나도 마달 울림통에 두 손을 올려놓고 눈을 감았다.

"신부는 신랑을 영원히 사랑할 것을 맹세합니까?"

"……"

아담한 레스토랑에서 올리는 조촐하고 간소한 결혼식이었음에도 주례를 맡은 대학 시절의 은사는 챙길 것은 다 챙기고 있었다. 양측 가족들과 가까운 친구들만 축하객으로 앉아 있는, 정말이지 자그마한 결혼식이었다. 신부가 대답 없이 다소곳이 고개만 숙인 채 버티자 은사는 처음에는 잠깐 당황한 듯했으나 이내 정년 퇴임을 바라보는 느긋함으로 되돌아왔다.

"왜 대답이 없습니까? 자신 없어요?"

옆에 서 있던 나는 신부의 어떤 마음을 눈치채고 팔로 가볍게 신호를 보냈다. 그냥 말치레일 뿐이라고.

"……그러려고 하는데 잘될는지는 살아봐야겠습니다."

작은 목소리였지만 신부의 대답은 모두의 귓전에 선명하게 가닿았다. 가족들은 입을 벌렸고 신부를 익히 아는 친구들은 입을 막고 키득거렸다. 나는 눈빛으로 친구들을 진정시켰다. 조촐하고 간소한 결혼식이었지만 어느 결혼식보다도 긴 결혼식이었다. 어느 정도 전의를 회복한 은사가 질 수 없다는 듯 마무리를 지었다.

"제가 아끼는 제자이기도 한 신랑이 대단히 현명한 신부를 맞은 것 같아 기분이 매우 좋습니다. 이렇게 아름다운 신부와 만나려고 마흔이 넘도록 혼자 버틴 거란 생각을 하니 신랑에게도 거듭 존경을 보내며 이만 축사를 마칠까 합니다. 아, 신혼여행은 어디로 가죠?"

"네팔입니다."

"네팔로 정한 특별한 까닭이라도 있어요?"

"그냥…… 인도행 비행기 좌석이 없어서."

"……네팔. 네버엔딩 피스 앤 러브! 평화와 사랑이 끝없이 계속되는 땅이죠."

버스는 복잡하고 시끄러운 카트만두 시가지를 거의 벗어나고 있었다. 멀리 히말라야의 동남쪽에서 해가 떠오르면서부터 도로와 인도는 활기를 띠기 시작했다. 꾸역꾸역 피어오르는 먼지는 마치 자욱한 안개의 입자처럼 보였다. 뚜- 뚜뚜- 뚜- 오토바이와 자동차의 경음기 소리가 새벽의 비둘기와 까마귀 소리를 밀어내고 사방에서 치솟았다. 뚜-는 위험하다, 양보하라, 속도를 멈춰라, 뚜뚜-는 그렇게 해줘서 고맙다는 뜻인 것 같았다. 차도에서든 인도에서든 사람들은 뚜와 뚜뚜, 단 두 신호로 완벽하게 의사소통을 했다. 싸움과 욕설은 찾아보기 힘들었다. 뚜- 해서 비켜주지 않으면 계속해서 뚜-였다. 앞에서 걷던 사람과 달리던 차량이 길을 양보해주면 뚜뚜—! 정말이지 네버엔딩 피스 앤 러브의 땅이었다. 사람뿐만이 아니라 비둘기와 개, 소, 닭, 원숭이 들도 신호음의 의미를 알아듣는 것 같았다. 도착한 지 사흘이 지나자 내 귀도 어느새 그 신호에 적응해 있었다. 문제는 신부였다. 마스크를 쓴 신부는 더이상 움직이지 못하고 아예 상점 처마밑에 붙박인 채 울상을 지으며 좁은 거리의 인파와 차량을 멍하니 바라보고 있었다.

"난 여기가 싫어!"

그 혼잡한 거리에서 신부의 외침을 알아들을 수 있는 사람은 나밖에 없었다. 나는 신부의 손을 잡고 걸었다. 나란히 서서 걷는 게 아니라 앞뒤로 서서.

"먼지 때문에 숨을 쉴 수가 없어!"

"겨울철 건기라서 그래."

"눈은 왜 하나도 안 보여?"

"눈은 히말라야에만 내리는 모양이야."

쾌청한 날씨였다. 떠오르는 해가 히말라야의 설산들을 붉게 물들였다. 잠든 신부를 깨우려다가 그만두었다. 신부는 가느다랗게 코를 골았다. 배낭여행 수준의 신혼여행에 지칠 대로 지친 얼굴이었다. 그럴 만도 했다. 인천공항에서 홍콩공항. 그곳 대합실에 갇혀 다음 비행기를 기다린 다섯 시간. 다시 카트만두까지의 다섯 시간 비행. 난방이 안 되는 카트만두의 호텔방. 입에 맞지 않는 음식. 신부가 만족한 음식은 소금에 찍어 먹는 삶은 계란이 전부였다. 그리고 사흘 동안 이어진 사원과 왕궁 탐방. 시끄럽고 복잡한, 먼지 자욱한 타멜의 낮과 밤의 거리를 걷는 일. 내가 봐도 형편없는 일정이었다. 미리 알았더라면 사채를 빌려서라도 남태평양이나 유럽을 선택했을 것이다. 그러니까 카트만두는 신부가 생각했던 신혼여행지가 결코 아니었다. 결국 생각해낸 방법은 카트만두를 포기하고 예정에 없었던 포카라로 부랴부랴 이동하는 거였다. 카트만두에서 포카라로 가는 비행기의 좌석을 구하지 못해, 하루를 기다리느니 아침 일찍 떠나는 버스를 타기로 합의를 보았다. 고개를 창 쪽으로 돌린 채 코를 골며 잠든 신부의 옆모습은 그 모든 걸 고스란히 보여주고 있었다. 나는 마달의 오른쪽과 왼쪽 가죽 면을 통, 통, 두드리고 싶었지만 겨우 참고 짧게 한숨을 내뱉었다. 관광객들을 태운 버스는 옛날 험준했던 비포장 대관령 같은 고갯길 초입으로 들어서고 있었다.

"뚜벅?"

"응. 뚜벅 맥주."

더위와 사람들, 그리고 무엇보다도 비둘기떼에 지친 신부와 나는 인근의 카페로 들어갔다. 파탄의 왕궁과 사원이 한눈에 내려다보이는 삼층 건물의 옥상 파라솔 아래서 그다지 시원하지 않은, 잔에 따르면 거품이 더 많아지는 맥주로 목을 축였다. 광장의 양지쪽에 모인 개들은 비둘기떼가 일제히 날개를 퍼덕거리며 허공으로 비상하고 있는데도 움직임 없이 낮잠을 자고 있었다.

"이곳으로 신혼여행 오는 커플은 우리뿐일 것 같아."

물수건으로 콧속을 닦아내는 내게 신부가 한마디 던졌다. 코로 들이켠 먼지에 물수건은 금방 시커메졌다.

"나름 운치가 있잖아."

"운치? 비둘기가 설사한 똥에 맞는 운치?"

"젊은 애들 떼거리로 몰려가는 덴 좀 그렇잖아. 너도 그런 덴 싫어하고."

"그래도 여긴 아니야."

신부는 아예 취하는 게 낫겠다는 듯 맥주를 더 시켰다. 웨이터가 좁은 계단을 뚜벅뚜벅 내려가 맥주병을 들고 다시 뚜벅뚜벅 옥상으로 올라왔다. 뚜벅 맥주는 변함없이 컵의 삼분의 이를 거품으로 채웠다.

"비나 눈이 내렸더라면 그나마 먼지는 덜했을 텐데."

"건기라며?"

왕궁과 사원이 건기를 맞아 먼지와 비둘기 똥으로 두텁게 덮여가고 있었다. 그 속의 수많은 신들도. 그리고 나와 신부의 어떤 마음도. 나는 컵에 남은 맥주 거품을 혀로 핥아먹으며 저 아래 광장을 흘깃거렸다. 신부의 기분이 뚜벅 맥주에 어느 정도 풀어지길 기다리며, 옆 의자에 올려놓은 마달의 옆구리를 손바닥으로 두드려보았다. 통−! 울림이 좋은 소리가 피어났다. 사원의 황금빛 지붕에서 햇살이 반짝거렸다. 통−! 통−! 맨발로 돌아다니던 아이들이 햇살을 등진 채 이야기하고 있었다. 잠든 개들은 여전히 깨어나지 않았다. 사원 마루에 앉아 있는 연인들은 끝나지 않을 것 같은 이야기를 나누는 데 몰두했다. 비둘기떼가 생각났다는 듯 한꺼번에 자리를 옮겼다. 그 바람에 원숭이 신 앞에 바친 촛불이 요란한 춤을 추다가 제자리로 돌아왔다. 이마에 붉은 점을 찍은 여자들이 종을 치고 원숭이 신의 발을 쓰다듬으며 기도를 했다. 나는 다시 마달의 옆구리를 연이어 가볍게 두드렸다. 통−! 통−! 통−! 사원의 돌코끼리와 돌사자, 청동뱀, 돌원숭이 들이 눈을 번쩍 떴다. 처마를 받치는 나무 기둥에선 한 여인이 말의 커다란 성기를 자신의 성기에 집어넣고 있었다. 그 옆의 여인은 남자의 성기를 입속 깊이 받아들였고 그녀의 성기에는 다른 사내의 성기가 들어가 꿈틀댔다. 비둘기떼가 크게 원을 그리곤 제자리로 돌아왔고 돌계단에 앉아 있던, 맨발에 슬리퍼를 신은 행려자는 때가 잔뜩 낀 손으로 자신의 얼굴을 쓰다듬었다. 관광객들은 방향 없는 파도처럼 제각각 광장의 이곳저곳으로 쓸려 다녔다.

"여긴 개나 소나 다 신이 되는 땅인 거 같아!"

다소 풀어진 신부의 기분에 나는 즉시 마달을 퉁—! 울려서 웨이터를 불렀다. 뚜벅뚜벅 걸어온 그에게 감자튀김과 뚜벅 맥주를 더 주문했다.

"그래, 해 질 때까지 여기서 맥주나 마시자."

눈을 뜨니 버스는 중앙선이 없는 좁은 아스팔트길을 달리고 있었다. 왼쪽은 산이고 오른쪽은 까마득한 절벽이었다. 절벽 아래에는 강이 흐르고 그 건너편 급경사의 산자락에는 계단식 논이 거의 산꼭대기까지 이어져 있었다. 드문드문 산자락에 자리잡은 집도 보였다. 추수가 끝난 지 오래된 논바닥에는 겨울임에도 초록의 키 작은 풀들이 자라고 있었다. 나는 잠든 신부를 건드리지 않으려 조심하며 휴대폰으로 그 풍경을 찍었다. 신부는 버스에서 한 백 년을 잠자는 공주 같았다. 반대편에서 울긋불긋한 비닐로 포장을 친 트럭들이 줄을 지어 달려오다가 뒤편으로 사라졌다. 오토바이가 버스를 추월해 앞으로 달려갔다. 승합차가 반대편에서 오는 차를 향해 경적을 울리곤 그 뒤를 쫓아갔다. 아슬아슬한 광경이었다. 도심처럼 시끄럽지는 않았지만 여전히 뚜—와 뚜뚜—의 세상이었다. 길옆 배수로에는 트럭이 먼지를 뒤집어쓴 채 처박혀 있었다. 사고가 난 지 얼마 안 된 듯한 승합차도 급커브길의 배수로에 앞바퀴를 담근 채 명상에 잠겨 있었다. 경찰차며 앰뷸런스, 견인 차량도 보이지 않았고 차에 타고 있었을 사람들도 눈에 띄지 않았다. 나는 신부를 깨울까 망설이다가 포기했다. 내가 탄 버스도 다른 차량 못지않게 뚜—와 뚜뚜—를 외치며 좁은 길을 달려가고 있었기에. 반대편에서 달려오는 완행버스에는 아예 버스 지붕에 승객들이 가득 앉아 있기도 했다. 지붕 위의 승객들은 손을 흔들며 지나갔다. 손목시계를 확인하니 카트만두의 타멜을 떠난 지 거의 한 시간이 지나 있었다. 아직도 일곱 시간이나 더 달려가야만 했다. 작은 배낭에서 육포와 함께 팩소주를 꺼냈다. 팩소주의 장점은 휴대가 간편하다는 것이고 단점은 한 번 개봉하면 모두 마셔야 한다는 것이다. 나는 두 번에 걸쳐 소주를 전부 비우고 노린내가 나는 육포를 우물우물 씹었다.

"술 마시러 왔어?"

"잠이 오지 않아."

"내가 볼 때 당신은 알코올중독이야."

사랑이 끝나고 난 뒤의 호텔방은 적막했다. 텔레비전도 없었고 전기도 들어오지 않았다. 자그마한 손전등을 켜놓고 할 수 있는 일이란 많지 않았다. 그렇다고 신부를 잠재우고 혼자 댄스홀로 달려갈 수도 없었다. 심지어 그 댄스홀도 자정이면 문을 닫는다고 했다. 결국 가져온 소주나 마실 수밖에.

"우린…… 너무 늦게 도착한 거 같아."

"늦게?"

"결혼도, 신혼여행도……"

"사람마다 도착시간은 다 다른 거지. 출발시간도. 술이나 한잔 해."

"그렇긴 한데, 흥이 안 나잖아."

마흔이 넘어 결혼을 하고 신혼여행을 온 신부의 답변에 나는 소주를 삼키지 않고 오래 우물거렸다. 삼키지도 않았는데 독했다. 탁자 귀퉁이에 눕혀놓은 손전등이 두 개의 침대 사이에 차린 술자리를 기이하게 비추고 있었다. 불빛이 만든 긴 그림자를 따라가다가 나는 더이상 참지 못하고 술을 꿀걱 삼켰다. 진저리가 쳐졌다. 신물이 올라오는 것 같아 급히 생수를 마셨다. 신부는 맞은편 침대에 모로 누워, 찡그렸다가 제자리로 돌아오는 내 표정을 보며 희미한 미소를 흘렸다.

"내일 둘러볼 곳은 어디야?"

"파슈파티나트 사원과 화장터. 돌아오는 길엔 박타푸르에 들를 거야."

"화장터라……"

"화장터엔 가지 말까?"

"괜찮아. 개중 끌리는 코스야. 나도 한 잔만 줘."

신부는 입술을 적시듯 천천히 소주를 비웠다.

"우린 지극히 적당한 시간에 도착한 거야."

"정확한 지점에?"

"……아마도."

차창 밖의 풍경이 지루해질 무렵 버스는 시골 마을의 휴게소에 멈췄다. 각목과 함석으로 지은 작은 매점과 화장실이 전부였다. 나는 신

부를 깨웠다. 언제 또 휴게소에 들를지 모르기 때문에 급하지 않더라
도 그때그때 생리 현상을 해결하는 게 좋았다. 눈을 뜬 신부에게 나는
차창 밖의 화장실을 가리켰다. 시멘트 블록으로 대충 지은 화장실 앞
에는 여자들이 줄지어 서서 순서를 기다리고 있었다. 신부는 신 레몬
을 입에 넣은 표정을 짓더니 곧 고개를 저었다. 다시 눈을 감으면서
신부는 물었다.

"술 마셨어?"

"지루해서."

"작작 좀 마셔."

앞자리의 승객들이 모두 버스에서 내리자 나도 자리에서 일어났다.
통로는 배낭과 박스들로 어지러웠다. 띄엄띄엄 떨어져 있는 징검돌을
밟고 건너듯 조심스럽게 통로를 빠져나와 버스에서 내렸다. 자옥하게
먼지가 내려앉은 파초가 나를 반겼다. 화장실은 그 옆에 있었다. 남자
화장실 앞은 기다리는 줄이 짧았다. 지린내가 진동하는 시멘트 변기
에 소변을 보고 나오는데 여자화장실 앞에서 순서를 기다리는 사람들
중에 왠지 낯익은 얼굴이 있었다. 한국인임이 분명했다. 그 여자의 눈
도 나를 향해 있었다. 애가 둘쯤 있어 보이는, 가정주부 타입의 여자
였다. 그 여자를 지나쳐 음료와 과자를 팔고 있는 매점으로 갔다. 버
스에 다른 한국인 관광객들이 탔다는 사실이 왠지 새롭게 느껴졌다.
이곳저곳에서 간혹 튀어나오는 짧은 한국어를 내 귀는 민감하게 잡아
내고 있었다. 감자스낵 한 봉지를 사서 돌아서니 버스의 차창 너머로
잠들어 있는 신부가 보였다. 왁자지껄한 차창 밖과는 다른 세상에 살
고 있는 것 같았다. 조금 고독해졌다. 차창 밖의 누구는.

"맞지? 너 K 맞지?"

버스에 타려던 나를 붙잡은 여자는, 이십대 후반에 만났던 옛 애인 J가 맞았다. 다행히 버스 문은 신부 반대편에 있었다. 헤어진 뒤 처음 만나는 장소의 교묘함에 대해 생각하다가 나는 짧은 한숨을 토했다. J는 내 첫사랑이었다.

"뭐? 신혼여행 왔다고?"

"그런 셈이지."

"저기…… 첫번째 결혼이야?"

나는 담배에 불을 붙이고 고개를 끄덕였다. 얼굴은 거의 변하지 않은 것 같은데 몸매는 많이 넉넉해진 J에게.

"그렇구나. 축하해."

J와 나는 먼지 덮인 파초 옆에서 건너편 시골 풍경을 바라보았다. J의 일행인 듯한 여자들이 나를 흘깃거리며 버스에 올라탔다. 헤어진 뒤 한 번쯤은 우연히 만날 수 있을 거라 생각했지만 그곳이 네팔의 시골 마을 간이휴게소일 거라고는 단 한 번도 생각한 적이 없었다. 목이 말라왔고 맥박이 빠르게 뛰고 있는 게 느껴졌다.

"가끔 건너 건너서 네 소식 접했었어."

그런데도 연락 한 번 없었단 말이지.

"네가 네팔을 좋아할 줄 몰랐다. 의외다."

나는 결국 비수를 포장한 말을 던지고 말았다. 사랑을 교환하던 시절의 J는 결코 네팔 타입이 아니었다. 동남아의 휴양지에 가보는 게 J의 꿈이었다.

"그때 나한테 좀 잘하지 그랬어? 그랬으면 안 떠났을 텐데."

"뭐?"

버스 차장이 등을 떠미는 바람에 J와 나는 대화를 멈춰야만 했다. 나는 변함없이 어지러운 통로의 짐들을 헤치고 신부 곁으로 돌아왔다. 그러고는 팩소주를 열었다. 잠을 자던 신부가 실눈을 뜬 채 나를 보더니 한마디 던졌다. 그리고 다시 눈을 감았다.

"왜 그래? 오줌 누러 가서 옛날 애인이라도 만났어?"

"……응."

정오를 넘어서면서 날씨는 더워지고 있었다. 파슈파티나트 사원 입구에서 만난 걸인 여자는 줄곧 손을 내민 채 따라왔다. 돈을 주는 것도, 주지 않는 것도 어렵고 힘들었다. 걸인 여자를 따돌리려고 신부와 나는 걸음을 빨리했다. 겨드랑이에 땀이 번질 즈음 마침내 우리는 연기가 천천히 떠다니는 바그마티 강변의 화장장에 도착했다.

"신혼여행 코스에 화장장을 넣은 부부는 우리밖에 없을 거야."

"불편해?"

"아냐. 견딜 만해. 이 냄새가 송장 타는 냄샌가?"

"여러 가지가 섞였겠지."

붉은 링가들을 모셔놓은 작은 사원 앞의 계단에 앉아, 물 건너편에서 화장이 진행되는 장면을 바라보았다. 신부는 뜨거운 햇살과 냄새를 차단하려고 타멜 거리에서 산 야크 털 재질의 얇은 머플러를 머리에 걸치고 끝자락으로 입과 코를 가렸다. 묘한 냄새가 가끔씩 방향을 바꾸는 바람에 실려 왔다. 식당에서 풍겼던 향신료 냄새인 듯도 했고 거리의 자그마한 사원을 지나칠 때 맡았던 냄새와도 비슷했다. 심지어는 바비큐를 구울 때 풍기는 냄새가 떠올라 나는 생수로 급히 목을 가셨다. 물가에는 원숭이들이 떼를 지어 몰려다녔다. 물속에 가라앉았거나 떠내려오는 장례 음식을 먹기 위해서였다. 나는 목에 걸고 있던 마달을 가볍게 두드렸다. 신부는 눈살을 찌푸리고 있었지만 물 건너편 화장장에서 눈을 떼지 않았다. 화장하는 모습을 구경하는 사람들은 많았다. 불붙은 시신을 향해 사진을 찍는 관광객들도 있었다. 그렇지만 웃음소리는 들리지 않았다. 울음소리도 물을 건너오지 않았다. 모두들 그냥 바라보고만 있었다. 앉거나 서서. 혹은 천천히 걸으면서.

"술 가져왔어?"

배낭 속의 팩소주를 꺼내 신부에게 건넸다. 신부는 한 모금 들이켰다. 나도 안주 없이 한 모금 삼켰다. 저편과 이편을 가르며 흐르는 물은 겨울이라 그런지 수량이 얼마 되지 않고 수질도 좋지 않았다. 거리 또한 가까웠다. 비어 있는 가트ghat, 장작을 쌓고 있는 가트, 불이 타오르며 연기를 뱉어내는 가트, 모두 타버리고 재만 남은 가트, 장대를 이용해 아무렇지 않게 재를 물로 쓸어버리고 청소를 하는 가트, 스물 몇 개(장작 스물 몇 개는 아주 추운 겨울밤 방 세 개가 있는 집의 구들장을 따스하게 데울 수 있는 분량이었다)의 장작 위에 천으로 감싼 시신을 막 올려놓은 가트, 젖은 짚단을 시신 위에 덮는 가트…… 얕고 폭이 좁은 물을 가운데에 두고 구경꾼과 시신 사이에서 벌어지는, 강변의 화장장(burning ghat) 풍경이었다. 그 모든 게 너무 가까워서 신기하고 의아했다. 멀미 기운은 수시로 찾아왔다. 그러다 고개를 끄덕이기도 했다.

"건너가볼까?"

신부는 손가락으로 다리를 가리켰다.

"건너가도 될까?"

오렌지색 천으로 감싼 자그마한 시신의 발을 유족들이 강물로 씻겼다. 한눈에 봐도 어린아이였다. 모든 준비를 마친 시신은 장작 위에 눕혀졌고 유족은 첫 불을 입에다 붙였다. 나는 선 채로 잠깐 눈을 감았다. 이어 고개를 돌렸다. 그곳에 눈물을 글썽이는 신부가 있었다. 연기가 우리 두 사람을 휘감았다가 방향을 틀었다. 불타는 입, 불타는 눈, 불타는 코, 불타는 귀. 신부와 나는 술에 취한 듯 비틀거리며 장작불과 연기와 재의 공간을 빠져나와 물 건너편으로 되돌아왔다. 허물어지듯 계단에 앉은 우리는 안주도 없이 소주를 비웠다.

"어떻게 입에다가……"

나는 신부의 등을 쓰다듬었다.

"K야, 내 입을 만져줘."

머플러로 감싼 신부의 입술은 불이 붙은 것처럼 뜨거웠다. 신부는 그 입술로 내 손가락을 빨았다. 나는 물 건너편 사각형의 텅 빈 가트를 바라보며 다른 손으로 신부의 젖가슴을 어루만졌다. 젖가슴도 잉걸불처럼 뜨거웠다. 돌로 만든 붉은 링가들이 발기된 채 서 있는 사원들의 숲으로 날개도 없는 원숭이들이 똥구멍을 내보이며 날아다니는 오후였다.

"사랑해."

"그건 알 수 없는 일이야……"

내가 문을 열었고 신부는 문을 닫다가 포기했다. 하루의 오후가 천년처럼 길었다.

길고 긴 협곡을 버스는 두 시간이 넘게 빠져나가고 있었다. 당연히 지루했다. 엉덩이가 욱신거렸다. 풍경도 더이상 눈에 들어오지 않았다. 관광객들이 왜 비행기에 몰리는지 이해가 됐다. 날아서 삼십 분이면 갈 수 있는 곳을 버스는 여덟 시간을 덜컹거리며 달려야 하니. 물론 앞자리에 앉은 J의 존재도 심사를 편하게 해주지 않았다. 바깥 풍경에 지친 내게 뒤통수를 보이고 있는 승객들 중에 J도 섞여 있을 것이다. 나는 잠든 신부를 살핀 뒤 눈으로 J의 뒤통수를 찾아 나섰다. 생각 같아선 자리에서 일어나고 싶었지만 아무리 잠들었다고 해도 신부의 곁을 떠날 수는 없었다. 십여 년 전의 애인을 뒤통수만으로 찾는 일은 쉽지 않았다. 마달의 옆구리를 쓰다듬다가 소주 한 모금을 마시고 눈을 감았다. 잠이라도 청해야 했다. 그래야만 그 시절의 J가 나타날 것이기에. 나는 흔들리는 버스 안에서 눈을 감은 채 억지로 수음을 하듯 J를 기다렸다.

"여기 있었구나."

J는 집 뒤 비탈진 감자밭에서 김을 매고 있던 나를 찾아왔다. 물론 나는 저 아래 국도의 정류장에서 멈춘 버스가 내려놓고 간 여자가 J라는 걸 한눈에 알아보았다. 가슴이 방망이질을 하고 있었지만 애써 진정시키며 잡초를 뽑았다. 보자기에 싼 물건을 든 J는 밭고랑에 앉아 땀을 닦았다. 헤어진 지 거의 한 달 만이었다.

"이걸 주려고 왔어."

J는 보따리의 매듭을 끌렀다. 화장품이 들어 있는 종이 박스가 나왔다. 화장품이라니? J는 화장품을 정확히 반으로 나눠 절반은 박스에 담아 내게 주고 나머지는 보자기에 싸 자기가 가졌다. 나는 영문 모르

는 얼굴로 J가 준 화장품을 들고 서 있었다.

"이래야 마음이 편할 것 같아서."

"……"

"갈게. 잘 있어."

나는 밭고랑에 우두커니 서서 J가 버스정류장까지 걸어가는 모습을, 이윽고 도착한 버스가 J를 싣고 떠나는 장면을 끝까지 지켜봤다. 화장품 박스를 든 채.

"내가 그랬다고?"

달리는 버스의 통로 쪽 팔걸이에 걸터앉은 J는 놀라워했다. J의 입에서도 술냄새가 풍겼다. 나는 신부가 깨지 않도록 작은 소리로 말했다. 과거 애인들에 관한 얘기는 신부도 대부분 알고 있었지만.

"또다른 꿈에선, 처음부터 끝까지 하염없이 울기만 한 적도 있어."

"아무리 꿈이라지만 좀 미안해지네. 하여튼 반갑다, 얘. 네팔에 와서 널 다 만나다니."

"어디까지 가는데?"

"아줌마들이 설마 설산을 오르겠니. 포카라에서 며칠 머무는 거지. 넌?"

"뭐, 이곳저곳 가는 거지."

"여전하구나, 계획 없이 움직이는 거. 그래도 신혼여행인데 너무한 거 아냐?"

"옛날에 너한테 망치로 하도 두드려 맞아서 그래."

"얘!"

J가 손으로 내 허벅지를 연거푸 때렸다. 그러자 오래 잊고 있었던

140

어떤 감촉이 폭죽이 터지듯 되살아났다. 나는 J의 손을 잡아 내 허벅지 위에 올려놓았다. 잠깐 놀란 듯했으나 J의 손은 이내 잠잠해졌다. 마주잡은 그녀의 손바닥에서도 타닥거리며 불똥이 튀고 있었다. 마흔을 넘은 지 한참이나 되니 말도 안 되는 세상의 우연도 이해가 되는 기분이었다. 버스는 마침내 협곡을 빠져나와 한적한 농촌 마을로 접어들었다.

"……일행이 찾는다. 갈게."

나는 J의 체온이 남아 있는 손바닥을 물끄러미 들여다보았다. 그리고 J의 뒤통수가 버스의 어디에서 등받이에 기대고 있는지도 분명하게 알 수 있었다. 그 손으로 무릎 위에 올려놓은 마달을 가볍게 두드렸다. 토옹―! 옆자리의 신부는 기다렸다는 듯 천천히 눈을 떴다. 나는 신부가 잠들지 않았다는 걸, 아니, 잠자다 깨어나 있었다는 걸 이내 알아챘다.

"손잡으니 좋았어?"

"……안 잤어?"

"자다 깼어. 오줌이 마려워서."

"오줌?"

"오랜만에 옛날 애인 손잡아보니 어땠냐고? 궁금해서 물어보는 거야."

"……좀 묘했어."

"나, 오줌 마려워. 버스 좀 세워줘."

카트만두를 떠난 지 세 시간가량 지나고 있었다. 점심을 먹을 휴게소까지는 한 시간 정도 더 달려가야만 했다. 나는 히말라야로 몰려드는 먹구름 같은 얼굴로, 버스 승객들과 운전석을 가르는 희미한 차단막을 바라보았다. 손은 잡지 말았어야 했다.

갑자기 맥주를 마시고 싶다는 신부의 부탁에 손전등을 들고 타멜의 뒷골목에 자리한 호텔에서 나왔다. 밤 열시밖에 되지 않았는데 길은 어두웠다. 건물들도 어두웠고 지나가는 사람들도 어두웠다. 같은 거리인데도 낮과 밤이 판이하게 달랐다. 길을 잃지 않으려고 갈림길이 나타날 때마다 손전등을 휘저어 특징이 될 만한 표지들을 기억 속에 각인시켰다. 네팔에 신혼여행 와서 길 잃은 신랑이 될 수는 없는 노릇이었다. 상점은 생각했던 것만큼 가까운 데에 있지 않았다. 표정을 알 수 없는 사람들이 좁고 캄캄한 골목에서 빠져나와 어딘가로 걸어갔다. 오토바이 전조등 불빛에 안개 같은 먼지들이 피어났다. 한 남자가 내게 다가와 물었다. 댄스홀? 고개를 저었지만 남자는 얼마간 계속 따라왔다. 송장을 태우는 듯한 향냄새가 코끝을 간질였다. 오른쪽 왼쪽으로 여러 번 방향을 틀어 맥주를 파는 상점을 찾았다. 조금 추웠다. 낮과 밤의 온도 차이가 확연했다. 먼지를 많이 마신 탓인지 목이 칼칼했다. 뜨거운 짜이 한 잔을 마시고 싶었지만 밤에는 차를 파는 곳이 없었다. 가로등은 찾아볼 수 없는 거리였다. 불이 켜진 상점보다 셔터를 내린 곳이 더 많았다. 검은 개들이 수시로 다가와 킁킁거리다가 사라졌다. 어떤 개들은 영역을 놓고 낮게 으르렁거렸다. 그럴 때마다 걸음을 멈추고 호텔 밖으로 나를 내몬 신부를 원망했다. 생리대나 콘돔도 아니고 고작 맥주나 사오라고 낯설고 캄캄한 밤거리로 신랑을 내몰다니. 골목 입구에 있던 한 남자가 검은 개처럼 슬그머니 다가와 내 팔을 두드리며 말했다. 댄스홀? 섹스 파트너? 남자가 나온 골목

안쪽에서 음악이 흘러나왔다. 나는 그에게 말더듬이처럼 영어로 물었다. 번역하면 이렇다. 맥주, 팔다, 상점, 어디 있지? 그는 고개를 끄덕이더니 나를 골목 안으로 인도했다.

한 시간 후 나는 길을 잃었다는 사실을 인정했다. 무거운 에베레스트 맥주 다섯 병이 든 검은 비닐봉지를 들고서.

"왜 안 오는 거야?"

"길을 잃었어."

"딴짓하는 거 아니지?"

나는 놀란 가슴을 쓸어내렸다.

"진짜 길을 잃었어."

타멜의 밤거리는 이국인에겐 미로나 마찬가지였다. 건물들, 간판들, 작은 사원들은 어떤 이정표도 되어주지 못했다. 몇 개의 사거리를 지나자 동서남북마저 사라졌다. 낮에 가본 사원의 어떤 신은 이마에도 눈이 달려 있었는데…… 차라리 지나치는 전봇대에다 백묵으로 나만이 식별할 수 있는 암호를 써놓고 싶었다. 그렇게 하는 게 더 빨리 호텔에 도착할 수 있는 방법인 것 같았다. 나는 댄스홀에서 본, 뱃살을 출렁거리며 춤을 추던 무희를 떠올리며 골목을 빠져나와 사거리에 도착했고 다시 세 개의 골목 중에서 하나를 선택해 들어갔다. 다리가 아프고 비닐봉지를 든 손가락의 감각이 사라지고 허리는 욱신거렸다. 아무데도 가지 않고 그 자리에 가만히 서 있고 싶었다. 그러면 뱃살을 출렁거리며 춤을 추던 무희가 내게 다가와 길을 안내할 것 같았다. 택시며 릭샤도 사라진 밤이었다. 생각건대 아마 나는 미로의 속성상 같은 길을 계속해서 걷고 있을 게 틀림없었다. 하지만 나는 출구를 찾을 수 없었다. 신혼여행지에서 사라진 신랑을 기다리던 신부는 점점 석상으로 변해가고 있을 시간이었다. 결국 나는 길옆 작은 사원의 계단에 주저앉았다. 주위를 배회하던 검은 개들이 서서히 내 주변으로 모여들고 있었다. 개들은 무대에서 내려온 무희들처럼 나를 위로해주었다.

"사람들한테 물어보지 그랬어!"

"자존심이 상해서."

"아이고! 그래서 어떻게 찾았어?"

"떠오르는 모든 생각의 반대 방향으로 걸었어."

버스에서 내려 도망치고 싶었지만 말 그대로 그 바깥은 낯설고 물선 곳이었다. 말을 못 알아듣는 차장에게 신부의 다급한 상태를 설명하려고 하자 그나마 몇 개 알고 있지 않던 영어 단어마저 달아나버린 뒤였다. 결국 나는 창백한 얼굴의 신부를 가리키며 허리를 구부려 엉덩이를 뒤로 뺀 채 소리쳤다.

"쉬―!"

버스 차장은 신부를 따라 내리는 내게 미소를 지으며 낡은 우산 하나를 건넸다. 그 용도를 나는 즉각 알아챘다. 버스 안에서 바깥을 내다보는 사람들의 시선을 어느 정도 차단하려면 펼친 우산이 요긴했다. 더욱이 버스가 멈춘 곳은 허허벌판이나 다름없었다. 나는 우산을 펴고 신부를 파초 아래로 데려갔다. 신부는 동그랗게 펼쳐진 우산 뒤에서 엉덩이를 까고 앉았다. 한 뼘밖에 되지 않는 유채꽃들이 주변에 피어 있었다. 나는 그 꽃들을 적시는 신부의 오줌 소리를 들었다. 느낌이 이상해 뒤돌아보니 버스의 차창 너머에서 J가 손을 흔들어주었다. 나는 J와 버스를 등지고서 바지의 지퍼를 내렸다. 오줌 줄기가 졸졸졸 흘러내렸다.

"정말 급했던 거야?"

"그럼!"

"손잡았다고 화나서 그런 건 아니고?"

버스에 올라서자 승객들이 약속이나 한 듯 일제히 박수를 쳤다. 신부와 나는 얼굴이 벌게진 채 자리로 돌아왔다. 노상 방뇨를 하고 세계 각지의 사람들한테 박수까지 받아내다니 대단한 신혼부부였다. 흘금흘금 뒤돌아보는 시선이 사라질 때까지, 비슷비슷한 풍경들이 지루하게 펼쳐지는 창밖으로 한동안 고개를 돌리고 있었다. 버스는 다시 뚜뚜−, 뚜−를 반복하며 앞차를 추월하거나 뒤차에게 양보하며 달려갔다.

"고마워."

신부는 눈을 감은 채 입을 열었다.

"뭐가?"

"같이 오줌 눠줘서."

"나도 마려웠어."

"괜찮으니까 옛날 애인이랑 얘기하고 싶음 가서 얘기해. 난 잘 거야."

버스 앞쪽에서 제일 뒷자리에 앉은 쿨한 신부의 말을 마치 엿듣기라도 한 것처럼 J가 자리에서 일어났다. 통로로 나서는 J의 몸이 휘청거리다가 균형을 잡았다. 아무래도 술에 취한 것 같았다. J는 내 바람에는 아랑곳없이 소리 없는 웃음을 흘리며 걸어왔다. 어딘가에서 마달이 두둥둥― 울리기 시작했다. 같은 실수를 되풀이하지 않으려면 신부를 깨울 수밖에 없었다. 그런데…… 이상했다. 발갛게 상기된 얼굴은 J가 틀림없는데 왠지 다른 사람의 얼굴이 겹쳐 보이는 까닭은 무엇 때문일까. 나는 노안이 온 두 눈을 손으로 비볐다. 그사이 J는 성큼 다가와 있었고 신부는 J를 말없이 바라보았다. 인사를 나눈 J는 통로 끝 내 옆에 앉았다. 어색한 배치였지만 버스의 구조상, 그리고 관계의 특성상 어쩔 수 없었다. 신부와 나 사이에 J를 앉힐 수는 없지 않겠는가. 가운데에 끼인 나로서는 그러고 싶었지만.

"옛날얘기잖아요. 그 정돈 이해해야죠."

신부는 차창 밖 계단식 논에 피어 있는 유채꽃에서 눈을 떼지 않은 채 현재와 과거를 분리시켰다. 나는 팩소주를 한 모금 삼키고 무릎 위에 놓인 마달의 양쪽 가죽 면을 쓰다듬었다. 거친 짐승 가죽에서 그토록 맑은 소리가 피어난다는 게 믿기지 않았다. 버스의 좁고 낡은 좌석은 엉덩이를 불편하게 했지만 견디지 못할 정도는 아니었다. 더 열악한 조건의 버스도 숱하게 타본 터였다. 다행히 바로 앞자리의 사람들은 한국어를 모르는 외국인들이었다. 나는 적절한 반격을 준비하고 있는 J의 옆얼굴을 훔쳐보다가 다시 손등으로 눈을 비볐다. J의 얼굴이 다른 여자의 얼굴로 보일 정도니 노안의 진행 속도가 급격하게 빨라지는 듯했다.

"언니, 아이는 포기하셔야겠네요. 나이가 나이니만큼."

J의 말투는 꼭 막장 드라마의 전형적인 시누이를 흉내내고 있었다.

"그래야겠죠."

신부의 대답은 변함없이 시원했다.

"오빠, 그때 아일 지우지 말 걸 그랬어요. 헤어지는 건 어쩔 수 없었다 해도."

"뭔 소릴 하는 거야? 너하고 나 사이에 무슨 아이가 있었어?"

"그때 낳았으면 지금 언니가 키울 수 있을 텐데⋯⋯"

J는 눈물까지 뚝뚝 흘렸다. 아니⋯⋯ J가 아니라 Y였다. 내 옆에 앉아 눈물을 흘리는 여자는 첫사랑 J가 아니라 그리고 한참 뒤에 만난, 신부에게 얘기하지 않은 애인 Y 바로 그녀였다. 차창 밖으로 뛰어내리고 싶었다. 그러나 차창은 일반 창문이 아니라 열 수 없게 만든 통유리 창이었다. 나는 Y와 신부를 번갈아 바라보다가 깊은 우물 속으로 떨어지는 두레박 같은 한숨을 뱉어냈다. 두레박이 아니라 돼지로 변해 우물 속으로 곤두박질하는 것만 같았다. 버스에 Y까지 타고 있으리라곤 꿈에도 생각하지 못했다.

"취한 듯한데 그만 자리로 돌아가시죠."

신부는 끝까지, 물론 겉으로만 그렇겠지만, 냉정을 잃지 않았다. 나는 비틀거리며 자리로 돌아가는 Y의 뒷모습을 보며 팩에 남아 있던 소주를 모두 비웠다.

신부와 나는 살아 있는 여신인 쿠마리를 보기 위해 호텔을 나왔다. 타멜 거리는 여전히 사람들과 차량, 먼지로 붐볐다. 여신이 사는 하누만 도카는 멀지 않은 곳에 있어서 택시를 탈 필요는 없었다. 대신 릭샤를 타기를 권했지만 신부는 사양했다. 뚜一와 뚜뚜一 소리에 어느 정도 적응이 된 모양이었다. 우리는 최대한 천천히 걸었다. 나는 가끔 어깨에 걸쳐놓은 마달을 두드렸다. 마달 소리는 풍선처럼 떠올랐다. 개들은 처마밑에서 잠을 자고 있었다. 한쪽 다리가 노끈에 묶여 있는 수탉을 지나쳤다. 아침에 호텔에서 제공받은 삶은 달걀이 떠올라 다시 마달을 두드렸다. 코뚜레며 고삐도 없는 검은 소 한 마리가 어기적어기적 내 옆을 스쳐 골목으로 사라졌다. 골목 안에는 병아리 한 마리를 데리고 다니는 암탉이 있었다. 나는 신부를 골목 안으로 이끌었다. 그곳 작은 광장의 볕 좋은 자리에 햇살을 등지고 앉은 아낙들이 대바늘로 뜨개질을 하고 있었다. 그 옆에서 엉덩이가 푸짐한 여인이 물레를 돌렸다. 목화가 실로 변하는 과정을 우리는 오래 바라보았다. 이러다 언제 쿠마리를 볼 거야? 우리는 골목을 빠져나왔다. 장례 행렬이 지나가고 있어 걸음을 멈췄다. 유족들이 울면서 상여를 따라갔다. 나는 코끝에 달라붙는, 송장 타는 냄새를 지우려고 물수건을 꺼내 콧속을 문질렀다. 신부에게도 한 장 건넸다. 장례 행렬이 지나간 거리에는 다시 일상의 분주함이 붕붕거렸다. 바그마티 강변의 화장장에서 스물 몇 개의 장작을 가트에 쌓고 있던 낯선 사내의 얼굴을 떠올리려 했지만 허사였다. 네팔의 햇살에는 왠지 노안 촉진제가 함유돼 있는 듯했다. 응달과 양달의 차이가 확연한 골목을 바라보며 나는 눈을 비볐다. 우물은 그곳에 있었다. 한 여자아이가 두레박을 이용해 우물물을 푸고 있었다. 가까이 가서 우물 안을 들여다보는 순간 나는 억! 소리를 내뱉었다. 둥근 우물은 깊고 깊었다. 신부 역시 아! 소리를 질렀다. 우리는 한동안 우물 곁을 떠나지 못했다. 세상에서 가장 깊은 것 같았고 그 깊은 우물은 마치 다른 세상과 연결돼 있는 통로인 듯했다. 나는 한국영화 〈돼지가 우물에 빠진 날〉을 떠올렸다. 그 영화에는 당연히 우물이 나오지 않았다. 돼지도 마찬가지였다. '우물 안 개구리'라는 속담을 뒤이어 떠올렸지만 이내 지워버렸다. 오늘 안으로 쿠마리 여신을 볼 수 있을까? 말만 그럴 뿐 신부도 우물을 들여다보는 걸 그만두지 않았다. 우물 속으로 거꾸로 처박히는 환영이 불쑥불쑥 머리를 잡아채는데도 그 일을 멈출 수 없었다. 뭐가 보여? 신부가 물었다. 꿀꿀거리는 돼지 한 마리…… 대답과 함께 내 몸은 우물의 담을 훌쩍 넘어 머리부터 추락하고 있었다.

잠에서 깨어나니 우물 바닥이 아니라 호텔의 침대 위였다. 땀에 젖은 몸에서 쉰내가 풍겼다. 건너편 침대에서 잠자는 신부는 추운 모양인지 머리까지 이불을 뒤집어쓰고 있었다. 나는 안도의 한숨을 내뱉었다. 나도 장작더미 위의 송장처럼 이불을 머리끝까지 덮고 다시 잠을 청했다. 꿈은 곧바로 따라왔는데 여전히 나는 깊은 우물 속으로 추락하는 중이었다.

"자?"

"……"

"얘기 좀 하자."

신부는 얼굴을 창 쪽으로 돌린 채 눈을 감고 있었다. 버스는 카트만두에서 네 시간 반가량 떨어진 지점을 달리고 있었다. 차창 밖 시골 풍경은 여전히 황량했다. 계절 탓이었다. 겨울만 아니었다면 잠을 자지 않으면서도 자는 척하는 신부를 달래기가 조금 쉬웠을 것이다. 하지만 눈조차 찾아보기 힘든 쓸쓸한 겨울 풍경을 보려고 눈을 뜨진 않을 것 같았다. 신부는.

"화났지?"

"……"

"일부러 감춘 건 아니야."

나이 마흔을 넘어서면서부터 세상사 이해 못할 게 없다고 여겼는데 그렇지만도 않다고 인정해야만 했다. 포카라로 가는 버스 안에 옛 애인이 한 명도 아니고 둘이나 타고 있다니. 그것도 모자라 사귀던 시절 중절수술을 한 사실까지 뱉어버리다니. 신부의 꼭 감은 눈을 뜨게 할 자신이 없었다, 나는.

　"내릴까? 다음 버스 타면 돼."

　"왜 내려?"

　신부의 붉은 눈이 내 눈을 노려보고 있었다.

　갑자기 버스가 멈췄다. 더 할 말이 없는지 신부의 눈은 다시 감겼다. 앞자리에 앉은 승객들이 밖을 내다보며 웅성거렸다. 사람들이 길을 가로막은 채 긴 띠를 이루고 있었다. 양쪽에서 달려오던 차량들은 하나둘 앞차의 꼬리를 문 채 길 위에서 움직임을 멈췄다. 어느 차에서도 뚜─ 소리를 꺼내놓지 않았다. 내게 우산을 건네주었던 차장이 무어라고 빠르게 설명을 해주었지만 알아들을 수 없었다. 버스는 아예 시동을 껐고 일부 승객들은 버스에서 내렸다. 나도 자리에서 일어났다. 신부는 감은 눈을 뜨지 않았다.

　여전히 나는 우물 속으로 추락하고 있는 중이었다. 추락하면서도 나는 그동안 한국에서 꾸었던 꿈들을 한 편 한 편씩 다시 꾸고 있었다. 그러다 눈을 뜨면 어둡고 추운 호텔방 침대 위였다. 전기가 나가서 불을 밝힐 수도 없었다. 왜 같은 꿈을 다시 꾸는지 침대에 앉아 땀을 식히며 생각했지만 답은 떠오르지 않았다. 신부는 건너편 침대에서 죽은 것처럼 이불을 뒤집어쓴 채 잠들어 있었고 나는 다시 우물 속으로 들어가야만 했다. 아침은 쉽게 올 것 같지 않았다. 창문을 가리는 검은 커튼만 나를 바라보고 있었다. 신부는 정말 죽은 사람처럼 잠들어 있었다. 시체처럼 보였다. 어쩌면 나는 신부와 먼 거리를 동행한 게 아니라 줄곧 혼자였다는 생각마저 들었다. 건너편 침대에는 사람이 누워 있는 게 아니라 사람 형태의 이불일 뿐이라는 생각이 눈감고 꿈을 꾸는 내게 비로소 덥석 달려들었다. 물론 나는 애인 같은 마달을 목에 건 채 우물 속으로 끝없이 추락하는 중이었고. 재탕되는 무수한 꿈과 함께. 그러다 불현듯 네팔로 돌아와 신부와 함께 쿠마리 여신을 보러 골목길을 걷는 꿈속으로 들어가기도 하면서.

"지금 와서 그런 말까지 할 필요는 없었잖아!"

Y는 먼지가 잔뜩 덮인 파초의 잎 아래에서 담배를 피우며 도로를 막고 시위하는 사람들을 구경했다.

"술 취했나봐. 오빠 와이플 보니 화가 나기도 했고."

"왜 화가 나? 나랑 헤어지고 돈 많은 남편 만나 잘살고 있잖아!"

"오빤 여자 마음을 몰라."

"하여튼 더이상 알은척하지 말자. 응?"

"알았어. 담배 있음 하나 줘. 너무 화내지 마! 오빠랑 오빠 와이프가 어떻게 나오나 한번 확인해본 거야. 장가 잘 갔네 뭐."

나는 Y에게 갑째 담배를 주고 버스로 돌아왔다. 시위는 쉽게 끝날 것 같지 않았다. 시위를 하는 장소에서 화물 트럭에 치여 명을 달리한 사람의 유족들이 보상금이 적다는 이유로 벌이는 시위였다. 버스 뒤편으로 차량들이 점점 늘어나고 있었다. 언제 끝이 날지는 신도 모른다는 스트라이크, 반다Bhanda였다. 나는 눈을 뜨지 않고 있는 신부에게 바깥 정황을 설명해주었다. 신부는 눈을 감은 채 한숨을 쉬었다.

"K야."

"……응?"

"우리 돌아가면 헤어지자."

"……왜?"

"그러는 게 좋을 것 같아."

"그럴 수 없어."

"왜?"

눈을 감은 채 말하는 신부의 입술이 바싹 말라 있었다.

"내가 싫어?"

"그건 아니고. 하여튼 헤어지고 싶으면 언제라도 얘기해."

"……그냥 한번 가보자."

히말라야의 안나푸르나로 가는 관문인 포카라로 향하는 길이 멀고 멀었다. 움직이지 않는 버스 안에서 나도 신부처럼 눈을 감고 잠을 청했다. 찔끔찔끔 마신 술이 잠을 불러오고 있었다. 간밤의 꿈에서 신부와 나는 끝내 쿠마리 여신을 만나지 못했다. 깊은 우물의 바닥에도 도착하지 못했다. 한국에서 꾸었던 각종 악몽들을 다시 꾸다가 온몸이 땀에 젖은 채 아침과 조우했다. 그 꿈들의 어디쯤에는 화가 난 내가 씩씩거리며 파슈파티나트의 바그마티 강변에서 신부를 화장하는 꿈도 포함돼 있었다. 그 꿈은 어느 정도 해몽이 가능했다. 마흔을 넘어 결혼한 늦은 신랑이 하루가 채 지나기도 전에 신부와 대판 부부싸움을 했다. 화가 난 신부는 신혼여행 가는 걸 거부했고 역시 화가 난 신랑은 신부를 한국에 내버려두고 혼자 신혼여행을 왔으니까 말이다. 비록 꿈일망정 아쉬웠던 점은 그 꿈속에서 나를 화장하지 못했다는 것이다. 나는 포카라로 가는, 움직이지 않는 버스 안에서 그렇게 조금씩 잠 속으로 빠져들었다. 마달을 품에 안은 채. 그 잠의 끄트머리에서 꾼 짧은 꿈속에서도 변함없이 깊은 우물 속으로 추락하는 장면이 등장했으나 이전처럼 그렇게 무섭지는 않았다. 왜 그런 걸까 생각도 했는데 그게 다 옛 애인들 덕분인 것처럼 여겨졌다. 하지만 언제 포카라에 도착해 만년설이 덮인 산을 볼 수 있을지에 대해서는 생각하지 않았다. 한 시간여의 잠과 꿈에서 깨어난 것은 바지 주머니 속에서 진동하는 휴대폰 때문이었다. 한국에 남아 있는 신부가 처음 보내온 문자메시지였다.

혼자 신혼여행 가니 기분이 좋나?

나는 눈을 비비곤 문자메시지를 히죽히죽 웃으며 읽었다. 내 옆자리는 텅 비어 있었다. 버스는 다시 달릴 채비를 하느라 밖으로 나간 손님들을 불러들였다. 그때 나는 보았다. 어지러운 통로를 걸어 내게로 다가오는, 옛날 애인 L의 얼굴을. 나는 마달의 오른쪽 면을 경음기를 울리듯 다급하게 두드렸지만 L은 걸음을 멈추지 않았다. L은 그만 만나자는 통고도 없이 내가 일방적으로 먼저 떠나버린 여자였다. 내게로 다가오는 L의 얼굴을 보며 나는 고개를 갸웃거렸다. 가만……내가 결혼을 한 게 사실일까?

별다방의 몰락

뭔 놈의 파리 새끼들이 잡아도 잡아도 사라지지가 않아요. 그러니까 댁이 형사가 아니라 소설가란 말이죠? 나는 고개를 끄덕였다. 얼굴에 화장독이 오른 늙은 마담이 쥐고 있는 빨간 파리채에는 말라버린 피가 덕지덕지 묻어 있었다. 아주 작은 헬리콥터 같은 파리들이 침침한 실내를 떠다녔다. 형사와 소설가, 비슷하면서도 달랐다. 이놈의 새끼들은 앉지도 않아요. 다방 문 닫을 때까지 허공에 떠 있다니까. 비는 죽죽 내리고 홀짝홀짝 마시는 술맛이 제법 괜찮네요. 근데 좀 전에 읽어준 거 말이오, 왠지 은근히 마음을 흔드네. 말이야 맞는 말이지만 그래도 내가 아직은 현역 마담 아니오. 시골 다방의 몰락이라…… 이 바닥에서 살아남으려고 악착같이 뒹군 지 사십여 년이 되어가는데. 레지에서 시작해 마담 겸 주인까지 올라온 사람은 드물어요. 거의 다 중도에서 나가떨어졌지. 이 술 이름이 뭐라 그랬소? 매독? 독한 성병 이름을 왜 술에다 붙였을까?

별다방의 몰락 157

진양孃아, 너는 한번 배달 나가면 도대체 몇 시간을 놀다 오는 거냐? 돈을 안 줘서…… 그리고 한 시간밖에 안 됐는데. 그러면 티켓비를 달라고 해야지! 니가 레지생활 한두 해 했냐! 제발 덩칫값 좀 해라. 요즘 다방 현실이 이래요. 몇 푼 되지도 않는 커피값까지 떼어먹으려 하는 놈들이 있다니까. 배달하는 아가씨가 한 명뿐인가요? 이젠 아가씨들이 다방에서 일하려고 하지 않아. 돈 되는 다른 곳으로 다 빠져나갔지. 한때는 젊은 아가씨들이 열다섯 명까지 있었어요. 근데 지금은 쟤 하나야. 저 킹콩 같은 덩치 좀 봐요. 예전엔 저런 몸매 가지곤 밖에 못 나가. 장사 망칠 일 있나. 주방에서 커피 끓이고 설거지나 했지. 시절 좋았을 땐 이 촌 동네에 다방이 스무 개가 넘었어요. 한 다방에 열 명씩만 쳐도 모두 이백여 명의 아가씨들이 커피를 배달한 거지. 길거리 나가보면 보이는 게 다방 아가씨들뿐이었어요. 이쁜 애들 서넛만 확보하고 있음 돈 쓸어 담는 건 일도 아니었다니까. 뭐, 다 옛날이야기지. 지금이야 보시다시피 저 킹콩 같은 년이랑 둘이서 파리나 잡고 있잖아. 쟤도 팔자 사나워서 오갈 데가 없으니 나랑 가족처럼 사는 거지 뭐. 결정타? 몰라서 물어요? 커피 자판기 때문이냐고요? 카하하! 순진하신 건가, 아니면 날 떠보려고 장난치는 거요? 설마 그 많던 다방과 아가씨들이 한 잔에 이천원짜리 커피 팔아서 살았다고 믿는 건 아니죠?

커피라…… 하긴, 좋았던 시절이 있었지. 우스운 얘기지만, 내가 왜 처음 다방 레지가 되려 했는지 아세요? 커피를 마음껏 마시고 싶었어요. 다방에 앉아서 커피의 쓴맛과 향기에 취해 음악 듣는 거, 유리창 너머로 훔쳐본 그 풍경이 굉장히 근사했어요. 가슴이 콩닥콩닥 뛸 정도였지. 그래서 부모님에게 크면 다방 레지가 되겠다고 했다가 엄청 얻어맞았어요. 하지만 꿈을 꺾지 않았지. 내가 좀 노는 기질이 있던 터라 어서 빨리 집을 떠날 수 있는 나이가 되길 손꼽아 기다렸지 뭐. 공부를 잘했던 것도 아니고 집안이 부유하지도 않았으니 달리 할 수 있는 일도 많지 않았고. 그렇다고 다른 애들처럼 봉제공장에 들어가 온종일 먼지 마시며 일하는 건 왠지 자존심이 상했고. 하여튼 보따리 싸들고 집을 나와 마침내 다방 레지가 됐을 때 이루 말할 수 없이 기뻤지. 하늘거리는 원피스를 입고 쟁반 위에서 피어나는 커피 냄새 맡으며 손님들에게 커피 나르노라면 나도 모르게 엉덩이가 오른쪽 왼쪽 씰룩거렸다니까. 짓궂은 손님? 처음 레지생활 할 때만 해도 다방이란 곳은 품위가 있는 데였어요. 귀한 커피를 음미하거나 음악을 감상하고 손님을 접대하는 비즈니스 공간이었지. 물론 더러 백수건달들이 죽치면서 레지에게 수작 걸 때도 있었지만 난 눈도 꿈쩍 안 했어. 그 당시 다방 레지들에게 가장 인기가 높았던 사람들은 예술가였어요. 그중에서도 시인. 가끔 시 낭송회도 하곤 했는데 자리가 모자라서 있던 사람들이 더 많았을 정도였으니까. 내 첫사랑도 시인이었어요. 몰라. 지금 생각해보면 유명한 시인은 아니었던 것 같아. 하지만 인상은 마치 온 세상 근심 걱정을 혼자서 다 짊어지고 다니는 사람 같았지. 그게 다야. 몇 번 데이트란 걸 했지만 손 한번 잡아보지 못하고 끝났어. 어떻게 헤어졌는지 기억도 안 나고. 본격적인 연애는 그 시인과 헤어진 다음부터 비로소 시작했지. 남들이 날 보고 떠드는 얘기로 옮기자면 그때부터 슬슬 타락한 거지. 건달, 사기꾼, 유부남, 장사치, 시골 총각, 딴따라…… 그렇게 하나둘 애인을 바꾸면서 팔도를 떠돌아다닌 거야. 그러다 여기 이 촌 동네에까지 와서 비 오는 날 이렇게 낮술 마시며 중얼거리고 있는 거지. 커피를 아직도 좋아하느냐고요? 좋지. 아스피린 같아. 아마 죽어 화장을 하면 그동안 마신 커피가 까만 사리로 변해 있을 거요.

아, 왜 또 나왔어? 방안에 가만히 처박혀 있지 않구! 오줌…… 하는 일도 없으면서 오줌은 무슨 오줌. 빨리 일보구 들어가요! 영업장에 얼쩡거리지 말구. 나는 내실에서 나온 사내를 훔쳐보았다. 한눈에 봐도 병색이 완연했다. 마담의 오빠나 아버지 같았다. 헝클어진 머리에 헐렁한 티셔츠를 입은 사내는 아주 천천히 걸음을 옮겨 화장실로 들어갔다. 남편이에요. 나이 차이가 좀 나요. 몸이 안 좋아 맨날 방구석 신세지 뭐. 마담이 파리채로 탁자 위의 파리를 정확히 가격했다. 파리는 뻘건 피를 터뜨리며 즉사했다. 진양아, 어디냐? 저기…… 석두아파트. 또 그치야? 예. 내가 얘기했지? 가서 좀 잘해. 니 하기 달린 거야. 예…… 저쪽에서 낌샐 보이면 슬슬 주물러도 주고. 가봐. 커피잔과 보온병을 싼 보따리를 든 채 다방을 나가는 진양의 뒷모습은 우람했다. 마담은 별다방이라는 상호가 붙어 있는 문이 원래 자리로 되돌아오자 한숨을 내뱉었다. 애가 요령이 없어요, 요령이. 화장실로 들어간 사내가 다시 천천히 나왔다. 마담은 두툼한 엽차잔에 와인을 반쯤 따라서 사내에게 다가갔다. 손님들 올 시간이니까 마시고 푹 자요. 별다방 앞 연둣빛 은행잎을 적시는 비는 그치지 않고 있었다. 쓴 약을 먹듯 와인을 천천히 삼키고 주방 뒤편으로 사라지는 사내를 따라가고 싶은 마음을, 나는 지그시 눌렀다. 마담은 리모컨으로 재빠르게 텔레비전 채널을 바꾼 뒤 자리로 돌아왔다. 더러운 파리채는 몸의 일부인 듯 오른손에서 떨어지지 않았다. 나는 컵에 남은 와인을 마저 비웠다.

이 동네에 온 지는 얼마나 되셨어요?

지긋지긋했던 레지생활 정리하고 초짜 마담이 되어 이곳에 온 게 아마…… 80년대 초반이었을 거야. 그때만 해도 깡촌이었지만 돈은 제법 돌았어. 이 일대가 고랭지 채소니 뭐니 해서 막 뜨기 시작했으니까. 고속도로가 개통된 뒤라 조용했던 시골이 빠르게 변해가고 있었어. 농민들은 감자나 옥수수 대신 채소 농사로 그동안 만져보지 못했던 큰돈을 주무르기 시작했으니까 말이야. 동시에 전국에서 채소상들까지 몰려들었단 말이지. 처음으로 마담이 된 내 능력을 발휘할 수 있는 절호의 기회였지. 기존에 다방이 없었던 건 아니지만 나는 과감한 선택을 했어. 누가 봐도 눈이 돌아가고 침이 꼴깍 넘어갈, 젊고 이쁜 애들을 대여섯 명이나 데려온 거야. 한마디로 난리가 났지. 거짓말 좀 보태자면, 일주일도 지나지 않아 저 오대산 골짜기 가장 깊은 곳에 있는 북대 미륵암이라는 데까지 소문이 퍼졌어. 거기서 수행중이던 스님까지 소문 듣고 직접 찾아왔으니까 말이야. 스님이 와서 뭘 하고 갔습니까? 처음엔 말없이 차만 마시고 갔지. 그러다 단골이 됐어. 손님이 없을 땐 아가씨들 손금도 봐주고. 그 인연으로 내가 석가탄신일이면 절에 가서 시주도 하고 촛불이며 향도 피우게 됐다니까. 하여튼 다방에 손님이 들끓기 시작한 거야. 장날엔 아예 밖에서 자리가 나길 기다리는 손님들까지 있었다오. 굉장했겠네요. 근데 커피만 팔진 않았을 거 아닙니까? 당연하지. 그애들 데려오려고 들인 돈이 얼만데! 마담 역할이 바로 애들을 빈틈없이 철저하게 관리하는 거야. 요즘 말로 하면 매니저지. 티켓 영업 말이군요. 그렇지, 티켓. 근데 말입니다. 그렇게 이쁜 아가씨들이 도시 다방에 있지 왜 시골로 왔죠? 몰라서 묻는 거요? 지고 있는 빚이 많기 때문이지. 빚을 갚아야 어디로든 자기 가고 싶은 데로 갈 수 있는 거야. 그때도 티켓 영업이 불법이었죠, 라고 물으려다가 나는 입을 다물었다. 듣고 싶은 다른 이야기가 더 많았기에. 그리고 나 또한 거기서 결코 자유롭지 않았기에. 그때는 배달을 걸어서 다녔죠?

당연하지. 그게 일종의 홍보였어. 커피 보따리 들고 짧은 치마에 엉덩이를 흔들며 거리를 활보해야 손님들이 꼬이지. 사무실, 식당, 당구장, 술집, 복덕방, 여관…… 전화만 걸려오면 어디든 배달을 나갔어. 그러다가 훗날, 오토바이에 자가용까지 동원되면서 더 먼 곳까지 나가게 된 거야. 도망? 더러 그런 일이 있었어. 아무래도 젊은 아가씨들이다보니까 시골이 갑갑할 수밖에 없겠지. 하지만 배달 나갔다 도망가도 금방 잡혀. 도망가면 그 빚을 주인이나 마담이 뒤집어써야 되는데 얌전히 도망가게 내버려두겠어. 며칠 도망가봤자 빚만 더 늘어날 뿐이지. 도망가 있는 시간이 길면 길수록 그 시간만큼 고스란히 월급에서 깎이는 거야. 손님과 사랑이라! 그것도 골치 아파. 깨지면 자기만 손해야. 아아! 사내가 아가씨 빚 갚아주고 다방에서 빼내는 거 말하는 거야? 그건 영화에나 나오는 얘기지. 한두 푼도 아닌데 바보가 아니곤 어떤 사내놈이 그런 짓을 하겠어. 전혀 없지야 않겠지만 그게 오래가겠어요? 내가 틈날 때마다 애들에게 했던 얘기가 뭔지 알아요? 이년들아, 다른 생각 하지 마라. 열심히 일해서 빚부터 갚는 게 최선이다. 이 생활에서 벗어나고 싶음 절대 더이상 빚을 늘리지 마라. 연애는 무슨 연애냐. 차라리 돈 있는 놈 걸리면 어떻게 해서라도 돈 뜯어낼 궁리나 해라. 니들이 다른 생각 안 하고 이 년만 고생하면 그깟 빚 다 갚고도 남는다. 왜 쓸데없이 무리술 둬서 일을 더 망치냐. 이 일, 조금만 독해지면 돈 벌 수 있다. 그렇게 벌어서 가게를 차리든가, 사랑을 하든가, 니들 마음대로 해라. 뭐…… 그 말이 먹히는 애들도 있고 그러지 않은 애들도 있었지. 내 말 안 듣고 줄창 사고만 친 애들 결국 막판엔 어디로 갔겠어요? 빚 짊어지고 사창가로 팔려가는 거지. 그럼 다방 레지 해서 돈 번 경우도 많습니까? 꽤 있어. 몰라서 그렇지, 그때만 해도 레지가 고소득 직업이었어. 일반인들보다 두세 배는 더 벌었지. 근데 주의할 점이 있어. 첫번째, 옷이나 화장품, 귀금속 사는 데 씀씀이가 헤프면 안 돼. 두번째, 아무래도 술을 많이 마시다보니 다음날 아침 일어나지 못하고 결근하는 일이 생기는데 그러면 도로나무아미타불. 왜냐? 결근한 시간만큼 월급에서 정확하게 깎여나가니까. 세번째, 동료들과 숙소에서 노름하지 말 것. 네번째, 괜히 건달 놈팡이 같은 애인 만들어서 거기에다 돈 쏟아붓지 말 것. 그거야말로 망하는 지름길이지. 네 가지 경우가 더러 있는 모양이죠? 많지! 레지들은 장거리에서 일반인들과 함께 사는 진정한 연예인이야. 그러다보니 전반적으로 방어막이 너무 약해. 까딱 실수라도 한 번 하면 미끄럼틀 타고 내려오듯 여지없이 무너지는 거지. 그때부터 슬슬 체념을 하면서 하루살이가 되는 거야. 도도함을 잃어버리면 레지는 끝난 거나 마찬가지지. 창녀와 다를 게 없는 거고. 이쪽 일을 오래하신 분이기 때문에 다른 뜻 없이 묻는 거니 오해하지 마십시오. 창녀 얘기도 나와서 하는 말인데 레지의 티켓 영업, 즉 매춘을 어떻게 봐야 합니까? 아무리 생각해도 피해 갈 수 없는 것이어서 나는 모험을 감행했다. 소설가 양반이니까 하는 말이오. 티켓과 관련된 레지들의 모든 행위는…… 표현의 자유라고 보면 돼요. 언젠가 신문에서 본 적이 있는데 당신들도 비슷한 일로 권력과 싸웠던 것 같은데. 뭐였지…… 아, 어떤 소설 내용을 놓고 이게 예술이냐, 외설이냐, 한참 떠들었잖아. 좀 다르지 않은가요? 그쪽에서 분야도 다르고 격도 다르다고 한다면 어쩔 수 없고. 어차피 이쪽은 가장 약자야. 하지만 생각해보시오. 다방 레지가 모텔에서 애인도 아닌 사람한테 돈 받고 성관계를 하는 게 정상이요, 안 받고 하는 게 정상이겠소? 그럼 하지 말고 커피만 배달하면 된다고 간단하게 말하겠지. 그럼 뭘 먹고 살아. 자본주의 세상에서 다방 레지가 왜 돈 받고 성관계를 가지면 안 되지? 그게 직업인데. 더군다나 아무에게나 강매하는 것도 아니잖아. 자기 마음에 드는 사람하고만 관계를 갖고 돈을 받는 거라구. 그리고 기본 품위도 지키잖아. 일의 특성상 약간의 수수료를 받는 것뿐이야. 어떻게 생각하시오? 뭐…… 업주에 의해 강요된 행위만 아니라면 이해합니다. 그 문제는, 세상 모든 업종의 업주들에게 해당되는 사항이지 다방에만 국한된 게 아니란 건 알지요? 예. 그럼 넘어가고, 자, 간단하게 정리를 해봅시다. 여기 다방이 있고 커피를 나르는 레지가 있습니다. 손님들이 찾아옵니다. 그들은 일을 하거나 누구를 기다리거나 쉬거나 시간을 죽이거나 신문을 보거나 텔레비전을 시청하거나 전화를 기다리거나 걸기도 하면서 차를 마십니다. 그러다가 누군가는 가끔 레지에게 무엇을 주문하거나 물어보기도 할 겁니다. 처음엔 다들 그렇게 시작해서 단골이 되고 레지와 친해지는 거지요. 또다른 경우는 각자의 사무실에서 커피를 자주 배달해 마시기도 합니다. 물론 마음에 들거나 친한 레지를 지정하는 경우도 있죠. 이렇게 정이 싹튼 관계가 되면 술자리에서 커피를 배달시킵니다. 그런데 커피를 마시는 시간은 언제나 너무 빨리 흘러간다는 단점이 있어요. 그때 레지와 더 많은 대화를 나누고 싶은 사람들이 끊는 게 바로 티켓인데, 레지의 시간을, 당연히 레지가 응했을 경우에만 사는 겁니다. 다방이 영업을 끝마치는 시각이 밤 열두시니까 그사이에 티켓을 끊을 경우 비용은 당연히 다방 주인에게 돌아가는 게 순리고. 자, 여기까지는 문제될 게 전혀 없어요. 그렇군요. 나는 목을 축일 겸 와인을 마셨고 늙은 마담도 파리채를 쥔 손으로 유리잔의 와인을 모두 비웠다. 창밖의 비는 그치지는 않은 채 조금 가늘게 내리고 있었다. 배달 나간 진양은 시간이 꽤 흘렀는데도 돌아오지 않았다. 티켓을 끊고 본격적으로 술을 마시다보면 두 사람 사이에 어떤 감정의 변화가 생길 수 있겠죠? 손님이 먼저일 수도 있고 레지가 먼저일 수도 있어요. 동시에 그럴 수도 있고. 그렇게 해서 합의가 되면 자러 가는 거죠. 물론 자는 비용은 손님이 따로 지불해야 되는데 그게 레지의 수입이 된다, 이겁니다. 달리 생각하면, 둘이 마음이 맞아 자는데 돈 문제로 너무 비정한 게 아니냐 할 수 있지만 직업상 어쩔 수 없는 거지요. 레지가 자선 사업가는 아니잖아요. 그렇죠. 어려운 얘기일 수도 있는데 말해줘서 고맙습니다. 다 지나간 얘기고 나머지는 알아서 해석을 하세요. 세상 다방이 다 같을 수는 없잖아요. 나는 고개를 끄덕였다. 그나저나 진양은 왜 안 돌아오죠?

그 미련퉁이, 또 커피값 못 받은 채 끙끙거리고 있겠지. 아까 그 얘기 마저 들려주시죠? 뭐를? 이 동네에 이쁜 아가씨들 데리고 들어와 마담생활 한 얘기 말입니다. 80년대 중반쯤이면 저도 대학생이었는데 방학 때 고향 내려가면 친구들과 이 다방 저 다방 풀방구리처럼 꽤 들락거렸거든요. 벌써 이십여 년이 훨씬 지났지만. 가만…… 뭘 얘기부터 시작할까. 사실 그 시절 젊은 친구들은 별 신경도 안 썼어. 알다시피 경제적 능력이 별로였잖아. 다방 와서 아가씨들한테 수작이나 걸며 죽치는 게 전부였지 뭐. 그나마 아가씨들과 비슷한 또래니 말이야 통했겠지. 그 빽 믿고 텔레비전 보며 담배만 빡빡 피워대다가 동네 어른들 나타나면 재빨리 뒷문으로 빠져나가는 게 일이었어. 맞아요! 저도 그런 적이 있거든요. 제 친구는 아버지와 맞닥뜨린 적도 있었어요. 사실인지 아닌지 모르지만 한동안 친구들이 농담으로 아버지와 구멍동서라고 놀린 게 생각나네요. 카하하! 좁은 촌 동네다보니 그럴 수도 있지. 소설보다 더 소설 같은 얘기야. 그러고 보니 생각나네. 그 시절 젊은 백수들은 일단 다방에 모여 커피 마시며 죽치다가 다음에 가는 게 당구장이었어. 그중 한 친구가 있었는데 내기 당구 치며 커피 시키고 물리면 밥먹듯이 외상을 하는 거야. 워낙 단골이라 당구 게임비까지 빌리러 오곤 했다니까. 돈이 어디서 생기는지 모르지만 아예 한 달에 한 번씩 몰아서 갚는 게 일이었지. 그러니 다른 친구들도 액수는 적지만 따라 하더라구. 그래도 거의 매일같이 다방에 출근하니 맘놓고 있었는데 어느 날 이 친구가 도망을 친 거야. 가까운 친구들에게도 말하지 않고 군대에 가버린 거지. 커피값에 티켓비 등등 해가지고 그때 돈으로 외상값이 삼사십만원은 있었지. 그래서 어떻게 했어요? 뭘 어떻게 해. 부모가 사는 집으로 받으러 갈 거야, 아니면 군대로 받으러 갈 거야. 걔 친구들 불러놓고 그놈들 외상만 받아내는 걸로 끝냈지. 그래도 뭐가 좋다고 우리 다방에서 걔 좋아했던 한 년은 정신 못 차리고 나중에 먹을 거 싸들고 면회까지 가더라니까. 둘이 사귀었

던가보죠? 몰라! 야 이년아, 너는 배달 나간 지가 언젠데 이제 끼들어
오냐?

진양은 배시시 웃기만 할 뿐 대답이 없었다. 얼른 이리 와봐! 내 눈
치를 보며 쭈뼛거리던 진양은 마담이 재차 다그치자 그제야 자리에
와서 앉았다. 덩치만 놓고 보면 마담의 두 배가 넘지만 표정만큼은 소
녀 같은 진양이 주머니에서 만원짜리 세 장을 꺼내 건넸다. 마담의 시
커먼 눈꺼풀이 올라갔다. 그치가 너에게 티켓을 다 끊었단 말이야?
예. 그래서 뭘 했나? 술 마시는 거 구경했어요. 넌 안 마셨냐? 일해야
한다고 한 잔만 마셨어요. 그리고 또 뭘 했냐? 얘기 들어줬어요. 그리
고 또? 내 눈과 마주친 진양이 고개를 숙인 채 손가락을 만지작거렸
다. 이분은 소설가니 말해도 괜찮다. 또 뭘 했냐? 거길…… 만져달라
고 해서 만져줬어요. 카하하! 그리고? 그게…… 다예요. 했냐, 안 했
냐? 뭘요? 뭔지 몰라서 묻냐? 안 했어요! 따로 돈을 줘야 한다고 말했
더니 그냥 그걸로 끝냈어요. 마담은 담배에 불을 붙이고는 코로 연기
를 뿜어내며 말했다. 그 작자 짠돌이구나. 하여튼 잘했다. 이 돈은 니
가 써. 진양의 두 눈이 동그랗게 변하며 어쩔 줄 몰라할 때 내가 별다
방에 온 이후 첫 손님이 들어왔다. 나이 지긋한 노인이었다. 아이고,
사장님! 마담이 재빠르게 일어나더니 파리채를 들고 다람쥐처럼 달
려갔다.

마실래요? 진양은 유리잔 속의 붉은 와인을 들여다보며 코를 흥흥
거렸다. 나는 건배를 제의했다. 쨍하는 소리와 함께 진양의 입가에 미
소가 번졌다. 저편 구석에 앉은 마담은 노인의 손을 만지작거리는데
칸막이에 반쯤 가려져 잘 보이지 않았다. 짓궂은 손님이 많아요? 혀

로 입술을 닦은 진양이 이번엔 내 눈을 가만히 들여다보았다. 나도 송아지의 눈 같은, 그녀의 턱없이 착해 보이는 그 눈을 어쩔 수 없이 보아야만 했다. 더러 있어요. 어떻게 하는데요? 진양은 고개를 뒤로 젖혀 와인을 마지막 한 방울까지 혀로 떨어뜨리고 잔을 내밀었다. 에계계! 나는 다시 유리잔의 반을 와인으로 채워주었다. 음…… 오빠, 맛있는 거 사주세요? 그러면 뭐라 그러는지 알아요? 사주면 한번 대줄래, 그래요. 그럼 뭐라고 대답해요? 생각해볼게요, 라고 대답해요. 그러면 하는 말이, 먼저 한번 대주면 맛있는 거 사줄게, 이래요. 그만 가야 된다고 하면 어떻게 하는지 아세요? 커피잔 바닥에 아주 쪼끔 남은 커피를 보여주며 아직 다 안 마셨다고 그래요. 그러곤 스포츠신문만 뒤적거려요. 그녀는 잔을 입에 댄 채 천천히 한 번에 와인을 모두 마셨다. 구석자리의 마담은 흰 종이를 펴놓고 노인에게 노래를 가르쳐주는 것 같았다. 그런데 자세히 보니 왼손은 종이를 잡고 있었고 오른손은 파리채 대신 옆에 앉은 노인의 바지 속으로 들어가 있었다. 노인의 얼굴은 칸막이에 가려 여전히 보이지 않았다. 마담이 〈목포의 눈물〉 한 소절을 부르면 이어 따라 부르는 노인의 목쉰 소리가 들려왔는데, 나는 탁자 밑의 노래가 더 궁금해 엉덩이를 옆으로 조금씩 이동시켰다. 하고 나서 티켓비를 안 주려고 하는 손님도 많아요. 입술 끝에 붉은 와인을 묻힌 채 진양이 입을 열었다. 하고 나니 돈이 아까운 거겠죠. 그러면서 뭐라 그러는지 알아요? 매춘은 불법이다. 내가 돈을 주면 너하고 나 모두 잡혀갈 수 있다. 그뿐인 줄 아냐. 다방은 영업정지까지 먹는다. 벌금보다 무서운 게 영업정지다. 그래서 어떻게 했어요? 아무 말 않고 줄 때까지 가만히 있었어요. 홀쩍홀쩍 울며. 나는 진양의 빈 잔을 다시 채우며 그녀의 눈을 들여다보았다. 그 사람이 말했어요. 좀 깎아주면 안 되겠냐고. 유리잔에 붙으려고 하는 파리를 손으로 쫓아냈지만 이내 다시 날아왔다. 남자들이 원래 좀 좁쌀 같아요. 마담이 앉은 자리에서 갑자기 노래가 끊기고 짧은 탄성이 피어났다. 훔쳐보니 마담이 물수건으로 손을 정성껏 닦고 있었다. 나는 유리잔을 잡고 있는 진양의 오른손을 물끄러미 바라보았다. 화장실에 가서 묵직해진 사타구니를 추스르려고 일어나려는데 진양이 작은 목소리로 나를 붙잡았다. 소설가 아저씨도 손으로 해드릴까요?

사장님, 연습하고 계세요! 조금 있다가 다 외웠는지 검사하러 올 거예요. 파리채를 든 마담이 돌아오자 진양은 일일 연속극이 재방송되는 텔레비전 쪽으로 자리를 옮겨갔다. 나는 파리채를 들고 있는 마담의 오른손을 몰래 훔쳐보았다. 노래도 가르쳐드립니까? 노인들 치매 예방하라고 서비스하는 거야. 하루 한 곡씩 선정해서 가사, 박자, 음정 틀리지 않고 부르면 합격이지. 괜찮네요. 불합격이면 어떻게 되는데요? 벌칙을 받는 거지. 다들 좋아해. 오늘은 비가 와서 그렇지 날좋으면 노래 배우러 많이 와. 구석자리의 노인이 나지막한 목소리로 부르는 〈목포의 눈물〉이 텔레비전 연속극 사이사이에 향처럼 깔리고 있었다. 목이 타는 듯 마담은 와인을 꿀꺽꿀꺽 마셨다. 돈을 받습니까? 마담이 속삭였다. 뭐, 티켓비 정도 수준이지. 여기 오는 노인들 알고 보면 다 알부자들이야. 그러면 뭐해. 돈은 있는데 외로운 거야. 배우자 저세상으로 먼저 떠나보내고 혼자된 이들이 많아. 매일 되풀이되는 외로운 심정을 누가 알아주겠어? 자식들도 몰라. 신경도 안쓰고. 정말 다방 문화가 예전과 다르게 많이 바뀌었네요. 그렇지. 진양아, 텔레비전 소리 좀 줄여라. 사장님 노래 배우시는 데 방해되잖아! 예전에 아가씨들 많았을 때는 관리하기 힘들었죠?

말도 많고 탈도 많았지. 마담 업무라는 게 그런 일 정리하는 거긴 하지만 골치 아플 때가 많아. 아가씨들과 손님들 사이에 벌어지는 일이며 애들 간에 벌어지는 일, 다방에 돈 갖다 바친다고 대들었다가 남편한테 얻어맞은 여편네들 상대하는 일, 동네 행사 때면 알게 모르게 후원해야 하는 일…… 좋은 일이든 나쁜 일이든 다 마담이 감당해야 돼. 그래도 그때가 좋았어. 마담은 독한 디스 담배에 불을 붙이고 비가 내리는 창밖을 보며 연기를 뿜어냈다. 나는 마담의 옆얼굴을 살폈다. 오랜 세월 술과 담배, 짙은 화장, 남자들에 노출된 얼굴은 마치 방부제 처리를 한 미라처럼 푸르퉁퉁했다. 산전수전을 고스란히 건너온 노회한 무당의 눈빛이 숨어 있는 것도 같았다. 눈과 입술 옆 느슨해진 주름살에 고여 있던 이야기가 금방이라도 흘러내릴 듯 꿈틀거렸다. 나는 와인으로 목을 축였다. 가끔 손님을 가장해 드나들며 마담을 훔쳐보았는데 그때와는 전혀 다른 묘한 분위기가 연출되고 있었다. 요즘이야 이 손으로 노인네들 정액이나 받아내는 게 전부지. 마담은 파리의 피가 말라붙은 파리채를 들어올렸다가 천천히 내렸다. 봤지? 나는 그녀의 낮게 가라앉은 목소리에 고개를 끄덕였다. 다방을 찾아오는 주요 손님들은 대부분 나이 지긋한 사내들이었다. 하지만 마담이 손으로 해결해주는 기괴한 장면은 처음 보았다. 진양아, 이번엔 어디냐? 삼성 중장비 사무실요. 비 오니까 노름판이 벌어졌구만. 몇 잔? 세 잔요. 썩을 놈들, 씨가리가 몇인데 달랑 세 잔이야. 앞으론 기레빠시 없다 그래! 그러면 다른 다방에 주문하겠다는데요? 빨리 갔다 와!

웃는 걸 보니 소설가 양반도 한때 기레빠시 커피 많이 마셔봤구만. 그럼요. 네 잔 같은 커피 두 잔 갖다달라고 친구들이 사무실에서 전화하는 걸 꽤 많이 봤죠. 사람은 넷인데 왜 두 잔만 시키는지 의아했는데 커피가 도착해서야 알았죠. 보온병의 물이며 커피, 프림, 설탕도 넉넉하다는 걸. 예전엔 사실 커피 파는 것보다 티켓 장사가 주여서 그렇게 인색하지 않았지. 커피값도 저렴했고. 그래도 하루에 백 잔은 넉넉히 나갔지. 한번은 이 동네 다방들이 담합해서 천오백원 하던 커피값을 이천원으로 올렸다가 난리가 났어. 당시 일반 카페에서 파는 커피는 사오천원이었는데도 말이야. 결국 일주일도 채우지 못하고 원래대로 돌아왔잖아. 이 동네 남자들이 커피값에 그렇게 민감할 줄 몰랐었다니까. 앞으론 커피믹스 타 먹겠다고 수시로 전활 걸어오더라고. 아마 매일 배달시켜 마셨으니까 그랬을 겁니다. 그건 그렇고 아가씨들 얘기 좀 더 해주십시오. 어쨌든 다방의 꽃은 아가씨들 아니었습니까? 이쁜 아가씨가 새로 오기라도 하면 그 동네 남자들이 안절부절 못했잖아요. 맞아. 나이를 가리지 않고 늑대 울음소리가 장거리에 진동했지. 장거리 여자들은 역시 같은 년이 새로 들어왔다고 눈 흘겨대기 바빴고 저녁이면 자기 서방 단속하느라 골치깨나 아팠을 거야. 소문이 어찌나 빨리 퍼지는지 도착하고 사흘이면 그 아가씨 보려고 몰려든 손님들로 북적거렸으니까. 사내들 다 똑같잖아. 말은 하지 않아도 새로 온 아가씨 바라보는 얼굴에 다 써져 있거든. 언제 저 레지랑 한번 자보나, 하고. 다방 업이란 게 그래요. 커피맛은 그대로여도 아가씨들은 계절에 한 번씩 계속 돌려줘야만 돼. 그래야 손님들이 식상해하지 않거든. 사실 새로 오는 다방 아가씨들은 이런 갑갑한 촌구석에 사는 사내들에게 작은 희망이자 위안이지. 너무 이쁜 아가씨가 오면 부작용은 없나요? 왜 없겠어.

옛날얘기를 하는 마담은 신명이 솟아나는 듯했다. 마담과 나는 동시에 와인을 비웠다. 구석자리의 노인은 성실하게 〈목포의 눈물〉을 공부하고 있었다. 새로 온 애를 놓고 사내들끼리 심심찮게 주먹다짐도 벌어지곤 했어. 친한 친구였는데도 불구하고. 먼저 차지하겠다고, 다른 놈한테 가는 게 싫다고, 심지어는 같이 도망갈 계획까지 짜는 경우도 있고…… 사내들이 그렇다면 와이프들은 간혹 다방으로 쳐들어올 때도 있었지. 그럴 땐 좀 난감하지. 서로 머리끄덩이 잡고 한바탕 돌아가야 잠잠해지니까. 다른 아가씨들도 싫어하지 않았을까요? 아무래도 그렇다고 봐야지. 걔 때문에 자기 수입이 줄어드니까. 지 손님 뺏어갔다고 한동안 서로 싸우느라 어수선해. 그때 마담인 내가 나서서 정리를 하는 거지. 사실 너무 이쁜 애들은 자주 불러오면 안 돼. 밖에서든 안에서든 어쩔 수 없이 분란이 생기거든. 하지만 전체적인 분위기를 전환하려면 필요하기 때문에 일 년에 한 명 정도는 데려와야 해. 예전에 저도 아주 조금 미모의 다방 아가씨에게 빠질 뻔한 적이 있었어요. 그녀가 소설가인 나를 좋아한다는 착각에 빠졌던 거죠. 그래요? 안 좋게 끝났구만? 예. 순진했던 거죠. 그녀가 있는 다방에 드나들며 얘기를 나누다가 어느 날 저녁때 같이 술 한잔 마실 수 있느냐고 물어봤죠. 그랬더니 흔쾌하게 승낙을 하는 거예요. 조금 있음 근무가 끝나니 문제될 게 없다고. 그러니까 티켓비 없이 어떤 우정으로 술자리를 같이 할 수 있게 됐구나, 하면서 기뻐했는데 그게 아니었던 거죠. 정말 순진했구만, 아니면 바보 같았거나. 맞아요. 근데 아직도 부끄럽고 미안한 건 그 술자리 끝에 저는 그녀와 그리고 저 자신에 대한 화를 참지 못하고 티켓비를 바닥에 집어던졌다는 겁니다. 그녀는 쪼그리고 앉아 돈을 줍고. 디러…… 그런 일이 벌어져요. 하지만 그건 어찌할 수 없는 레지라는 직업의 운명이에요. 마담은 파리채를 능숙하게 휘둘러 탁자에 앉은 파리를 잡았다. 당시 제 착각이 비참하고 부끄러웠는데…… 시간이 흐르니까 그 아가씨에게 돈을 집어던진 일이 너무 미안하더라구요. 그다음부터 다방에 발을 들여놓지 않았어요. 아이고, 내가 다 미안해지네. 배달 나간 진양이 돌아오자 마담은 호들갑스럽게 자리에서 일어났다. 사장님, 이제 다 배우셨어요? 마담은 자리를 옮겼다. 내 앞에 앉은 진양의 종아리에 점점이 묻어 있는 흙탕물 방울들이 말라가고 있었다. 진양은 물수건으로 말라붙은 진흙을 닦아냈다.

진양, 비도 오는데 간식으로 짬뽕 먹을래요? 내 경험을 마담에게 털어놓은 게 잘한 일인지 아닌지 판단이 서질 않아서 나는 잠시 텔레비전 화면 속 막장 드라마에 매달려 있어야만 했다. 소주도 한 병 시킬까요? 나는 고개를 끄덕였다. 얼굴이 보이지 않는 노인이 부르는 〈목포의 눈물〉은 옛날 축음기에서 나오는 노래와 비슷했다. 짬뽕 네 그릇에 소주 한 병, 별다방으로 보내줘요. 좁은 카운터에 덩치 큰 곰이 꼼짝없이 갇혀 중국 음식을 주문하는 장면을 보는 것 같아서 나는 우울해진 기분에서 빠져나올 수 있었다. 근데 한 그릇은 누구 거지? 노래를 배우는 노인? 아! 마담의 남편이 있었지. 졸지에 이 다방 식구들 끼니를 책임지는군. 내 옆으로 자리를 옮긴 진양과 나는 칸막이 너머의 텔레비전 드라마를 시청했다. 아까 그게 무슨 얘기죠? 뭐요? 손으로 해준다는 거. 알잖아요. 그거 따로 돈을 더 내야 돼요? 원래는 그렇지만 소설가 아저씨는 공짜예요. 해드릴까요? 아니, 그냥 궁금해서 물어본 겁니다. ……소심하시긴. 예? 아, 아니에요. 주인공의 출생의 비밀을 놓고 드라마 속의 주변 인물들은 전전긍긍하고 있었다. 그 긴장 속에서 진양의 허벅지가 내 허벅지에 자연스럽게 밀착되었다. 참, 어떤 소설을 써요? 진양의 얼굴이 와락 내게로 돌아왔다. 무슨 얘기죠? 어떤 소설을 쓰냐고요? 연애소설? 아…… 그러니까…… 내가 전전긍긍하는 사이 다행히도 별다방의 문을 열고 손님들이 들어왔다. 모두 노인들이었다. 진양은 오뚝이처럼 발딱 일어났다. 내 허벅지에 따스한 체온을 남겨놓고서.

새로 들어온 노인들은 각자의 자리에 앉아 마담에게서 종이 하나씩을 받아들고 노래 부를 준비를 하고 있었다. 담배 연기와 함께 선곡에 대한 투정 섞인 불만의 소리가 피어났다. 진양은 부지런히 차를 나르고 마담은 자리를 옮겨다니며 불만을 잠재우고 노래를 가르치느라 바빴다. 다방은 장날의 시내버스처럼 왁자해졌다. 밝혀질 듯 밝혀지지 않는 주인공의 출생의 비밀을 놓고 벌어지는 우스꽝스러운 행동에 하품이 날 무렵 오토바이 소리와 함께 주문한 짬뽕 네 그릇이 도착했다. 텔레비전 앞자리에 신문지가 깔리고 랩에 싸인 짬뽕과 단무지, 양파, 춘장, 소주, 나무젓가락이 자리를 잡았다. 그리고 그중 한 그릇은 진양의 손에 들려 내실로 들어갔다. 마담의 남편이 나오길 내심 기다렸던 나는 랩을 벗기느라 끙끙거리다 포기하고 젓가락으로 아예 찢어버렸다. 이거 냄새 피우는 거 아닌지 모르겠네요. 우리도 먹어야 살 거 아니오. 마담은 파리채를 옆에 놓고 젓가락으로 능숙하게 짬뽕에 담긴 홍합을 발라먹었다. 비 오는 날은 역시 얼큰한 짬뽕이 최고지. 캬!
소주맛 죽이네! 남편분은 많이 아프신가요? 한 시절 원 없이 놀았으
니 지금 아픈 거 억울해하면 안 되지. 데리고 사는 것만 해도 어딘데.
마담 언니, 이 건물 아저씨 거라면서요? 짬뽕 국물에 붉어진 마담의
젓가락에 잡혀 있던 홍합이 진양의 얼굴로 날아갔다. 부부 사이에 니
거 내 거 따지는 게 부부냐! 진양이 매를 벌었다. 죄송해요. 진양은 물
수건으로 짬뽕 국물이 묻은 얼굴을 닦았다. 이거 소설가 양반 있는 자
리서 별걸 다 보여줬네요. 자, 받아. 마담은 진양의 물컵에 소주를 듬
뿍 따라주었다. 소주를 한 모금 마신 진양은 탁자에 떨어진 홍합을 집
어 안주로 씹었다. 세상엔 할 얘기가 있고 하지 말아야 할 얘기가 있
다. 알아들었냐? ……예. 배달 나가서도 그렇게 떠들고 다녀라, 응?
예. 아니, 안 그럴게요. 두 분이 마치 다정한 모녀지간 같습니다. 어색
함을 달래려고 나도 한마디 거들었는데 뭔가 묘한 냄새를 풍기는 걸
감추려는 의도이기도 했다. 철부지 딸과 막돼먹은 엄마지 뭐! 근데,
뭐 이야깃거리라도 나왔어요? 좀 막막하네요. 다방이란 업종이 예전
과 달리 사양길로 접어들었는데 앞으로도 계속하실 건가요?

　노인들이 앉아 있는 자리를 한 바퀴 돌고 온 마담이 물수건으로 손
을 닦으며 내 앞에 앉았다. 그치지 않는 비 때문인지 실내엔 물비린내
가 희미하게 풍겼다. 소설가 양반은 그 업종이 사양길로 접어들어도
소설을 계속 쓸 생각이오? 더군다나 내 나이쯤 되었을 때. 음, 만만찮
은 반격이었다. 사람이 존재하는 한 이야기는 사라지지 않아요. 만약
에 사라진다면? 아마…… 그래도 계속 쓸 것 같은데요. 왜? 제가 그
나마 가장 잘할 수 있는 일이니까요. 돈과는 거리가 한참 멀어도? 그

럼 가족들은 어떻게 먹여 살릴 거요? 설마 굶어 죽기야 하겠어요. 사내가 너무 무책임한 말을 하네. 그녀의 손가락은 물수건에 의해 마치 새로 태어나는 것 같았다. 그 손가락들이 하나둘씩 펴지며 나를 가리키고 있었다. 실제로 그런 일이 닥치면 포르노소설이라도 써야 하지 않겠소? 나는 긍정도 부정도 아닌 웃음을 흘렸다. 사장님, 다 외웠어요? 갈게요. 마담은 잠시 놓고 있었던 파리채를 들고 그녀를 부르는 노인에게로 쪼르르 달려갔다. 진양이 배달을 나간 터라 나는 혼자 자리에 앉아 담배를 피우며 마치 나만을 위해 막을 올린 것 같은 연극을 감상하듯 침침한 다방의 정경을 관람했다. 비린내 진동하는 포르노소설을 쓰듯 나는 허리를 잔뜩 구부린 채 마담이 던져놓은 말들을 우울한 심정으로 들여다보았다.

이년은 또 티켓을 끊었나. 한번 나가면 안 돌아오네. 마담은 다소 지친 얼굴로 돌아왔다. 탁자에서 기어다니는 파리를 겨냥해 파리채를 내리쳤지만 두 번 다 허탕이었다. 나는 남은 와인을 모두 그녀의 잔에 부어주었다. 그러나 소파에 등을 파묻은 마담은 담배를 피우며 붉은 와인을 바라보기만 할 뿐이었다. 나는 그녀의 눈 옆으로 퍼져나간 주름이 의지와 무관하게 파르르 떨리는 걸 놓치지 않았다. 진양과 나눠서 일하시지 왜 혼자 하세요? 노래는 아무나 가르치나. 걔는 주방과 바깥 담당, 나는 다방 안 담당. 마담은 파리채를 잡은 손을 간신히 코에 가져다 대고 냄새를 맡았다. 소파 위로 던지듯이 손을 내려놓았다가 다시 코앞으로 끌어와 킁킁거렸다. 그 손이 탁자 위로 가더니 유리잔을 그러잡았다. 소설가 양반, 아까 그나마 가장 잘하는 일이 소설 쓰는 거라고 그랬잖소? 사실 나도 할 수 있는 일이 이것밖에 없소. 이

나이에 무슨 다른 일을 하겠소. 벌어놓은 돈이 없으니 다방 문을 닫을 수도 없소. 돈도 돈이지만 평생 다방 일을 해왔다는 오기도 있소. 물론 자존심도 있고. 혀로 입술을 닦던 그녀는 다시 오른손을 코로 가져가 냄새를 맡았다. 손님들이 거의 나간 터라 줄곧 켜놓았던 텔레비전 소리가 슬슬 전면으로 등장하고 있었다. 아까 이야기는 사라지지 않는다고 했는데 마찬가지로 인간들 욕정도 사라지지 않지. 특히 사내들. 나이를 불문하고. 더이상 레지들을 구할 수 없으니 다방들이 하나둘 문을 닫는 추세였지. 그즈음엔 손님들이라곤 노인들밖에 없었는데 갑자기 옛날 일이 퍼뜩 떠오른 거요. 그래서 시작한 일이 보았다시피 손으로 그 욕정을 해결해주는 거였소. 옛날 일이라뇨? ……한때, 모든 게 아슬아슬하던 시절 어느 도시의 사창가 옆에 자리한 지하 다방에서 레지로 일했던 적이 있어요. 빚도 어마어마하게 많았어. 오라면 오고 가라면 가던 그런 시절이었는데 하필 사창가 근처까지 갔지 뭐야. 아무래도 등골을 누르는 빚과 다방이 자리잡은 장소 때문에 긴장하지 않을 수 없었지. 혹시라도 주인이 그쪽으로 날 넘겨버리지 않을까 겁이 덜컥 날 정도였으니까. 창녀가 되는 악몽도 꽤 여러 번 꿨어. 아무리 그래도 내 인생이 거기까진 가지 않기를 바랐으니까. 하여튼 그랬었는데, 그 다방이 위치만큼이나 꽤 독특하게 영업을 하는 곳이었어. 어차피 다방 손님들은 거의 대부분 남자들인데 옆에 사창가가 있으니 비싼 티켓 영업이 제대로 될 리가 없었지. 그래서 주인이 생각해낸 게 바로 레지들에게 손님들 거시기를 손으로 주물러주자는 서비스야. 손님이 레지한테 차 한 잔만 사주면 바로 옆에 앉아 혁대를 조금 풀고 사타구니로 손을 넣는 거지. 소문이 나서 장사 엄청 잘 됐어. 처음엔 깜짝 놀랐지. 손님들이 커피를 마시거나 텔레비전을 보면서 아무렇지 않게 그 짓을 즐기는 거야. 딱 그것만 합니까? 다른 게 없고? 응. 나름 그 서비스에 대한 룰이 있었는데 손님들이 레지들 가슴이나 거시기를 만질 수는 없는 거야. 하긴 뭐 정 급하면 가까운 사창가로 달려가면 되니까. 나는 소리가 나지 않도록 침을 삼키느라 억지로 기침을 하고 엽차를 들이켜야만 했다. 마담의 얘기를 들은 내 사타구니는 어느새 불룩하게 변해 있어 탁자 아래로 바투 다가앉아야만 했다. 하지만 화끈 달아오른 얼굴은 감출 길이 없었다. 이러면서 악착같이 버틴 거야. 근데 이 손에서 자꾸만 사내들 냄새가 나는 것 같아 미치겠어. 그 냄샌 도저히 못 참겠어. 이유를 모르겠어. 파리채와 함께 탁자 위로 올라갔던 마담의 오른손이 소파로 천천히 내려갔다. 저쪽에 앉아 있는 노인네 말이야. 마담의 목소리가 작아졌다. 실은 나랑 하고 싶어서 저렇게 버티고 있는 거야. 그것 때문에 매일 출근하는 거지. 손으로 해주는 건 싫대. 하지만 난 안 해. 남편이 있어서가 아니야. 마음에 드는 손님하고 자는 건 레지들이나 하는 일이지. 나는 마담이야. 아침에 바른 화장품이 물고기의 비늘처럼 조각조각 일어난 그녀 얼굴의 주름살로 담배 연기가 출렁출렁 물결치고 있었다. 나는 마지막에 가까운 질문을 던졌다. 선생님에게 있어 다방은 무엇입니까? 마담, 다 외웠어. 그녀가 이야기했던 노인의 부름이었다. 예, 사장님. 갈게요!

나는 다시 혼자가 되어 칸막이 너머의 텔레비전을 시청했다. 가끔 마담과 역시 조금밖에 보이지 않는 노인을 훔쳐보며. 커피 배달을 나간 진양은 좀처럼 돌아오지 않았다. 비가 오는데다 시간도 오후 여섯

시를 향하고 있어 바깥은 어느새 어둑어둑해져 있었다. 오후 내내 별다방에 죽치고 앉아 흘러간 옛 노래를 듣는 일도 서서히 지쳐갔다. 앞으로 얼마나 더 드나들어야 할지 모르는 일이지만 나름 성과가 없지 않은 하루였다. 나는 마담과 노인이 한 소절씩 번갈아 부르는 〈목포의 눈물〉을 들으며 주섬주섬 항구를 떠날 채비를 하다가 동작을 멈췄다. 내실과 이어지는 화장실 앞에서 한 사내가 눈을 번득이고 있었다. 마담의, 병든 남편이었다. 얼굴이 보이지 않는 노인의 쉰 듯한 신음소리가 마담의 노래 사이를 헤치고 나왔다. 눈만 시퍼런 마담의 남편은 비척비척 다방 안으로 들어오고 있었는데 손에는 바가지를 들고 있었다. 나는…… 그저 바라볼 수밖에 없었다. 마담과 노인은 그 기척을 눈치채지 못하고 여전히 노래와 녹슨 듯한 신음소리를 합창했다. 그동안의 신념을 굽힌 노인이 손으로 해주는 것에 만족하기로 방향을 선회한 점이 못내 아쉬웠다.

"썩을 년!"

바가지에 담긴 짬뽕이 마담의 머리 위로 와르르 쏟아졌다.

노래와 신음소리가 동시에 멈췄다. 뒤이어 절묘하게 연결되는 막장 드라마의 장면처럼, 마치 이어 부르기라도 하듯 〈목포의 눈물〉 3절을 흥얼흥얼 부르며 들어와 비틀거리는 이는 얼굴이 발개진 진양이었다. 짬뽕을 뒤집어쓴 마담을 용케 식별한 진양은 노래를 멈추고 일성을 토했다.

"야, 니가 마담이면 다야! 왜 남의 얼굴에 홍합을 던지고 지랄이야! 니가 지금껏 부려먹으면서 월급 한 번 제대로 준 적이 있냐! 있냐고? 힘없는 남편 재산이나 야금야금 벗겨 먹는 주제에 말이야!"

면발을 뒤집어쓰고도 자리에 꼿꼿하게 앉아 있던 마담이 모두가 잠잠해지기를 기다렸다가 탁자에 놓인 파리채를 들더니 마침내 입을 열었다.

"오늘 영업 여기서 끝."

슬그머니 자리에서 일어난 노인은 다방 문을 열고 나갔다. 나는 탁자에 놓인 두루마리 화장지를 가져가 마담에게 내밀었다. 마담은 짬뽕 국물이 벌겋게 얼룩진 얼굴로, 화장지를 내민 채 서 있는 나를 바라보았다. 그녀의 오른손에 쥐어 있는 물수건도 벌겋게 물들어 있었다.

"이 새끼야. 너도 소설 그만 쓰고 나가."

애니멀즈 단란주점

술에 취해 깜박 잠이 들었던 모양이었다.

　처음엔 어딘지 몰라 허둥거렸고 답을 찾아내기도 전에 몰려든 요의를 못 이기고 술병이 어지럽게 널려 있는 탁자에 허벅지를 부딪치며 출입문을 찾았다. 복도로 나와 걸음을 옮길 때마다 머릿속에서 바위가 이리저리 굴러 부딪치는 것처럼 머리가 아팠다. 도대체 여기가 어디란 말인가. 침침한 복도의 양쪽으로 줄지어 문이 있고 안에선 노랫소리와 웃음소리가 새어나왔지만 아무 문이나 열고 물어볼 수는 없는 노릇이었다. 일단은 화장실부터 찾아야 했다. 나는 한 손으론 머리를 잡고 나머지 손으론 사타구니를 움켜쥔 채 술냄새와 곰팡이 냄새, 담배 냄새, 그리고 노린내를 처덕처덕 발라놓은 것만 같은 복도를 돌고 돌았다. 또 무료함을 견디지 못해 술집을 전전하다 집으로 돌아가지도 못하고 잠들었구나, 후회의 탄식을 뱉어내며. 탄식이 끝나는 곳에 지린내가 풍겨나오는 화장실 문이 한 뼘쯤 열린 채 불빛을 흘려보내고 있었다.

소변기 위의 벽을 짚은 채 바지 지퍼를 내리고 곧 터질 것만 같은 방광의 오줌을 배설하기 시작했다. 그런데…… 바로 옆 대변기가 있는 칸에서 숨이 넘어갈 듯한 신음이 흘러나오는 게 아닌가. 그것도 여자의.

"저기…… 괜찮으세요?"

평소에 비해 두 배나 긴 오줌 줄기를 겨우 끊고 대변기 칸의 문을 두드렸다. 여자는 대답 대신 내장을 토해내는 듯 애절한 소리만 밖으로 내보냈다. 어쩔 수 없이 문고리를 살짝 잡았는데 다행히 문은 닫혀 있지 않았다. 조심스럽게 문을 열었다.

"괜찮으……"

그러나 나는 말을 마저 끝맺지도 못한 채 뒷걸음질을 치다 벽에 부딪혔고 변기에서 새어나온 오줌과 담배꽁초가 널려 있는 화장실 바닥에 주저앉고 말았다. 내가 본 것은 양변기에 사람처럼 앉아 피울음을 토하는 멧돼지였고 울다가 눈이 마주친 그 멧돼지도 깜짝 놀랐는지 튕겨 일어나 순식간에 화장실을 뛰쳐나갔다. 벌어진 내 입에선 어떠한 소리도 새어나오지 못했다. 대체 여기가 어디란 말인가.

"왜 아직 안 갔어요?"

후들거리는 다리를 끌고 간신히 복도를 걷는데 맞은편에서 과일이 담긴 쟁반을 들고 오던 미모의 여인이 깜짝 놀라는 표정을 보고 나서야 나는 내가 어디에 와 있는지 비로소 알아차렸다. 그녀는 옷을 입은 채로 오줌을 싼 것 같은 내 바지를 보더니 인상을 찌푸렸다.

"미끄러졌습니다."

"······그러게 조금만 마시지 그랬어요."

여주인은 내 말을 믿지 않는 표정이었다. 나는 화장실에서 만난 멧돼지 얘기를 꺼낼까 하다가 그만두었다. 믿지 않을 게 분명했다. 대신 그녀의 옷이 반도 가리지 못한 가슴골을 훔쳐보았다. 그녀가 처음 우리집 대문을 두드렸을 때도 같은 복장이었다. 젖꼭지가 안 보이는 게 이상할 정도였다. 나는 그녀가 신흥종교의 전도를 위해 전투적으로 방문한 거라 여겼었다. 아무 거리낌 없이 남자 혼자 있는 집안으로 들어왔기에.

"길을 제게 팔았으면 합니다."

"골짜기 끝에서 뭘 하려고요?"

"그냥······ 자그마한 술집을 열까 해서요."

"아무도 없는 외딴 산골짜기에서 술집을 개업한다고요?"

사십대 후반에서 오십대 초반으로 보이는 그녀는 가볍게 고개를 끄덕였다. 나는 그제야 깊은 가슴골에서 시선을 거두고 그녀의 눈을 들여다보았다. 산골이 좋다고 무작정 땅 사고 집 짓고, 배운 게 물장사이고 얼굴 반반하니 그걸 밑천으로 술집을 해보겠다는 여자가 틀림없었다. 물론 나는 이미 알고 있었다. 누가 골짜기 끝에 있는 땅을 샀고 그곳에 집을 짓고 있다는 사실을. 그 주인이 분명 나를 찾아오리라는 것도. 왜냐하면 그곳으로 가는 길의 가장 중요한 부분이 내 땅이었기 때문에. 그러나 그 주인이 미모의 여인이고 그곳에서 물장사를 할 계획이라는 건 미처 상상하지 못했다.

"길만······ 따로 팔 순 없습니다."

"어떻게 안 될까요? 밭까지 살 여력은 안 되는데······"

"그거야 그쪽 사정이죠. 참, 알고 계시죠? 지금 길도 제가 그냥 내 준 거라는 거."

"······알아요."

"그렇다고 길을 막겠단 얘긴 아닙니다."

"······혼자 사세요?"

그날 그녀는 들고 온 비닐봉지에서 음료수만 내려놓고 소득 없이 떠났다. 내가 길을 놓고 쩨쩨하게 횡포를 부린 것은 절대 아니었다. 그녀가 시골길의 내력에 대해 전혀 알지 못한 채 일을 추진한 결과였다. 그녀가 나를 찾아왔다는 것은 뒤늦게 모든 내막을 알게 되었다는 얘기였다. 오렌지, 매실, 사과 주스를 각각 한 병씩 챙겨서. 한 박스도 아니고. 나는 대문 앞에 서서 그녀가 타고 온 BMW가 후진을 해서 나가는 모습을 물끄러미 바라보았다. 그녀가 조만간 다시 찾아오리라는 걸 예감하며.

"아까 가신다고 했잖아요?"

"나도 모르게 깜박 잠이 들었어요. 근데 꼭 손님을 쫓아내는 기분이 듭니다."

"그게 아니고······"

여주인은 손목시계를 보며 낭패한 기색을 한동안 감추지 못하더니 이윽고 고개를 들었다. 뭔가 할말을 삼켜버린 듯한 얼굴이었다.

"술 더 드려요?"

"맥주는 배만 부르고····· 양주는 비싸고····· 소주는 없고."

"동네에서 알부자라고 소문났던데 싸게 드릴 테니 발렌타인 30년

186

산 한 병 드세요."

빈 맥주병을 치우느라 여주인이 허리를 숙이자 바로 내 눈앞에서 풍만한 젖가슴이 출렁거렸다. 젖꼭지까지 보였다. 그것은 백 마디 약속보다 더 확실한 신호였다. 갈등에 빠지지 않을 수 없었다. 그걸 주문하면 그녀가 내 옆에 오래 앉아 있겠다는 뜻이었다. 나는 잘 익은 알밤 빛깔의 젖꼭지를 훔쳐보며 몰래 침을 삼켰다.

"술이 다 거기서 거기지. 국산 양주 제일 싼 걸로 한 병 줘요."

"그런 술은 마시고 나면 머리만 아파요. 발렌타인은 입에서 살살 녹아요."

"너무 비싸."

"그럼…… 17년산으로 드세요."

옆으로 와서 탁자를 훔치는 그녀의 젖가슴 한쪽이 내 팔을 부드럽게 스쳐갔다. 말할 수 없이 부드러웠지만 매상을 올리겠다는 고압의 전류가 내재돼 있었다. 나는 술을 주문한 뒤 화장실에 멧돼지가 드나드니 문단속을 단단히 하라고 알려주려다가 포기했다. 내가 들은 멧돼지의 신음을 어떻게 해석해야 할지 판단이 서지 않았기 때문이었다.

그녀는 가을이 다 가도록 다시 찾아오지 않았다. 가끔 공사 자재를 실은 트럭이 흙먼지를 일으키며 골짜기로 들어서는 걸 보았을 뿐이었다. 그렇다고 길을 막을 순 없었다. 시골 농로란 게 원래 태생이 좀 복잡했다. 처음엔 사람이 지게 지고 걸어갈 만한 폭에서 출발했는데 지게의 시절이 가버리자 리어카가 등장하고 뒤이어 경운기가 모습을 드러냈다. 길은 배로 넓어져만 했다. 문제는 그 길이 개인 소유의 밭이라는 점이었다. 즉 골짜기의 밭 주인들이 자기 땅을 공평하게 조금

씩 내놓아야만 했는데 그러다보니 길이 곧게 뻗지 못하고 구불구불해
질 수밖에 없었다. 비록 구불구불하긴 해도 각자의 땅을 조금씩밖에
내놓지 않아 큰 탈 없이 지내왔는데 트랙터와 농용 트럭의 세상이 되
면서부터 사정이 달라지기 시작했다. 게다가 농사를 짓지 않는 도시
사람들이 돈다발을 들고 와 골짜기 끝의 땅만 달랑 사들이면서 문제
가 커졌다. 그들은 누구의 간섭도 받지 않고 외딴곳에 숨어사는 걸 좋
아했다. 자기 돈 주고 땅 사는 걸 누가 뭐라 하겠는가마는 문제는 거
기까지 가는 길이었다. 그전까지는 시골 공동체의 길 개념이었는데
외지인들의 등장으로 그 기반에 일시에 금이 간 거나 마찬가지였다.
그뿐만이 아니었다. 관의 지원을 받아 그 길을 시멘트로 포장한 경우
는 원래의 땅주인이 더이상 소유권조차 주장할 수 없었다. 더더욱 가
관인 것은 땅을 사들인 외지인들은 일단 집을 지으면 자기 소유의 땅
이라고 울타리부터 친다는 점이었다. 그러면 길은 거기서 끝이어서
마을 사람들이 봄날 산으로 나물 뜯으러 가려면 옛길을 포기하고 험
한 개울이나 산을 타야만 하는 황당함 때문에 시골 인심은 갈수록 흉
흉해졌다. 그녀가 가슴골을 흔들며 우리집을 찾아온 것은 이 골짜기
의 길은 포장을 하지 않았기에 땅주인이 도시에서 들어온 사람들처럼
언제라도 길을 막을 수 있다는 우려 때문이었다. 그동안 그녀는 개업
을 했고 시골길에 대한 부족한 공부를 마쳤을 것이다. 대단한 배짱이
었다. 골짜기 끝에 자리한 이곳은 길이 형편없어서 사륜구동이 아니
면 들어올 수 없었다. 결국 나는 길이 붙은 밭을 비싼 값에 팔지 못했
고……

　"정말 아가씨 필요 없어요?"

"마담이 있으면 됐지."

"아시다시피 저는 오래 못 앉아 있어요. 저기…… 이런 공간에 오는 손님들이 어떨 땐 좀 거친 거 알죠?"

나는 고개를 끄떡였다.

"아무래도 술 취하면 개가 되기 쉬우니까."

"……가급적 다른 룸 손님들과 부딪치지 않았으면 좋겠어요."

"난 취하면 얌전한 색시로 변합니다."

"고마워요. 그럼 제가 노래 한 곡 불러드릴게요."

비싼 양주를 단번에 털어넣은 그녀는 노래책을 뒤적거리더니 이내 보라색 매니큐어를 칠한 손톱을 반짝이며 리모컨의 단추를 톡, 톡, 톡 눌렀다. 노래는 시작되고 따스한 남국의 바닷가에서 원색의 비키니를 입은 채 뛰어다니는 여인들이 화면을 가득 채웠다. 나는 화면 속 여인들의 터질 듯한 가슴과 두 손으로 공손하게 마이크를 잡고 노래를 부르는 여주인의 가슴골을 번갈아 감상하며 술잔을 만지작거렸다.

당연히 예상 밖이었다. 그녀의 '마가리 단란주점'은 농사철이 끝나고 초겨울로 접어들면서 예상 밖의 호황을 누리고 있었다. 어두워지면 전조등을 밝힌 채 골짜기의 언덕길로 올라가는 농용 트럭이나 바닥이 높은 코란도 종류의 차들을 심심찮게 볼 수 있었다. 골짜기 초입의 언덕에서 용을 쓰다가 결국 자가용을 세워놓고 걸어서 가는 치들까지 있을 정도였다. 마을을 가로지르는 국도에서 골짜기 끝에 자리한 술집까지는 구불구불한 길 때문에 실거리가 오 리는 충분히 넘었다. 추운 겨울밤에 민가 하나 없는 산골짜기를 걸어서 가는 정성이 대체 어디서 나오는지 궁금할 정도였다. 더군다나 한번 가면 술값도 만만찮은, 룸살롱이나 다름없는 단란주점에. 그즈음부터 마을의 사내들 입에서 '마가리 단란주점'에 대한 소문이 조금씩 퍼져나가기 시작했다. 잊을 만하면 그 끝내준다는 소문이 사실이냐는 문의 전화가 걸려와 사람을 피곤하게 만들었다. 하여튼 산골짜기 끝에 자리잡은 그 술집을 둘러싼 진풍경들 중 가장 하이라이트는 누가 뭐라 해도 덕만 형의 행보였다.

"추운데 어디 가요, 형?"

"어…… 술 좀, 마시려고."

눈이 내리고 있어 길이 미끄러운지라 덕만 형은 자전거를 옆에서 끌고 오던 중이었다. 두 개나 빠진 앞니로 말할 때마다 컴컴한 입속이 보였고 볼은 발갛게 상기돼 있었다. 나는 덕만 형의 자전거 앞바퀴가 가리키고 있는, 어두워지는 골짜기를 바라보았다.

"형, 우리집에서 나랑 같이 마실래요?"

"어? 아냐…… 참, 너네 집이랑, 우리집은, 같은 김씬 거 알지?"

"그럼요. 형, 많이 마시지 마세요."

"……니도 내가 저기에, 술 마시러 가는 게, 못마땅하냐?"

"아니요. 가끔 기분 전환도 되고 좋지요 뭐."

"니는 그래도, 내 마음을, 알아주는구나. 우리 엄마는, 울고불고, 난리다."

볼 때마다 본이 같다는 것을 무슨 자랑처럼 입에 달고 있는 덕만 형을 내가 붙잡을 명분은 없었다. 평소 술 마시자고 한 번도 먼저 말을 꺼낸 적이 없었으니까. 오히려 그 말이 나올까봐 피한 적이 많았다. 하지만 자전거를 끌고 어두워지는 골짜기로 들어가는 형의 뒷모습을 보자 슬슬 화가 치솟기 시작했다. 단란주점 여주인의 장삿속이 보여도 너무 보였다. 봄, 여름, 가을 내내 남의 집 농사일 해주고 번 돈에 빨대를 꽂아 야금야금 빨아먹는 거나 마찬가지였다. 지능이 다소 떨어지는 덕만 형이 일주일에 한 번꼴로 단란주점을 찾아간다는 소문이 마을에 파다하게 퍼진 지 오래였다. 나는 눈길에 찍혀 있는 덕만 형의 자전거 바큇자국을 한참이나 들여다보았다. 결혼도 못한 채 노모와 함께 사는 형의 나이는 오십대 중반이었다.

"……아!"

비싼 발렌타인을 아껴 마시며(여주인은 무려 네 잔이나 마시고 나가서 돌아오지 않고 있다) 노래책을 뒤적이다가 비로소 나는 내가 이곳을 찾아온 까닭을 기억해냈다. 저녁을 먹고 빗자루로 집 앞의 눈을 치다가 골짜기로 갈라지는 눈길에 선명하게 찍혀 있는 자전거 바큇자국을 발견했다. 게으르게 내리는 함박눈이 그 흔적을 천천히 덮는 걸 쭈그리고 앉아 바라보다가 그 가느다란 바큇자국을 따라 집을 나선 거였다. 여주인이 더이상 찾아오지 않았기에 나도 그녀의 얼굴을 본 지가 오래되었다. 도대체 어떤 곳인지 가끔 궁금하긴 했지만 자존심상 찾아가진 않았다. 덕만 형의 자전거가 단란주점 문 옆에서 안장에 눈을 소복하게 쌓아놓은 채 주인을 기다리고 있는 걸 본 게 간밤의 마지막 바깥 풍경이었다. 그러곤 문을 열고 들어서기 무섭게 그 생각일랑 까맣게 잊어버리고 술만 마셨다. 가끔씩 얼굴을 비치는 여주인의 가슴골을 흐릿한 눈으로 훔쳐보며.

남은 술의 양을 알 수 있도록 양주병에 다른 사람은 알아차리기 힘든 표시를 해놓고 룸 밖으로 나왔다. 맥주에 양주까지 섞어 마신 여파가 만만찮았다. 복도 벽에 기대 잠시 취기와 어지럼증을 달래고 나서야 이곳저곳을 기웃거렸다. 문틈으로 새어나오는 소리에 귀를 기울이며. 혹시나 여자의 목소리로 우는 멧돼지와 다시 맞닥뜨리지는 않을까 불안해하며. 단란주점의 복도는 디귿자 형태였는데 한쪽 끝은 출입문이었고 반대편 끝에는 화장실과 작은 쪽문이 있었다. 그 사이에 일고여덟 개 정도의 룸이 지그재그로 자리하고 있었다. 그 룸들 중 어디에 덕만 형이 있는지는 문을 열어보지 않고선 확인하기 힘들었다. 그렇다고 술에 취해 룸을 잘못 찾은 척 문을 열려면 배짱이 필요했다. 잘못하면 낭패를 볼 수 있기 때문이었다. 멧돼지가 없는 화장실에 들러 볼일을 보고 나와 그 옆에 있는 쪽문의 손잡이를 돌렸다. 쪽문은 잠겨 있지 않았다. 문밖의 외등 불빛 속으로 탐스러운 함박눈이 내리고 있었다. 그 정경을 멍하니 바라보다가 나는 벌린 입을 다물지 못했다. 뒷마당의 눈 위에 어지럽게 찍혀 있는 것은 분명 산짐승들의 발자국이었다. 그냥 발자국이 아니라 뭐라 설명하기 어려운 형상이었다. 사람의 정황으로 치자면…… 눈 내리는 밤, 애인의 방과 붙은 골목길에서 초조하게 망설이고 있었던 발자국이랄까…… 나는 눈송이로 가득한 외등 불빛 너머의 어둠 속에 도사리고 있을 것만 같은 맹수들을 떠올리며 문을 닫았다.

"어머, 죄송해요!"

룸으로 돌아가기 위해 복도의 모퉁이를 도는데 갑자기 문을 열고 뛰쳐나온 아가씨와 제대로 부딪치고 말았다. 얇은 슬립 차림의 그 아가씨는 이내 손바닥으로 입을 막은 채 화장실로 달려갔다. 아마 토하기 직전인 모양이었다. 덕분에 한 뼘쯤 열린 문 너머로 안을 엿볼 수 있었다. 담배 연기로 자옥한 그 룸에는……

독한 양주를 연거푸 마셨지만 벌렁거리는 가슴은 진정되지 않았다. 방금 전 본 장면이 과연 진짜인지 의심이 들 정도였다. 건장한 멧돼지들. 그 사이에 앉아 있던 여주인과 아가씨. 깊은 산속에서 살아야 할 멧돼지들이 저잣거리의 사내들처럼 단란주점에서 아가씨를 낀 채 술을 마시고 있다니. 아무리 산골짜기 끝에 자리한 단란주점이라 하더라도 믿기지가 않는 풍경이었다. 나는 다시 술잔 속의 양주를 단숨에 털어넣었다. 멧돼지들에게 인간의 돈이 있을 리가 만무했다. 아무렇지 않게 그들 틈에 앉아 웃고 있던 여주인과 아가씨는 또 뭐란 말인가. 가만…… 그러고 보니 멧돼지들이 사람의 말을 하고 있었다. 머리에 두루마리 화장지를 두른 한 멧돼지는 사람처럼 서서 날카로운 견치를 드러낸 채 노래까지 부르고 있었다. 기가 막힐 노릇이었다. 화장실에서 본, 여자의 목소리로 흐느끼던 멧돼지도 착각이 아니라는 얘기였다. 나는 금방이라도 멧돼지들이 문을 밀치고 들이닥칠 것만 같아 잔뜩 긴장한 채 술잔을 채웠다. 문밖은 멧돼지들의 세상인 듯해 더이상 나가기조차 두려웠다. 눈을 마주쳤던 여주인이 빨리 돌아와 까닭을 설명해주길 기다리는 수밖에 없었지만 그녀는 좀체 문을 두드리지 않았다. 가만…… 손가락이 없는 멧돼지들은 비싼 발렌타인 양주병에 아예 빨대를 꽂은 채 술을 마시고 있었다. 한 멧돼지는 옆에 앉은 아가씨의 젖가슴에 주둥이를 파묻은 채였고. 그러니까 인간 세상의 사내들이 단란주점에서 노는 행태의 거의 대부분을 그대로 따라 하고 있었다. 여주인이 산골짜기 끝에 단란주점을 차린 이유가 바로 멧돼지들을 상대하기 위해서였단 말인가.

"그래서 아까 자정 무렵에 그만 돌아가시라고 부탁드린 거예요. 여기가 깊은 산속이다보니 자정 이후엔 아무래도……"

룸으로 들어온 여주인의 표정으로 체념이 지나가고 있었다.

"자정 이전과 이후 운운하던 얘기가 그 뜻이었어요?"

"예. 놀라셨어요?"

"……뭐, 조금."

"다들 착해요."

"……돼지들에게 술을 팔아도 됩니까?"

"팔면 안 된다는 법규는 없는 걸로 알고 있어요."

맞은편에 앉은 여주인이 다리를 꼬자 우윳빛 허벅지가 적나라하게 모습을 드러냈지만 일단 질문이 먼저였다.

"소문이 무섭지 않습니까?"

"소문이 무섭다면 물장살 하겠어요. 술이나 한 잔 주세요."

"그럼…… 2차도 가능합니까?"

나는 얼마 남지 않은 양주병을 든 채 물었다. 그녀가 천천히 고개를 끄덕이자 젖가슴은 파도에 덮인 부표처럼 출렁 가라앉았다가 떠올랐다.

"……어디서?"

"있어요."

산골짜기 어디에도 모텔은 없었다. 그럼 단란주점 어딘가에 비밀 공간이 있다는 얘기였다. 아니면 술을 마시는 룸에서? 그러나 그 공간이 어디에 있는지 찾아내는 게 급선무가 아니었다. 내 머릿속은 급작스럽게 혼란스러워졌다. 어이없고 궁금한 점들이 멀미를 하듯 일제히 목구멍으로 올라왔다.

"산짐승들과 관계를 갖는다고요?"

"여기까지 찾아왔는데 사람이나 짐승이나 뭐가 다르겠어요. 그나저나 술이 다 떨어졌네요."

"……한 병 더."

"취하신 것 같은데 괜찮겠어요?"

나는 멧돼지와 아가씨가 뒤엉켜 돌아가는 걸 상상하며 술잔을 비웠다.

"정말 그 모든 게…… 가능해요? 아가씨들이 그걸 좋아합니까?"

"여기 아가씨들은 프로 중의 프로예요."

"그럼…… 멧돼지들은 어떻게 계산합니까?"

"주로 약초를 가져와요. 산삼 종류라고 보면 됩니다."

술이 취하긴 취한 모양이었다. 복도를 걷는데 다리가 풀렸는지 제멋대로 움직였다. 산삼이라. 진짜 산삼 한 뿌리라면 단란주점에서 아가씨 끼고 비싼 양주를 마시며 한 한 달은 원 없이 놀 수 있을 것이다. 하기야 멧돼지들은 산속에서 사니 산삼을 찾는 건 일도 아닐 터였다. 나는 복도 벽에 기대 멧돼지들이 술을 마시며 놀고 있던 룸의 동정에 귀를 기울였다. 사내의 노랫소리와 아가씨의 간드러진 웃음이 함께 새어나왔다. 소리만 듣고선 룸 안에서 사람이 아닌, 멧돼지들이 질펀하게 놀고 있다는 걸 상상조차 할 수 없었다. 대체 멧돼지들이 언제 사람의 말을 배웠단 말인가. 술 마시고 오입하기 좋아하는 사내들도 일주일에 한 번 오기 힘든 곳인데, 아니 계절에 한 번 오기도 어려운 곳인데 산삼을 무기로 뻔질나게 드나들고 있다니…… 괜히 초저녁에 싸구려 맥주만 한 박스 마시고 화장실에나 드나드는, 인간인 내가 초라해지는 겨울밤이었다. 지금까지 마신 술값만 해도 입이 쩍 벌어질 정도인데 닫힌 문 너머에서 아가씨들 젖가슴에 파묻혀 양주만 처마시는 멧돼지들이 부러워 고함을 치려는 찰나에 바로 옆의 문이 왈칵 열렸다. 동시에 어린 고라니 한 마리가 복도로 나뒹굴었다. 이어 쓰러진 고라니의 머리 옆에 당근 서너 개가 떨어져 빙그르르 맴을 돌았다.

"이놈의 새끼, 또 한번 찾아오기만 해봐라!"

문은 쾅 소리를 내며 닫혔다.

"에이, 엄마가 또 보낼 거란 말이야!"

"빨리 안 가!"

안에서 사내의 고함이 튀어나왔다.

"뭐 오고 싶어서 오는 줄 알아!"

눈물을 훌쩍이던 어린 고라니는 큼지막한 당근 세 개를 오만원짜리 지폐라도 되는 듯 재빨리 입으로 물더니 복도 끝에 있는 쪽문을 열고 사라졌다. 멧돼지에 이어 이번엔 고라니였다. 복도에는 잠시 찬 공기와 눈발이 서성이다가 자취를 감췄다. 어린 시절의 기억이 떠올랐다. 나 또한 마을 구멍가게의 뒷방에서 며칠째 노름을 하거나 술타령을 하는 아버지를 찾아간 적이 많았다. 다른 어떤 일보다 싫었지만 화가 잔뜩 난 어머니의 말이기에 따르지 않을 수가 없었다. 저물녘 구멍가게의 뒷방을 찾아가 아버지에게 저녁 드시러 오라는 어머니의 말을 전해봤자 아무 소용이 없었다. 화만 버럭 낼 뿐이었다. 집에 가서 아버지의 말을 전해도 마찬가지였다. 다시 가서 아버지를 데려오라는 게 어머니의 명령이었다. 어두워지는 저녁, 훌쩍거리며 그렇게 집과 구멍가게를 몇 차례나 왕복해야만 했다. 마치 두 사람의 화풀이 대상이 된 것만 같아 더이상 못 가겠다고 울면서 버티면 어머니는 백원짜리 몇 개를 손에 쥐여주고 아버지는 천원짜리를 획 던지곤 했었다. 그래서 그 심부름은 묘한 중독성이 있었다. 심지어는 가끔 그런 일이 벌어지길 기다린 적도 있었다. 화장실에서 나온 나는 뒷마당과 연결된 쪽문을 천천히 열었다. 외등 불빛 속으로 함박눈이 내리는 그곳엔 호주머니 가장 깊은 곳에 돈을 감추는 어린 시절의 내가 아니라 처마밑에 쪼그려앉아 당근을 갉아먹는 어린 고라니가 있었다. 고라니는 까맣고 동그란 눈으로 나를 바라보았다. 눈물이 채 마르지 않은 눈으로.

"맛있냐?"

"……응."

고라니의 입에서 당근 꼭지가 뚝 떨어졌다.

"너도 크면 지금 니 아버지처럼 똑같이 술고래가 될 거야."

"……난 절대 술 안 마셔요! 엄마한테 다짐했어요."

"피는 못 속이는 거야. 그런 다짐은 나도 수백 번이나 했어."

"난 달라요!"

"뭐라고 다짐했는지 알아? 이담에 내가 커서 술을 마시면 개다! 라고 했어."

"그러니 와이프가 애들 데리고 도망갔죠!"

"뭐?"

어린 고라니는 벌떡 일어나더니 어둠 첩첩, 눈 첩첩인 산을 향해 캥거루처럼 뛰어갔다. 고라니가 떠난 자리에는 자잘한 당근 부스러기가 눈 위에 흩어져 있었다. 담배를 피우며 그 산을 멍하니 바라보다가 다시 쪽문을 열고 안으로 들어갔다.

밖은 흑백이었지만 안은 그야말로 만화경 속의 풍경이었다. 어린 고라니는 산으로 뛰어갔지만 이 풍경을 결코 잊지 못할 게 틀림없었다. 그나저나 덕만 형은 대체 어느 룸에 있단 말인가. 나는 아직 들여다보지 못한 룸의 문에 귀를 댄 채 덕만 형의 더듬거리는 목소리를 찾아내려고 신경을 집중시켰다. 가만…… 와이프가 애들 데리고 도망친 걸 어린 고라니 녀석이 대체 어떻게 알았지?

"거기서 뭐하세요?"

양주가 담긴 작은 쟁반을 든 여주인이 복도 저편에서 나를 보고 있었다. 나는 손가락을 세워 입술에 댔다. 그리고 제발 내 방으로 들어가달라는 손짓과 눈빛을 보냈다. 여주인은 잠시 망설이는 기색이더니 이윽고 고개를 끄덕이곤 내 룸으로 들어갔다. 나는 문에 머리가 모로 달라붙은 자세로 룸 안에서 들려오는 대화에 귀를 기울였다. 분명 굉장히 낯익은 목소리가 섞여 있었다. 누구더라? 그 대화 속 안줏거리로 올라 있는 사람은 다른 누구도 아닌 바로 나였다. 맙소사……! 손이 부르르 떨렸다. 노크도 없이 문을 열고 막 들어가려는데 여주인이 다시 복도로 나와 내게 다가왔다. 그녀는 말없이 손잡이에 얹혀 있는 내 손을 잡아끌었다. 그녀의 손은 따스했다. 나는 그녀의 깊은 가슴골이 아닌 눈을 들여다보았다. 눈 우물은 가슴골보다 더 깊고 아득했다. 이번엔 내가 망설였다. 룸 안에서는 왁자한 웃음소리가 흘러나왔다. 나도 심각한 표정을 풀고 미소를 지었다. 그리고 그녀에게 작은 목소리로 말했다. 잠시 술이나 한잔 마시고 나올 거라고. 아무 걱정 말라고. 그녀도 내 눈을 들여다보더니 고개를 끄덕이며 속삭였다. 그럼 전

당신 룸에서 기다릴게요. 룸으로 그녀가 들어가는 걸 확인한 뒤 나는
가볍게 문을 두드렸다.

"다들 여기 있었네."

룸의 소음이 천천히 가라앉았다. 갑작스런 등장에 어떻게 해야 할
지 길을 잃은 눈들이 허둥거렸다. 사실 그건 나도 마찬가지였다. 룸의
상황은 복도에서 예측했던 것보다 더 가관이었다. 누가 주동자인지
알아내는 건 어렵지 않았다. 나는 술병과 안주로 어지럽혀진 탁자 앞
으로 한 걸음 다가섰다.

"술맛 좋아?"

"……뭐, 나쁘진 않습니다."

"느그들 그동안 나 씹으면서 놀았지?"

"……전혀."

"그래? 술 마실 때는 원래 주인을 씹어야 술맛이 좋아지는데 말이
야."

"여기 있는 걸…… 어떻게 아셨습니까?"

"우연히. 근데 느그들 아가씨도 없이 술 마시냐?"

"……돈이 없다보니."

"돈?"

나는 출입문 근처 소파 끝에 앉아 누렁이, 송아지, 흑염소를 차례로
훑어보았다. 짐작했던 대로 주동자는 누렁이였다. 평소 말이 없는 흑
염소, 호기심이 많은 송아지를 꼬드긴 게 틀림없었다. 어찌 보면 한집
식구나 마찬가지인데 다른 곳, 그것도 단란주점에서 마주치니 어색하
기도 하고 슬그머니 화가 치밀어오르기도 해서 누렁이가 따라준 맥

주를 단숨에 마셨다. 단란주점까지 왔는데 돈이 없어서 맥주만 마시고 아가씨도 못 부른다고…… 이 얘긴 주인을 에둘러 욕하는 거나 다름없었다. 나는 고민에 잠겼다. 가축들을 집으로 돌려보낼 것인지 아니면 이왕 여기까지 온 거 양주에다 아가씨까지 갖다 바쳐야 하는지를. 녀석들은 내 고민이 후자로 기울어지고 있다는 걸 읽었는지 초롱초롱한 눈으로 빈 맥주잔을 만지작거렸다. 흑염소와 송아지는 코뚜레는 꿰지 않았지만 목에 밧줄을 늘 묶어놓았는데 없는 걸 보니 분명 풀어놓고 키우는 누렁이 놈의 짓이 분명했다. 어쨌건 간에 주인된 입장에서 뭔가 결정을 내려야 할 시간이 다가왔다. 내 손을 잡은 여주인에게 이끌려 그냥 룸으로 돌아가는 게 나았을 거란 씁쓸한 후회를 주물럭거리며 누렁이에게 말을 건넸다.

"더 마실 수 있어?"

"그럼요!"

곧추서 있던 누렁이의 귀는 이내 순하게 구부러졌다. 탁자 귀퉁이에 있는 벨을 눌렀다. 흑염소와 송아지의 입꼬리도 동시에 늘어났다. 벽 하나씩을 차지한 채 사람처럼 소파에 앉아 있는 누렁이와 흑염소, 송아지를 둘러보니 한숨만 나왔다. 집에 가면 누렁이 놈을 단단히 손보리라 다짐하고 있는데 여주인이 문을 열고 들어왔다. 나는 그녀의 귀에 입을 대고 내 룸으로 들어간 양주와 아가씨 세 명을 부탁했다. 고개를 끄떡인 그녀는 자세를 바꿔 내 귀에 입을 대고 아가씨는 한 명밖에 남지 않았다고 알려주었다. 나는 고개를 끄덕이고 다시 그녀에게 내 룸엔 대신 맥주나 몇 병 넣어달라고 작은 소리로 말했다. 그녀는 출렁이는 젖가슴이 진정되자 밖으로 나갔다.

"지금 아가씨는 한 명밖에 없다고 하니 싸우면 안 된다."

예, 소리가 동시에 튀어나왔다. 가관이었다. 인간이나 짐승이나.

"궁금한 게 있는데…… 사람 말은 언제 배웠나?"

"그냥 이곳에만 오면 자연스럽게 나와요."

"너, 전에도 왔었어?"

누렁이 놈이 흔들던 꼬리를 다급하게 내렸다. 그러고 보니 최근 들어 밤에 그렇게 잘 짖던 개가 잠잠하다 싶은 게 이상하긴 했었다. 묶어서 키우지 않은 게 화근이었다. 집에 돌아가면 당장 목줄과 목사리부터 장만하리라.

"돈은 어디서 났어? 산짐승들처럼 너도 산에 가서 산삼 캤나?"

어떻게 대답을 할까 망설이는 눈빛이 역력한 누렁이 놈이 뒷다리로 겨드랑이를 긁적이더니 입을 열었다. 내가 더 긴장되는 순간이었다.

"가끔 쟤네들한테 삥뜯기도 하고 여기서 싸움나면 정리해주기도 하고……"

맙소사!

"야, 니가 개지 양아치 새끼냐!"

나는 결국 참지 못하고 누렁이 놈의 머리통을 쥐어박았다. 술이고 아가씨며 다 취소하고 세 놈을 집으로 끌고 가야겠다는 생각이 치밀어오를 때 문이 열렸다. 어려 보이는 아가씨가 술과 안주를 들고 룸으로 들어왔다. 나는 자리에서 일어났다.

"얌전히 놀다 가라. 사고 치지 말고."

"예—!"

"사고 치면 죽는다!"

자리에서 일어나 내게 인사를 하는 세 녀석의 자세 또한 가관이었다. 송아지 놈은 그 큰 눈을 굴리며 아가씨의 몸매를 아래위로 훑었고 흑염소는 실눈을 뜬 채 수염을 쓰다듬었다. 나는 누렁이 놈의 머리를 한 대 더 쥐어박았다.

"말세다, 말세!"

룸의 구조는 간단했다. 한쪽 벽면을 모두 차지하고 있는 노래방 기기와 브라운관들, 삼면의 벽에 붙어 있는 소파, 그리고 가운데의 넓은 탁자. 단순하기 그지없는 그곳은 수컷들과 술, 그리고 아가씨들이 들어오면 전혀 딴판인 세상으로 변했다. 마시고, 노래하고, 껴안은 채 춤추고, 더듬고, 쓰다듬고, 핥고…… 여주인의 잔잔한 노래가 끝나자 다른 룸에서 건너오는 먼 메아리 같은 소리들이 깊은 밤 얼어붙은 눈을 쓰다듬는 싸락눈처럼 내려앉으며 그 장면들을 생생하게 보여주는 듯했다. 여주인과 나는 잔을 부딪쳤다. 그녀가 방금 전에 부른 노래는 깊은 산골짜기와는 언뜻 어울리지 않아 보이는, 파도가 부서지는 해변이 나오는 노래였다. 그전에 부른 노래에도 바다와 섬이 등장했다. 노래를 부를 때의 표정을 보면 마치 그 해변, 바닷가의 해당화 핀 절벽, 연락선이 떠나는 부두에 서 있는 것만 같았다. 나는 깊은 산속에 앉아 술을 마시고. 숨을 쉴 때마다 깊은 가슴골에서 바다 냄새가 풍겨나오는 느낌마저 들 정도인데 그녀가 왜 바다가 아니고 산짐승들이 우글거리는 깊은 산골짜기까지 왔는지 궁금증이 도졌지만 나는 묻지 않았다. 먼저 말을 꺼내면 들어줄 용의는 있었지만. 아니, 그런 사연보다는 '마가리 단란주점'에서 벌어지고 있는, 납득하기 힘든 상황들에 대한 답변이 사실 더 궁금했다. 그 답변을 듣기에도 시간이 촉박

했다. 여주인은 마음에 드는 노래가 없는지 노래책을 밀쳐놓곤 빨간 립스틱이 묻은 술잔을 잡았다.

"우리 개가 말을 잘 듣습니까?"

"……잘 듣긴 하는데, 주인을 닮아 고집이 좀 세요."

"고집 센 개를 어떻게 꼬드겼어요?"

"그게…… 무슨 뜻이죠? 전 그냥 추운 밤 단란주점 앞에서 서성거리기에 들어와 따스한 차나 한잔 마시고 가라 했어요."

"저 녀석이 혹시 제 와이프가 애들 데리고 도망간 얘길 했습니까?"

"……형사세요? 그런 얘기 그만하고 재미난 얘길 해요."

"재미난 얘기라…… 그럼, 당신은 누굽니까?"

"저요? 음…… 구미호는 아니니까 걱정 마세요. 저 남쪽 섬에서 강원도 산골짜기까지 올라온, 산전수전 다 겪은 단란주점 주인 마담이지요!"

"구미호는 아니라……"

"지금부터 여기 술은 제가 살게요!"

복도는 어둡고 침침하고 야했다. 여주인의 말들이 구미호의 꼬리로 변해 뒤통수에 매달려 있는 것만 같아 손으로 몇 차례 쓸어냈다. 술을 사겠다는 걸 보니 우리집 순진한 누렁이를 이용해먹은 것에 대한 찜찜함을 그걸로 털어내자는 의도임이 분명했다. 고작 맥주 몇 병으로. 전열을 가다듬자면 잠깐의 휴식이 필요했고 우리집 가축들이 말썽 피우고 있지 않은지 확인도 필요했다. 하지만 문을 열까 하다가 그만두었다. 문밖으로 새어나오는 소리만으로 대충 안의 분위기를 짐작할 수 있었다. 누렁이는 탁자 위에 올라가 방방 뛰고 흑염소는 가느다란 목소리로 노래를 부르고 송아지는 나오지도 않는 아가씨의 젖을 빨고 있을 게 틀림없었다. 그렇게 단정하며 비틀비틀 화장실을 향해 걸어갔다. 멧돼지들은 다소 거칠게 놀고 있을 것이고 고라니들은 숫기 없는 사내들처럼 얌전히 앉아 아가씨들의 노래를 듣거나 마지못해 끌려나가 블루스를 추고 있을 것이었다. 세상사 다 거기서 거기 아니겠는가. 그리고 덕만 형은……

화장실 풍경은 더이상 놀랍지 않았다. 고라니는 좌변기 위에 앉아 꺼떡꺼떡 졸았고 바닥에 퍼질러앉은 멧돼지와 덕만 형은 어깨동무를 한 채 서로 다른 노래를 흥얼거렸다. 둘의 사타구니는 흥건하게 젖어 있었다. 덕만 형이 멧돼지와 친하리라곤 생각조차 못했다. 물론 술에 취하면 눈 깜짝할 사이에도 친구가 되는 게 수컷들이지만. 또 눈 깜짝할 사이에 주먹을 날리고 병을 깨는 것도 마찬가지로 수컷들이었다. 나는 그들 사이를 뚫고 들어갈 엄두를 내지 못하고 문에 기대 한동안 바라만 보다가 돌아섰다.

쪽문 밖 단란주점의 뒷마당은 여전히 눈발이 퍼붓는 풍경이었다. 바지 지퍼를 내리고 눈더미 위에다 오줌 줄기로 노란 구멍을 뚫었다. 꼬리가 아홉 개나 달린 구미호는 아니지만 그래도 구미호 같은 여주인의 말들을 그 구멍 속으로 함께 흘려보내며. 고개를 들어 허공을 바라보았다. 외등은 눈발만 받아들이는 게 아니라 먹을 것을 찾아 어두운 산속을 쏘다니는 산짐승들에겐 등대 같을 수도 있겠다는 생각이 문득 들었다. 암컷과 새끼들이 울면서 말리는데도 수컷은 목만 축이고 갈 거라 장담하며 식구들을 먼저 돌려보낸다. 자신을 붙잡고 매달리는 것이 창피하고 화가 치밀어 폭력을 행사하는 경우도 종종 있을 것이다. 수컷들 하는 일에 암컷이 함부로 나선다고 고함을 치며. 하지만 잠시 목만 축이고 돌아가는 수컷이 세상 어디에 있겠는가. 다시 거기 가서 술 마시면 손모가지를 자른다고 호언장담한 수컷들의 손모가지는 모두 어디에 있을까. 몸을 부르르 떨며 나는 지퍼를 올리고 내 손모가지를 들여다보았다. 그 너머에서 한 여인의 흐느끼는 소리가 들려왔다.

"……괜찮으세요?"

후미진 처마밑에 쪼그려앉아 울고 있던 여인의 형상이 고개를 들었다. 멧돼지의 어린 아내였다. 그녀는 눈물이 그렁그렁한 눈으로 원망하듯 올려다보고 있어서 괜히 내가 무르춤해졌다. 그녀의 남편도 아닌 내가. 그녀의 머리와 어깨에는 눈이 소복하게 쌓여 있었다. 그녀가 물었다.

"사내들은 왜 이런 데 와서 술을 마셔요?"

"그건…… 하는 일이 잘 안 풀리고 그러니까…… 스트레스 풀려고 오는 게 아닐까요."

"여기선 돈만 주면 아가씨들과 잠도 잘 수 있다면서요?"

"아, 그건……"

젠장. 내가 왜 멧돼지 남편의 변호를 해야 한단 말인가. 쓸데없이 밖으로 나온 게 화근이었다.

"꼭 그렇진 않아요. 대부분 노래 부르고 술 마시고, 그러는 거 같더라구요."

"아가씨랑요?"

"뭐…… 그것도 경우에 따라…… 근데요, 제가 겪어봐서 아는데 수컷들은 와이프가 이렇게 술집 문밖에서 기다리는 거 그다지 좋아하지 않아요. 집에 가서 기다리는 게……"

"우린 아직 신혼이에요!"

"나 참, 도망친 내 와이프랑 똑같은 얘길 하네."

그때 벌컥 쪽문이 열리고 멧돼지 한 마리가 비틀거리며 나왔다. 술 냄새를 풀풀 풍기는 멧돼지는 사람처럼 두 발로 뒤뚱뒤뚱 걸어와 나를 밀쳤다. 허벅지를 덮은 털이 젖어 있는 걸 보니 화장실에서 덕만 형과 함께 어깨동무를 한 채 노래를 흥얼거리던 그 멧돼지가 분명했다. 멧돼지는 벌겋게 변한 눈으로 나를 노려보았다. 그나마 뿔이 없는 게 다행이었다.

"부부간의 일이니 자리 좀 비켜주시오."

"……비키고 말고는 내가 결정할 문제지."

사람의 자존심이란 게 있었다. 나는 조금 떨리는 손으로 담배에 불을 붙였다. 힘이야 멧돼지에게 달리겠지만 사람에겐 머리가 있었다. 가장 가까이에는, 비록 잡종이지만 호랑이도 잡는다는 풍산개의 후손인 누렁이까지 있으니 꿀릴 게 없었다.

"비켜주시오."

멧돼지의 눈에서 불꽃이 튀었다. 거친 입술 밖으로 삐져나온 견치는 날카로운 쇠갈고리처럼 보였다. 하기야…… 내가 일면식도 없는 남의 부부 사이에 끼어들어 콩이야 팥이야 할 일은 아니었다. 나는 가급적 천천히 쪽문을 열고 안으로 들어갔다. 떠올리기 싫은 기억 속에서 도망치듯이.

아니나 다를까. 쪽문 너머에서 들려오는 소리는 내 생각에서 한 치도 벗어나지 않았다. 문손잡이를 움켜잡은 손에 끈끈한 땀이 잡혔다. 그러나 나는 다시 문을 열고 밖으로 나가지 않았다. 문을 열고 나와 싸움을 말린 사람에게 주먹을 날리고 경찰서 유치장에서 보냈던 밤과 낮이 그리 먼 곳에 있지 않았다. 억지로 귀를 닫고 문손잡이에서 손을 떼자 다시 환락의 단란주점으로 돌아와 있었다. 덕만 형은 화장실에 없고 고라니만 좌변기에 앉아 머리를 뒤로 젖힌 채 코까지 골았다. 기역자로 꺾인 복도는 여주인의 깊게 그늘진 가슴골처럼 어서 오라고 나를 불렀다. 나는 우리집 가축들이 술을 마시는 룸 앞에 잠시 서 있다가 고개를 저었다. 개를 밖으로 내보낸다고 해서 근본적으로 달라지는 건 없을 테니까.

"한번 나가면 동네일 다 참견하고 오는 이장 같네요."

"……그걸 어떻게 아십니까?"

"알고 싶어요?"

나는 고개를 끄덕였다.

"특별히 당신에게만 보여주는 거예요."

여주인은 내가 자리를 잡고 앉아 술로 목을 축이자 자그마한 리모컨을 꺼내 노래방 기기를 향한 채 단추를 눌렀다. 그러자 채널이 바뀌듯 브라운관 하나하나에 색다른 장면들이 깜박거리며 나타났다. 각각의 룸과 단란주점 입구, 복도, 계산대, 뒷마당…… 어느 화면부터 봐야 할지 고민될 정도였다. 나는 먼저 뒷마당부터 들여다보았다. 외등 불빛 속으로 눈송이는 여전히 펄펄 날리고 있었다. 다행히 멧돼지 부부는 어느 정도 진정이 된 듯싶었다. 남편이 신부에게 온갖 몸짓을 해가며 무엇인가를 설명하고 있었다. 남편은 답답하다는 듯 가슴을 치며 신부에게 어두운 산 쪽을 가리켰는데 돌아가라는 얘기인 것 같았다. 신부는 눈물을 흘리며 남편이 가리킨 곳으로 걸음을 옮기고. 젠장, 내가 눈더미에 오줌 싸는 것도 다 봤겠군. 나는 서둘러 다른 화면으로 시선을 옮겼다. 멧돼지들이 아가씨들과 춤추며 노는 룸, 고라니가 앉아 술 마시는 룸, 우리집 가축 셋이 아가씨 한 명을 가운데에 세워놓고 무슨 놀이인가를 하는 룸, 덕만 형이 아가씨의 무릎을 베고 누워 젖을 먹으려고 애쓰는 룸, 그리고 노래를 부르는 아가씨의 팬티를 벗기고 그 앞에 쪼그려앉아 치마 속 사타구니에 얼굴을 파묻으려다가 거부당하자 아가씨의 뺨을 후려치는 사나운 인상의 들개가 있는 룸…… 그 장면을 본 여주인이 벌떡 일어났다.

"가봐야겠네요."

여주인이 급히 사라진 룸에서 나는 맥주를 마시며 그녀가 미처 끄지 못한 화면들을 감상했다. 한쪽 코에 지폐를 꽂고 어깨에는 붉은 소화기를 얹은 채 춤을 추는 멧돼지, 파트너가 없어 화면 속 반라의 여자에게 얼굴을 비비는 멧돼지, 노래 부르는 아가씨를 덜렁 들어 목말을 태우는 멧돼지…… 고라니들의 룸은 그나마 정적일 거라 생각했는데 이내 상황이 급변했다. 아가씨들에게 꽤 많은 팁이 돌아가자 금방 벌거숭이가 되어 모두 탁자 위로 올라가 춤을 추기 시작했고 고라니들은 소파 위로 올라가 캥거루처럼 제자리에서 깡충깡충 뛰었다. 그중 한 고라니는 너무 높이 뛰어 벽에 걸린 스피커에 부딪힌 뒤 나자빠졌다. 스피커는 가느다란 줄에 매달려 대롱거리고…… 한심한 녀석들은 우리집 가축들이었다. 누렁이 놈은 맨바닥에 퍼질러앉아 기도하듯 노래만 불렀고 흑염소는 얌전한 학생처럼 아가씨가 따라주는 술이나 홀짝거렸으며 송아지는 술에 취했는지 큰 덩치에 어울리지 않게 아예 소파에 대자로 누워 잠을 자고 있었으니…… 여주인도 아가씨의 뺨을 후려쳤다. 그렇게 해서 아가씨의 뺨을 때린 들개를 진정시킨 여주인은 들개와 술잔을 부딪쳤고 벌거벗은 아가씨는 손등으로 눈물을 훔쳐내며 노래를 불렀다. 마치 어떤 벌칙을 수행하는 것만 같았다. 그런데, 잠깐 한눈을 판 사이 덕만 형과 아가씨가 룸에서 감쪽같이 사라졌다. 복도를 비추는 화면 속이며 현관, 뒷마당 어디에서도 두 사람의 모습을 찾을 수 없었다. 나는 자동차 키 같은 자그마한 리모컨을 만지작거렸다. 요즘 리모컨들 대부분이 그렇듯 어떤 단추를 눌러야 될지 알 수 없었다. 리모컨에 적혀 있는 건 알파벳과 아라비아숫자뿐이었고 게다가 나는 노안이었다. 아무 단추나 눌러보고 싶은 생각도 들었지만 포기하고 만화경 같은 화면을 시청하며 술을 마셨다.

"제가 깜박했네요."

룸으로 돌아온 여주인은 리모컨으로 화면을 바꿨다. 그녀는 급하게 마신 술 탓인지 조금 취해 보였다. 가슴골을 보여주고 감추는 동작이 현저하게 느슨해졌다. 나 역시 한꺼번에 너무 많은 것을 본 울렁증이 멀미 기운처럼 명치를 따끔거리게 만들었다. 심호흡을 한 뒤 나는 여주인의 가슴골에 시선을 올려놓고 입을 열었다.

"덕만 형이 아가씨와 함께 사라졌는데……"

"어딘가에서 쉬고 있겠죠."

"아가씨들도 여기서 함께 생활합니까?"

"그럴 리가요. 해뜨기 전에 모두 돌아가요."

"아…… 그럼 낮에는 혼자 있겠네요. 무섭지 않습니까?"

"질문이 많네요."

"……워낙 신기한 곳이라."

뭔가 분위기와 기세가 뒤바뀐 느낌이 들어 나는 술잔을 비우며 전열을 가다듬었다. 이미 술에 취한 터라 가다듬을 전열도 별반 없었지만. 남은 술이나 모두 마시며 취한 눈으로 여주인의 젖가슴을 눈길로 쓰다듬다가 집으로 돌아가면 그만이었다. 여주인에게 건넨 질문, 그 너머가 궁금했지만 그렇다고 억지로 문을 열고 들어갈 수는 없었다. 세상의 술집들 중에는 절벽 끝에서 문을 열고 영업을 하는 데도 있다. '마가리 단란주점'도 그런 곳 같았다. 그런 곳의 룸은 함부로 열리지 않았다. 룸과 룸을 계속해서 건너가려면 손님의 어떤 희생이 필요했다. 지갑 속 카드의 희생이. 그것 없이 입 발린 말 구걸로 들어갈 수 있는 룸은 몇 개밖에 되지 않았다. 나는 그 문의 입구 같은 여주인의 가슴골을 바라보며 고개를 끄덕였다. 그리고 주머니에서 지갑을 꺼내 카드를 그녀에게 내밀었다. 집으로 돌아가봤자 할 일도 없는, 길고 깊은 겨울밤일 뿐이었다. 여주인의 눈이 동그랗게 변했다.

"다른 룸으로 가고 싶은데."

"……카드가 골짜기를 잘못 찾아온 것 같네요."

여주인은 카드를 돌려주었다. 룸에 침묵이 흘렀다. 이웃 룸에서 건너온 소음이 고비사막에서 날아온 겨울 황사처럼 싸늘하게 가라앉았다. 탁자의 술은 모두 동이 났다. 그녀와 내가 피우는 담배 연기만 천장에서 돌아가는 환풍기를 향해 꾸물꾸물 이동했다. 나는 그녀의 가슴골에 두었던 시선을 천천히 올렸다. 그녀의 눈은 아슬아슬한 바위 절벽 중턱에 서 있는 산양의 무심한 눈처럼 보였다. 혹여 그 눈동자

속으로 들어간다 해도 이내 흔적도 없이 사라질 것만 같았다. 흔들림 없는 그 눈을 보며 어쩌면 조만간 골짜기로 들어가는 길을 내가 일부러 막아버릴지도 모른다는 생각을 했다. 수컷들은 그렇게 치졸한 존재들이었다.

"……조금만 보여드릴게요."

내 생각을 읽었는지 여주인은 리모컨을 꺼내 단추를 눌렀다. 화면이 몇 차례 깜박거리더니 처음에는 보지 못했던 다른 룸의 풍경이 모습을 드러냈다. 덕만 형은 침대가 있는 룸에 아가씨와 함께 있었다. 내 눈에 비친 그곳은 누가 누구를 고문하는지 분간하기 어려운 고문실 같았다.

"이런 걸…… 찍어도 됩니까?"

"이게 진짜로 보여요?"

"그럼…… 가깝니까?"

다리를 꼰 채 화면을 바라보던 여주인은 알 듯 모를 듯 한 미소를 흘렸다. 나는 몰래 침을 삼키려다가 실패했다. 그 소리가 유난히 크게 들렸다.

"……저번에 길을 사고 싶다고 했죠?"

하나 마나 한 내 질문에 여주인은 대답 대신 리모컨의 단추를 눌렀다. 그러자 벽이라 여겼던 화면 옆이 스르르 열렸다. 그곳은 마치 천길 깊이의 벼랑 아래로 내려가는 캄캄한 계단처럼 보였다. 한번 내려가면 다시 올라오기가 결코 쉽지 않은. 그럼에도 눈길을 뗄 수 없는.

눈송이는 점점 더 굵어졌다. 내린 눈은 발목을 덮었고 눈발의 기세로 보아 쉽게 그칠 것 같지 않았다. 나는 펭귄처럼 웅크린 채 산길을 걸었다. 누렁이가 뒤따라왔다. 흑염소는 잰걸음을 놀리며 쉰 목소리로 가끔 메에- 울었다. 경중경중 뛰던 송아지는 결국 눈에 미끄러져 엉덩방아를 찧었다. 술에 취하니 꼭 지상에 내려앉기 직전의 눈송이를 징검돌 삼아 걷는 기분이었다. 한때는 겨울이면 눈이 일 미터도 넘게 내렸다. 그 눈 위에 또 눈이 내려서 도합 이 미터를 넘은 적도 있었다. 언덕에 올라가 마을을 내려다보면 연기가 삐져나오는 굴뚝밖에 보이지 않을 정도였다. 예전만큼 눈이 많이 내리지는 않지만 그래도 강원도의 깊은 산골짜기였다. '마가리 단란주점'의 여주인과 나는 더이상 흥정할 게 없어 보였다. 길을 막아도 아무 소용이 없을 게 분명했다. 그렇다면…… 나는 눈송이가 내려오는 하늘로 얼굴을 치켜들고 노래를 불렀다. 여주인이 부르던 노래였다. 해당화와 섬마을, 육지에서 온 선생님, 연락선, 섬 처녀…… 불러보니 의외로 산골짜기의 정서와 잘 어울렸다. 한 곡 더 부르려고 목청을 가다듬다가 나도 그만 눈길에 나자빠졌다. 그동안 쌓인 눈 때문에 푹신한 솜이불 위에 누운 기분이었다. 누렁이와 송아지가 다가와 혀로 내 볼을 핥아주었다. 흑염소는 저만치 떨어져서 메에- 울기만 했다. 나는 누렁이의 귀를 잡아당겼다.

"니가 와이프랑 애들 얘기 했나?"

누렁이는 끙끙거렸다. 나는 잡은 귀를 놓지 않았다.

"니는 산에 가면 산삼 같은 거 냄새 못 맡나?"

귀를 더 끌어당겼다.

"날 잡아서 멧돼지 놈들 혼 좀 내라. 저곳에 얼씬도 못하게."

누렁이는 잠시 망설이는 눈치더니 곧 고개를 끄덕였다.

"새끼들이 싸가지가 없어!"

뭐라 한마디 할 것처럼 보이던 누렁이는 이내 그 표정을 거두고 이제 그만 일어나 집으로 가자며 쉰 목으로 헝헝 짖었다. 폭신한 눈 위에 누우니 졸음이 솔솔 밀려왔다. 나는 담배를 꺼내 불을 붙인 뒤 가축들에게 먼저 가라고 손짓했다. 송아지와 흑염소는 기다렸다는 듯 다시 걷기 시작했지만 누렁이는 가지 않았다. 괜찮다고, 잠들지 않을 거라고, 이렇게 누워 담배만 한 대 피우고 따라갈 거라고, 조곤조곤 설명을 한 뒤에야 녀석도 길을 떠났다. 몇 번이나 뒤돌아보며. 산길에 홀로 누운 나는 눈을 감은 채 담배를 피웠다. 담배맛이 좋았다. 눈이 얼굴에 내려앉을 때마다 침이 꽂히는 것처럼 잠시 움찔거렸지만 자리에서 일어나지 않았다. 내리는 눈이 몸을 모두 덮으려면 얼마의 시간이 걸릴까 생각하며 여주인이 불렀던 또다른 노래를 처음부터 끝까지 흥얼거렸다. 그 노래가 끝나자 머리 뒤편에서 따르릉거리는 소리가 들렸다.

자전거 손잡이를 잡은 채 눈길 위에 서 있는 사람은 덕만 형이었다. 덕만 형도 눈길에 넘어졌는지 옷이 온통 눈투성이였다. 나는 형의 눈을 털어주었고 형은 내 눈을 털어주었다.

"형, 재밌게 놀았어요?"

"어, 그렇지 뭐."

"속 쓰리지 않아요?"

"어, 괜찮아. 괜, 찮아."

"……눈이 꽤 오네요."

"……어."

"……"

"……알지? 우리가 같은, 김씨라는 거."

그래서 대체 어쩌란 말인가.

갈림길에 도착했다. 덕만 형은 자전거를 끌고 마을로 가야 했기에 우리는 잠시 머뭇거렸다. 형은 말을 고르는 듯 침묵을 유지하다가 입을 열었다.

"저기…… 그 여자, 불쌍한 사람이다. 길 가지고, 장난치지 마라."

"……"

"널, 좋아하는 거 같더라."

"……형, 그 여자 여우예요."

내리는 눈발 속에서도 날이 밝아오고 있었다. 집에서 개 짖는 소리가 들려왔다. 나는 갈림길에 우두커니 서서 골짜기를 바라보았다. 눈 덮인 비탈밭 위에서 이쪽을 내려다보고 있는 건 산골짜기 단란주점에서 본 멧돼지들과 고라니들이 틀림없었다. 졸음이 몰려왔다. 인간이 되기란 아직 요원한 일이었다. 이제 짐승들은 잠자리에 들 시간이었다.

긴 아리랑

장맛비가 그치지 않는 저녁이었다.

"앞남산의 딱따구리는 생구멍도 뚫는데, 우리집의 저 멍텅구리는 뚫어진 구멍도 못 뚫네. 좋다! 살리고! 시어머니 빤스를야 떡실게다 쪘더니, 이도야 죽고야 떡도 잘 익고 단내가 솔솔 나네. 점치 아래께 베르메 방에는 새끼갈보가 돌구요, 꼬까리 지나 산옥이 방엔 꽁지갈보가 논다. 시어머니 잡년아 잠이나 깊이 들어라, 아리랑 보따리…… 조용! 쓰리랑 따라서 난질을 가잔다. 아, 입 다물어보라구!"

뭉쳐놓은 이불에 등을 기대고 텔레비전 뉴스를 보던 김金이 버럭 소리를 질렀다. 그러고는 리모컨으로 볼륨을 잔뜩 올렸다. 술에 취해 빈 막걸리병을 두드리며 소리를 하던 고한댁과 이李가 어리둥절한 얼굴로 김과 텔레비전 화면을 번갈아 훑었다. 모텔 내실엔 뉴스를 진행하는 아나운서의 목소리만 꽝꽝 울렸다. 주차장의 천막을 두드리는 빗소리도 더이상 기세를 펴지 못했다. 김은 아예 텔레비전 앞으로 바싹 다가앉아 얼굴을 한껏 내민 채 화면에 몰두했다. 몸을 부르르 떨면서. 번쩍거리는 화면 속에선 국도변 비닐하우스가 검은 연기를 꾸역꾸역 뱉어내며 불타고 있었다. 술에 취한 이와 고한댁은 아직 상황 파악을 못하고 있었다.

"형님, 왜 그런데요?"

"내려가서 박씨 좀 얼른 오라고 해."

"······불이 났네."

붉게 상기된 얼굴의 고한댁은 화면을 바라보다가 옆에 깔아놓은 이불로 스르르 쓰러졌다. 화면 속의 비닐하우스는 불과 물에 의해 처참하게 무너지고 있었다. 김은 볼륨을 모두 죽였다. 천막을 두드리는 장맛비 소리가 다시 피어났다. 박과 이를 기다리던 김은 갑자기 코를 킁킁거리더니 손바닥으로 입과 코를 막았다. 속을 울렁거리게 만드는 휘발유 냄새가 진동하는 것 같았다.

*

전선줄에 매달린 백열등이 굴을 파는 김의 그림자를 거인으로 만들어놓았다. 무릎을 꿇은 채 김은 장도리로 자갈이 많이 섞인 흙을 조심스럽게 파헤쳤다. 어느 정도 양이 쌓이면 손잡이가 짧은 괭이를 이용해 흙과 자갈을 뒤편으로 밀어냈다. 그다음은 갱목을 설치하는 박의 몫이었다. 박은 그 흙과 자갈을 밧줄을 매단 작은 수레에 담아 굴 밖으로 끌어냈다. 굴이 낮고 좁은 터라 포복 자세로 일을 해야만 했다. 옛날처럼 탄진을 들이켜지 않는 게 그나마 다행이라면 다행이었다.

"갱목 가져올 동안 좀 쉬게."

박은 컥컥거리며 가래침을 뱉어냈다. 언제 천장이 무너질지 모르기 때문에 굴진 작업은 자주 중단되곤 했다. 김은 더러워진 마스크를 벗고 물로 입속을 헹궜다.

"아직 괜찮아 보이는데……"

"이럴 때 더 조심해야지."

전날의 화재 사건을 염두에 둔 박의 말이었다. 화재 때문만이 아니었다. 불이 좀처럼 꺼지지 않자 소방관들은 굴착기를 이용해 비닐하우스 아래 땅을 파헤쳤고 그곳에서 화재의 원인인 땅굴이 발견되었다. 흙더미가 무너져 매몰된 사람들까지. 어이없게도 두 사고가 겹친 것이었다.

"딱 봐도 그자들은 초보더구만요."

"지금 우리 상황도 마찬가지야. 여긴 탄광이 아니라구."

"하여튼 그 멍청한 놈들 때문에……"

수레를 끌고 박은 엉금엉금 기어나갔다. 흙벽에 기댄 김은 담배를 꺼내 입에 잠시 물고 있다가 박의 잔소리를 떠올리곤 던져버렸다. 그러고는 수레 소리가 사라지자 다시 집어들어 필터에 묻은 흙을 털고 불을 붙였다. 손목시계는 새벽 네시를 가리키고 있었다.

"일은 잘하는데, 영감탱이가 말이 너무 많아."

김은 담배 한 대를 맛나게 피우고 다시 장도리를 잡았다. 한시라도 빨리 굴을 뚫어야 했다. 요 며칠 장마 때문에 너무 많은 시간을 허비했다. 무리를 해서라도 애당초 예정한 날짜에 일을 맞출 생각이다. 이러저러한 사정을 고려하다보면 땅굴 속에서 두더지가 되어 해를 넘길지도 모르는 일이었다. 어차피 한탕이었다. 세월아 네월아 할 일이 아니었다. 김은 땅속으로 스며든 빗물로 인해 축축해진 흙벽에다 장도리를 꽂고서 힘껏 비틀었다. 무릎 위로 허물어진 흙더미가 수북하게 쌓였다. 다시 괭이를 잡았다. 그걸로도 모자라 다른 손과 발을 이용해 개혜엄을 치듯 뒤편으로 바삐 흙을 밀어냈다. 정말이지 온몸에서 땀냄새가 진동하는 인간 두더지나 다름없었다. 김의 입에서는 어느덧 노랫가락까지 흘러나왔다. 한 시절 바다 밑까지 뚫린 갱도에서 탄을 캐던 그였다. 이까짓 땅굴은 어린아이 장난이나 마찬가지였다. 김은 아예 장도리마저 던져버리고 두 손을 이용해 앞을 가로막고 있는 흙과 돌을 긁어내렸다. 이대로라면 날이 밝기 전에 목표한 곳까지 굴진할 수 있을 것만 같았다.

"뭐야, 이게?"

흙과 돌로 막혀 있던 동굴 안이 갑자기 밝아졌다. 뻥 뚫린 눈앞을 바라보며 김은 한동안 넋을 놓았다. 오랫동안 캄캄한 동굴 속에 갇혀 있다가 바깥세상으로 나온 곰처럼 눈을 비볐다. 그의 눈에 들어온 풍경은, 그가 머물고 있는 모텔의 번쩍거리는 간판이었다. 처음 출발한 곳으로 되돌아오다니…… 그는 좁다란 굴속에서 곰처럼 네발로 엎드린 채 그 간판을 올려다보았다. 그리고 네온사인이 점멸하는 순서에 맞춰 천천히 따라 읽었다.

"인. 생. 역. 전."

"대체 누가 이렇게 요상한 상호를 지었대요?"

"좋잖아. 나도 지나가다가 저거 때문에 여기 들어왔어."

"근데 지금은 영 아니잖아요. 근처에서 이 모텔만 후줄근한 게."

"겉만 번들거리면 뭐해. 속이 꽉 차야지."

"겉을 보면 속은 안 봐도 훤합디다!"

"고한댁, 그럼 꽉 차고 단단한 내 거 한번 볼 텐가?"

고한댁과 이는 두툼한 비닐봉지를 든 채 모텔 앞에서 번쩍거리는 간판을 올려다보았다. 주변에 새로 지어진 모텔들 때문에 '인생역전'은 상호를 빼놓고는 사실 내세울 게 없었다. 취한 눈으로 보면 모텔 건물은 없고 허공에 간판만 떠 있는 걸로 착각할 수도 있었다. 다른 모텔은 초저녁임에도 불구하고 드문드문 불이 켜진 방이 보였지만 '인생역전'의 창문들은 더러운 먼지만 잔뜩 뒤집어쓴 채 침묵을 고수했다. 장맛비에 흠씬 젖은 낡은 건물은 음산하기까지 했다. 그쳤던 빗방울이 다시 떨어졌다. 이는 걸음을 옮기려는 고한댁의 팔을 잡고 겸연쩍은 듯 웃었다.

"우리 저쪽 물침대 있다는 모텔에 잠깐 들어갔다 나올까?"

"왜요?"

"여기 꽉 찬 거 한번 봐야지." 이가 손가락으로 자신의 사타구니를 가리켰다. 고한댁은 불룩해진 이의 바지를 물끄러미 바라보다가 노는 손을 불쑥 내밀어 그 부위를 움켜잡았다. 이가 짧은 비명을 질렀다.

"헛바람만 들었네 뭐."

고한댁이 엉덩이를 씰룩이며 들어간 출입문을 열고 이는 다시 실실 쪼갰다. 사타구니는 오랜만에 딱딱하게 변해 있었다. 이미 내실로 들어갔는지 고한댁은 보이지 않았고 곰팡이 냄새가 나는 눅눅한 복도에 들어서자 금방이라도 재채기가 날 것 같았다. 프런트의 작은 유리창으로 불빛과 함께 텔레비전 소리가 흘러나왔다. 이는 내실로 들어서며 비에 젖은 머리를 툭툭 털었다.

"우라질, 비가 또 내려요!"

장을 보러 갔다 온 사이에 초저녁잠이 많은 김과 박은 개어놓은 이불에 기대 텔레비전을 보다 잠이 들어 있었다.

"형님들, 뜨끈한 순대 좀 드세요."

장마로 땅속에 물이 너무 많이 스며들어 부득불 굴 파는 작업을 멈춘 상태였다. 간밤 박이 조금만 늦게 발견했더라면 큰일이 벌어질 뻔했다. 갱목을 수레에 싣고 들어가니 김의 상체는 반쯤 무너진 흙더미 아래 깔려 있었고 두 다리만 버둥거리고 있었다. 김은 흙속에 묻힌 기분이 생각보다 괜찮았다며 웃음을 흘렸다. 길었던 광부 시절에도 겪어보지 못했던 매몰 사고를 비로소 경험했다며 진흙에 범벅이 된 얼굴로 나머지 사람들을 안심시켰다.

"이러다 기일 안에 못 끝내는 거 아닌가요?"

"못 끝내긴 왜 못 끝내. 삼교대로 스물네 시간 돌리면 돼!" 치아 사이마다 거무스름한 순대 조각이 끼어 있는 김이 이를 보며 눈을 치떴다.

"그러다 정말 일 벌어져, 이 사람아." 막걸리 한 잔으로 입술만 축이던 박이 제동을 걸었다.

"박씨 아저씨, 앞으론 일 미터 파고 바로 갱목 설치, 다시 일 미터

222

파고 갱목 설치합니다. 그러면 문제없습니다."

"허……"

"하여튼 이놈의 장마가 웬수야, 웬수! 고한댁, 놀면 뭐하나, 소리나 한 곡조 뽑지?"

"아까 일기예보 보니 모레쯤이면 장마도 그친답니다."

주방에 있던 고한댁은 종이컵에 담긴 막걸리를 비우고 입술에 묻은 것까지 혀로 말끔히 훔쳐냈다.

"오늘은 이씨가 먼저 메기시오. 내가 받을 테니."

"그러지 뭐. 큼, 큼! 몰운 한치의 금점 허가는 다달이 연연이 나는데, 고한댁 잠자리 허가는 왜 아니 나나. 여기 모이신 여러분들, 저기 저 양반은 여태 뭐가 문젠지 모르고 있어요. 서울에 종로 네거리 솥 때우는 아저씨, 우리들의 정 떠러진 것은 왜 못 때워주나."

장맛비가 추적거리는 저녁, 이와 고한댁의 정선아라리 애정편이 때론 노골적으로 때론 애절하게 이어졌다. 그칠 듯 그치지 않는 비처럼. 밀고 당기는가 하면 돌연 매몰차게 내동댕이쳤다가도 아우라지 뱃사공을 불러 배 좀 보내달라고 하소연을 한다. 싸리골 올동박도 다 떨어지고 있는 마당에 사시장철 임 그리워 못살겠다고. 그 임은 앞사공 뒷사공이 되어 뗏목을 타고 서울로 향하다, 만나는 주막마다 들러 들병이 치마 밑에서 노느라 정신이 없는데도 불구하고. 비탈밭에서 김을 매며, 시어머니, 시누이 등쌀에 눈물을 찔끔 흘리며 집 떠난 남편을 기다리고 또 기다리며 소원을 빈다. 험한 길 부디 잘 다녀오시라고. 물론 뗏목 타고 떠난 사내가 주색잡기에만 계속 빠져 있을 수는 없었다. 호주머니에서 무한정 돈이 나오는 건 아니니까. 돈을 다 탕진하면 그제야 색시 생각을 하며 저멀리 영월, 평창, 정선 쪽을 돌아보고는 장탄식을 내뱉으며 각오를 한다. 다음 뗏목을 탈 땐 들병이와 주막은 아예 바라보지도 않을 거라고.

박은 다시 도리깨 잠을 자고 있었다. 김은 두 사람이 주고받는 소리를 들으며 까무룩 잠이 들었다가 다시 깨어나길 되풀이했다. 생각해보니 그곳을 떠나온 지 벌써 이십여 년을 넘어서고 있었다. 세월만 훌쩍 흘러간 게 아니라 감자알처럼 도란도란 매달려 있던 것들마저 그 세월 속에서 흔적도 없이 모두 사라져버린 것 같았다. 김은 담배를 입에 물고 몇 모금 빨다가 천천히 고개를 끄덕였다. 그곳을 떠나온 게 아니라 그곳에서 쫓겨난 것이라고.

"저기…… 방 있습니까?"

한 뼘쯤 열려 있는 내실 문 밖에 비에 머리카락이 젖은 사내와 한 여자가 서 있었다.

*

전선에 연결한 백열등을 켜지 않으면 굴 안은 낮이나 밤이나 한결같이 어두웠다. 물론 그것은 오래전 고한, 사북, 장성, 함백의 길고 깊고 아득한 갱도 역시 마찬가지였다. 그 갱도들보다 길지 않고 깊지 않고 아득하지도 않은 굴속에서 김과 박, 이는 아침부터 비지땀을 흘렸다. 김은 굴의 최전선인 막장에서 장도리와 소형 곡괭이로 흙을 파냈고 박은 그 뒤에서 허물어지지 않게 갱목을 설치했다. 좁은 굴속에서 허리도 제대로 펴지 못한 채 채굴과 갱목 설치를 하는 일도 힘들지만 더 큰 일은 흙을 처리하는 것이었다. 파낸 흙을 굴 밖의 지하실로 운반하는 일은 그나마 수월했다. 문제는 굴이 깊어져갈수록 지하실에서 덩치를 불리는 흙을 어떻게 처리하느냐는 것이었다. 굴을 파기 전에는 그게 심각한 문제가 될 거라고는 아무도 생각하지 못했다. 어떡하면 목표 지점까지 수월하게 굴을 뚫느냐에 초점이 맞춰져 있었다. 결국 굴의 높이와 폭은 점점 낮고 좁아질 수밖에 없었고 그럼에도 흙의 양은 크게 줄어들지 않았다. 지하실의 흙을 지게에 짊어지고 뒷마당으로 이어진 계단을 올라가 트럭의 적재함에 싣는 일이 그렇게 해서 추가되었다. 사람을 더 쓸 수도 없는 형편이었다. 처음에 굴 뚫는 일을 너무 만만하게 생각했던 터라 김으로서는 할말이 없었다. 다행히 박과 이는, 그동안 밀린 숙박비 때문인지는 몰라도 그 점에 대해 심한 불만을 토로하지 않았다. 아무튼 김으로서는 사람 하나가 겨우 들어갈 정도의 굴이 되더라도 한시라도 빨리 목표 지점에 도달하는 게 급선무였다.

"빌어먹을!"

김은 곡괭이를 던져놓고 장갑을 낀 손으로 흙벽을 쓸어내렸다. 흙벽이 아니라 굴 전체를 가로막고 있는 바위를. 김의 손놀림이 바빠졌다. 앞을 가로막고 있는 큰 바위의 아래, 위, 양옆을 장도리로 쪼아보았다. 바위의 두께를 감지해보려고 망치로 이곳저곳을 세게 두드리다가 그마저 던져버렸다. 바위가 아니라 암벽이었다. 김은 담배를 꺼내 물었다.

"왜 그래? 좁은 굴에서 담밸 피우면 어떡해!"

"담배 연기보다 훨씬 독한 놈이 등장했수다."

김은 갱목을 세우던 박에게 바위를 가리켰다. 무릎걸음으로 다가온 박이 망치로 바위를 두드려도 보고 바위의 양옆을 손으로 파헤치기도 했다. 뒤에서 흙을 나르던 이도 이상한 낌새를 눈치채고 엉금엉금 기어왔다.

"뭔 일 났습니까?"

"길을 떡하니 막고 있구만."

이번에는 박이 이에게 바위를 가리켰다.

"이야, 설악산 흔들바위네!"

"이 사람아, 농담이 나와! 어떡하지 김씨? 탄광처럼 다이너마이트로 폭파할 수도 없고……"

김은 담배를 흙벽에 비벼 껐다. 좁은 굴속에 담배 연기가 가득했다. 김의 입은 좀체 열리지 않았다.

"뭔 걱정을 합니까. 바윌 돌아가면 되지."

이가 대신 방법을 내놓았다. 김과 박은 이의 태평스런 얼굴을 물끄러미 바라보았다.

*

김은 모텔 출입문을 향해 작은 유리창이 나 있는 프런트의 의자에 앉아 달력을 쳐다보았다. 본격적으로 굴진 작업을 시작한 지 어느새 열흘이 훌쩍 지나버렸다. 그에게 모텔을 맡기고 해외여행을 떠난 주인 부부가 돌아오기 전에 계획했던 모든 일을 깔끔하게 마무리해야만 했다. 열흘이 지난 현상황의 최대 난제는 갑자기 나타난 바위가 아니라 지루하게 계속되는 장마였다. 땅굴 위는 대부분 밭이어서 계속해서 쏟아지는 빗물을 걸러주는 데에 한계가 있었다. 까딱 잘못하면 땅굴이 붕괴되거나 흙으로 스며든 빗물이 모두 땅굴로 모여들지도 몰랐다. 일기예보조차 말을 바꿔 언제 게릴라성 장마가 물러날지 정확히 알 수 없다고 떠들어대는 상황이었다. 그렇다고 땅굴의 벽과 천장을 콘크리트로 도배해버릴 수도 없었다. 김이 연달아 피워대는 담배 연기는 빗소리가 넘어오는 환풍기 속으로 천천히 빨려들었다. 텔레비전도 잠든 내실엔 그 혼자뿐이었다. 저녁을 먹은 박과 이는 바위가 가로막고 있는 땅굴로 들어갔고 고한댁은 그가 프런트에 죽치고 있으니 주방과 붙어 있는 방에서 잠이 든 모양이었다.

모텔 '인생역전'은 한물간 지 오래된 숙박업소였다. 손님이 거의 없다는 얘기였다. 주인 말로는 한때 짭짤한 호황을 누렸다고 하나 이미 옛날얘기가 된 지 오래였다. 인근에 토목이나 건축 공사라도 벌어져야 월세 영업으로 근근이 버틸 수 있었다. 김도 그렇게 '인생역전'에 처음 들어왔고 박과 이, 고한댁도 마찬가지였다. 특이한 건 그렇게 들어오긴 왔는데 다들 나가지 못하고 있다는 점이었다. 나갈 때가 훨씬 지났음에도 불구하고. 김은 끈적거리는 가래를 재떨이에 공들여 뱉고 고개를 끄덕였다. 넓고 넓다는 세상에서 그들은 더이상 갈 곳이 없었다.

"예미에서 탄 캐다가 청춘을 다 보냈습죠." 어느 날 술자리에서 이가 털어놓은 이력이었다.

"난…… 구절리라는 데서 근무했는데." 가장 연장자인 박이었다.

"……사북." 떨떠름한 표정의 김은 마지못해 이력을 밝혔다. 고한댁은 고한이었다. 여행을 떠난 모텔 주인을 대신해, 밀린 숙박비와 식비를 속히 해결해줬으면 좋겠다는 뜻을 전하는 술자리였다. 주인은 손을 들어버린 지 한참 되었다.

"그러니까…… 그 새카만 골짜기에서 모두 한 시절 살았네요."

몇 달씩 밀려 있는 숙박비를 그들에게서 받아내는 일이 쉽지 않다는 것을 김은 인정할 수밖에 없었다. 그들 또한 공사 업자들한테 밀린 품삯을 쉽게 받을 수 없다는 사실을 수긍하고 있었다. 돈의 출발점이 막혀 있는 한 그다음의 어떤 문도 열리지 않을 게 분명했다. 더이상의 손해라도 면하려면 당장 내쫓는 게 가장 효과적인 방법이겠지만 주인도 아닌 김이 그렇게까지 강수를 둘 필요는 없었다. 대신 김은 독한 소주를 더 시켜 그들의 빈 잔을 채워주며 취해가는 얼굴들을 하나씩 살펴나갔다. 밀린 숙박비를 받아 모텔 운영에 보태라는 주인의 당부는 일찌감치 폐기해버리고서.

"다들…… 밀린 숙박비도 해결할 겸 함께 일해볼 의향 있습니까? 마침 적당한 일이 있는데."

세 사람의 붉은 눈이 큼직한 물음표를 만든 채 일제히 김을 향했다.

"……굴을 하나 파볼까 하는데."

의자 등받이에 기댄 채 깜박 잠들었던 김을 깨운 건 305호실에서 걸려온 내선 전화였다. 일주일 치 숙박비를 내고 들어온 남녀가 묵고 있는 방이었다. 김은 고한댁이 있는 주방 쪽 방을 바라보며 망설이다가 수화기를 들었다. 두 남녀가 부부인지, 연인인지, 불륜관계인지 알 수 없었다. 왜 일주일 치의 돈을 내고 허름한 모텔에 머무는지도. 프런트를 담당하는 고한댁에게 혹시 모르니 이러저러한 핑계를 대고 아침저녁으로 전화를 걸거나 방에 찾아가 동정을 엿보라고 했는데 특이

한 점은 없다는 얘기만 전해 들었다.

세탁한 수건을 든 채 김은 305호실을 들여다보았다. 문밖에서 보아도 방바닥에 쫙 깔려 있는 종이 쪼가리들이 무엇인지 한눈에 알 수 있었다. 그것은 당첨되지 못한 복권 용지들이었다. 수건을 건네받은 사내가 김의 시선을 읽었는지 씩 웃더니 입을 열었다.

"차라리 땅을 파서 석유를 찾는 게 낫겠어요." 바로 옆 욕실에서는 물 흐르는 소리가 새어나왔고 방안 텔레비전에서는 송유관의 기름을 훔치다 화재가 난 사건의 후속 상황을 보도하고 있었다.

*

이의 활약이 눈부셨다. 앞을 가로막고 있는 큰 바위를 돌아가는 굴착 작업을 거의 혼자서 다 해치웠다. 너무 빠르게 굴을 뚫고 나가는지라 그 뒤에서 흙을 나르고 갱목을 설치하는 김과 박이 도리어 헉헉거릴 정도였다. 직진해서 팠으면 삼사 미터 정도면 될 거리를 바위에 막혀 돌아가느라 꼬박 하루를 더 힘들이고 낭비한 셈이었다. 굴의 한쪽 벽면을 갱목 대신 바위가 버티고 있는 게 그나마 위안이라면 위안이었다. 그러나 아무리 땅속의 일이라 해도 이해하기 힘든 바위였다. 전체 크기를 헤아릴 수는 없지만 만약 땅 밖으로 나와 있었더라면 분명 뭔가 한몫 단단히 했을 바위였다. 장님 코끼리 더듬는 상황이라 해도 충분히 바위의 위용을 짐작할 수 있었다. 이의 말대로 땅속의 흔들바위였다. 김은 스며든 빗물에 젖은 바위를 장갑 낀 손으로 쓰다듬었다. 그들 세 사람은 마치 땅속에서 꿈쩍도 하지 않는 그 바위를 굴리려고 아등바등하는 것만 같았다.

"이거 내다팔면 값 좀 나가겠는데요." 얼굴이 흙투성이인 이가 좁은 굴속에서 머리만 돌린 채 한마디 했다. 상대적으로 하얀 이가 불빛에 반짝 빛을 냈다.

"꺼내기만 해. 파는 건 내가 팔 테니!" 바위와 버팀목을 연결하는 천장의 갱목을 맞추던 박이 맞장구를 쳤다.

"꺼내는 게 문제야! 이 좁은 굴속에서." 이는 입맛을 다셨다.

"도술을 써봐, 도술을."

"에이 형님, 내가 무슨 손오공도 아니고. 그냥 땅굴이나 파야지요."

"이씨, 돈 벌어서 이 땅 사면 되지."

"사북 형님, 기름 팔면 이 밭 정도 살 수 있겠지요?"

"그 돈이면 난 고향 가서 농사나 짓겠네."

"고향엘 가요? 난 천금이 생겨도 고향엔 절대 안 갑니다."

저녁 식사 시간이 되어 박과 이를 먼저 올려보내고 김은 지하실에 남았다. 작업복을 벗고 담배를 피우며 지하실 한쪽 콘크리트 벽에 뻥 뚫려 있는 굴을 바라보았다. 불빛이 흘러나오는 그곳은 마치 다른 세계로 가는 어떤 통로처럼 보였다. 굴속을 희미하게 밝히는 백열등을 끄니 쩍 벌린 검은 입이 꼭 무엇인가를 요구하는 것만 같았다. 서늘한 기운을 토해내며. 김은 거대한 바위를 삼키고 있는 듯한 굴속으로 담배 연기를 흘려보냈다. 굴은 마치 살아 있는 것처럼 순간 꿈틀 흔들렸다. 지하실이 미세하게 떨리기까지 했다. 그러나 김은 알고 있었다. 모텔과 인접한 도로로 대형 트럭이 지나갈 때 벌어지는 현상이라는 것을. 김은 연장들이 놓여 있는 탁자 위에 지적도를 펼쳤다. 늦어도 나흘 정도면 목표 지점에 도달할 것이다. 땅굴을 파는 일에 비하면 그다음 일은 식은 죽 먹기였다. 모텔 주인이 여행에서 돌아올 때면 모든 걸 끝마친 뒤일 테고 지하실은 원래의 모습으로 돌아가 있을 게다. 그리고 그는 고향으로 돌아가면 된다. 돌아가 볕 좋은 쪽에 땅을 사서 남은 인생 농사나 지으며 살면 되었다. 어쩌면…… 뿔뿔이 흩어진 가족들을 다시 불러모을 수 있을지도 모른다. 김은 담배 한 대를 더 피워 물고 흥흥거리는 아라리 소리를 담배 연기와 함께 풀어놓았다.

"눈이 올라나, 비가 올라나……"

*

"사북 형님, 우리도 까딱하다가 저 꼴 나는 거 아닙니까?"

이가 텔레비전 화면을 가리키며 겁이 난 얼굴로 물었다. 송유관을 뚫다가 화재가 난 사건과 관련해 새로운 사실들이 하나둘씩 밝혀지고 있었다. 굴속에서 작업하던 사람이 불이 나 죽은 게 아니라 기름에서 뿜어 나오는 증기에 질식돼 숨진 거라는 부검 결과가 나왔다고 뉴스는 전했다. 더군다나 그들은 용접기로 송유관을 뚫으려 했던 모양이었다. 그것도 기름이 지나가는 시간에. 죽으려고 작정한 거나 다름없었다. 김이 입을 열었다.

"아무것도 모르는 아마추어들이야. 구멍을 뚫으려면 일단 기름이 흐르고 있는지 아닌지 판별해야 돼. 구멍을 뚫어 호스를 연결한 다음 엔 반드시 유압측정기를 이용해 적당한 양만 빼내야 하는 거야. 한꺼 번에 너무 많은 양을 빼내면 저쪽에서 눈치를 챈다고. 저게 뭐야! 엉성한 비닐하우스에서 작업을 하니 저런 사달이 난 거라구."

"난 굴만 열심히 뚫을 테니 나머진 형님이 알아서 하십시오."

"송유관 공사 노가다 밥을 십 년이나 먹은 사람이야."

"불에 타 죽고 싶진 않거든요."

"송유관에 구멍은 어떻게 뚫을 텐가?"

"기름이 흐르지 않을 때 전기드릴로 뚫고, 개폐 장치가 있는 밸브를 설치한 다음 재빨리 용접으로 마무리해야죠."

"혹시 가스에 대한 대비는?"

"방독면 쓰면 됩니다."

김은 박과 이가 이해하기 쉽게 종이에 그림을 그려가며 자세하게 설명했다. 허리를 잔뜩 구부린 채 그 그림을 들여다보던 이가 허리를 펴며 입을 열었다.

"고로쇠나무에 호스 연결해 수액 뽑아먹는 방식과 똑같구만!"

고한댁이 주방에서 밥상을 들고 들어왔다. 이는 밥상이 방바닥에 놓이기도 전에 소형 냉장고 문을 열어 소주병을 꺼냈다. 큼지막한 냄비 뚜껑을 열자 김이 설설 솟는 닭볶음탕이 모습을 드러냈다.

"고한댁이 고생하는 서방 생각 하나는 끔찍하게 해주네!"

"여기 내 서방이 어디 있소?"

"어디 있긴, 여기 있지."

고한댁은 엉덩이로 다가오는 이의 손을 야무지게 탁 내리치곤 주방으로 향했다. 그런 그녀의 엉덩이를 보며 이가 아라리 한 자락을 꺼냈다.

"저기 가는 저 여자 거름거리를 보아라, 씨암탉 거름으로 아기장 아기장 걸어가네."

*

백열등을 켜자 굴속은 한결 아늑해 보였다.

새벽 두시 반. 김과 박은 모텔 지하실에서 흙이 묻어 더러워진 작업복을 걸쳐 입고 엉금엉금 기어서 굴속으로 들어갔다. 갱목들 사이사이에서 물방울이 뚝뚝 떨어졌다. 자신도 새벽일을 하겠다며 이가 깨워달라고 했었지만 김은 망설이다 포기했다. 사타구니 사이에 두 손을 넣고 곤히 잠들어 있는 이를 깨우기가 뭐해서였다. 어차피 김과 박은 새벽잠이 없는지라 잠이 달아나면 딱히 할 일도 없었다. 굴의 바닥은 전날보다 더 질척질척했다. 긴 장마가 땅속 깊은 곳의 흙마저 적시는 중이었다. 더군다나 전에는 없던 통로를 만들었으니 물이 모여드는 것은 당연한 이치였다.

"형님, 괜찮을까요?"

"이 정도 비에 무너지게 설치했음 내가 전직 갱목공이 아니지."

"갱목은 그렇다 쳐도 지하수가 고일까 걱정입니다."

"심하면 양수기로 뽑아내야지."

두 사람은 굴을 가로막고 있는 바위 앞까지 기어갔다. 그곳의 상황은 조금 더 좋지 않았다. 바위는 마치 목욕을 한 듯 흘러내린 물에 말끔히 씻겨 있었다. 정말이지 땅속에 묻어두기에는 아까운 바위라 생각하며 김은 바위를 돌아갔다. 바닥에 고인 빗물에 이미 작업복 바지는 모두 젖은 상태였다. 박이 설치한 갱목이 아니었더라면 굴은 일찌감치 무너졌을 게 분명했다. 막장에 먼저 도착한 김은 침착하게 물이 흘러나오는 벽을 살폈다. 물기에 힘을 잃은 흙과 돌들은 장도리로 건들지도 않았는데 툭툭 떨어졌다. 한꺼번에 무너지기 전에 더 빽빽하게 갱목을 설치해야 할 것 같았다.

"일장일단이 있는 거지요. 굴 파기는 쉬워졌고 젖은 흙을 밖으로 나르는 일은 더 힘들겠고."

"그런가…… 담배 한 대 피우고 시작하지."

담배를 피우지 않는 박이 뜻밖에 김에게 담배를 피우라고 권했다. 김은 젖지 않게 비닐봉지에 넣어 온 담배를 꺼내 불을 붙였다.

"이런 날은 담배 연기도 구수해."

"구절리에선 언제 떠났습니까?" 갱목에 엉덩이를 걸치고 앉은 김은 담배 연기를 굴 입구 쪽으로 후후 불어냈다.

"기억도 잘 안 나. 다른 사람들처럼 탄광 문 닫으면서 바로 떠났겠지."

"그 동넨 사북보다 먼저 문을 닫았으니까 꽤 일찍 떠났겠네요. 그 뒤론 한 번도 안 가봤어요?"

"못 갔지……"

김은 담배를 끄고 고개를 끄떡였다.

"난 이 좁은 굴속이 의외로 편하고 아늑해. 김씨도 그래?"

김은 대답하지 않고 꽁초가 된 담배를 비벼 껐다.

예상했던 대로 작업은 더뎠다. 김이 일 미터쯤 파면 뒤에 있던 박이 앞으로 나와 갱목을 설치했다. 그 시간에 김은 젖은 흙을 수레에 담아 밖으로 날랐다. 지하실에는 흙이 점점 더 키를 높여갔다. 더이상 건물

밖으로 옮기지 않아도 되었다. 송유관을 찾아낸 뒤 호스만 연결하면 다시 메우기로 계획을 변경한 것이다. 김은 수레와 연결된 밧줄을 잡고 다시 엉금엉금 굴속으로 들어갔다. 수레의 바퀴가 지나간 자리에는 물이 가득 고여 있었다. 아무래도 우비를 입어야만 할 것 같았다. 천장에서 흘러내리는 물을 고스란히 맞으니 마치 동굴 속으로 비가 내리는 듯한 착각마저 들었다. 굴의 초입에는 갱목을 드문드문 설치한 탓인데 그건 누구의 잘못도 아니었다. 장마가 이렇게 길어지리라곤 기상청도 알아맞히지 못했으니까. 다행히 굴을 가로막고 있는 바위 근처에 접근하자 조금 괜찮아졌다. 김은 거대한 바위를 두 손으로 굴리듯 돌아갔다. 물론 바위는 설악산의 흔들바위만큼도 움직이지 않았다. 전선에 매달려 있는 백열등이 영롱한 물방울들을 뚝뚝 떨어뜨렸다. 굴속을 빠져나갔다가 다시 들어오는 데 한 백 년은 걸린 것 같다고 생각하며 김은 막장에 도착했다. 그리고 이내 이상한 느낌에 고개를 들었다. 박은, 막장에 없었다.

"형님?"

좁은 굴의 막장에서 김이 내뱉은 목소리는 축축하게 변해서 되돌아왔다. 굴속에서 박이 몸을 숨길 만한 곳은 어디에도 없었다. 김과 마주치지 않고 굴을 빠져나갈 다른 통로도 당연히 없었다. 김은 박이 마지막에 설치한 갱목을 만져보았다. 흔들림 없이 단단하게 고정돼 있었다. 갱목을 설치하는 일을 모두 마치고 박이 사라졌다는 얘기였다. 장도리를 움켜잡은 김의 손이 조금씩 떨렸다. 굴 밖으로 나가지 않았다면 굴속으로 더 들어가는 길밖에 없었다. 김은 장도리로 막장의 흙벽을 조심스럽게 찔러보았다. 물기에 힘을 잃은 흙이 와르르 무너졌다. 서둘러 야전용 곡괭이로 흘러내린 흙을 끌어냈다. 그러자 막장을 가로막고 있던 흙벽은 마치 바싹 삭아버린 흙벽이 내려앉듯 간단하게 허물어지고 반대편의 굴을 보여주었다. 김은 거의 기다시피 흙더미를 타넘어 반대편 동굴로 건너갔다. 김의 그림자는 김보다 먼저 네발 달린 짐승처럼 도착해 있었다.

"여기 있어, 여기!" 박이 무엇인가를 끌어안은 채 소리쳤다.

"뭐가 있는데요?"

대체 이 굴은 누가 파놓았단 말인가. 김은 무릎과 팔꿈치에서 불이 날 정도로 빠르게 박에게로 기어갔다. 박이 끌어안고 있는 것은, 그들이 애타게 찾고 있던, 붉은 페인트가 칠해진 송유관이었다. 김은 박이 안고 있던 송유관을 쓰다듬고 두드려보고 안아보았다. 그러다 급기야는 입술까지 맞췄다.

"이젠 빼내서 파는 일만 남았어!" 박의 목소리가 떨렸다.

"그건 식은 죽 먹기죠! 근데…… 이 굴은 누가 팠을까요?"

"먼저 다녀간 사람들이겠지."

"……그래요?"

김은 돌연 자세를 바꿔 송유관의 나머지 부분을 덮고 있던 흙을 손으로 파헤쳤다. 먼저 누군가 다녀갔다면 분명 구멍을 뚫은 흔적이 있을 터였다. 송유관을 따라 바삐 움직이던 김의 손이 어느 순간 멈췄다. 김은 곧 그곳의 흙을 파헤쳤고 송유관과 연결된 밸브가 모습을 드러냈다. 밸브에는 열고 닫는 손잡이가 달려 있었다. 김은 떨리는 손으로 손잡이를 천천히 돌렸다.

"……뭐야? 기름은 안 나오고 쓸데없는 바람만 나오잖아!"

＊

오줌을 누고 나온 이는 한동안 화장실 불빛을 등에 지고 서 있었다.
마치 서서 잠을 청하듯. 김과 박은 초저녁잠을 자고 굴속에 들어간 모
양인지 내실엔 아무도 없었다. 이는 방금 볼일을 보고 나왔는데도 묵
직한 기운을 풀지 않고 있는 사타구니를 지그시 내려다보았다. 물건
이 발기하여 헐렁한 운동복 바지를 들어올리고 있었다. 이의 시선은
자연스럽게 주방 너머로 향했다.

고한댁의 방문은 잠겨 있지 않았다. 이는 콩닥거리는 가슴을 진정
시키려 애쓰며 안으로 들어가 불을 켰다. 깊은 우물 속에 고여 있는
물로 떨어지듯, 목젖 너머로 넘어간 침의 울림이 오래갔다. 이는 잠든
고한댁 옆에 무릎을 꿇고 앉아 떨리는 손으로 그녀의 어깨를 톡톡 두
드렸다.

"고한댁?"

"……누, 구?"

방문을 열고 들어가 고한댁이 잠에서 깨어나기까지는 그리 길지 않
은 시간이었는데 이는 그동안 꽤나 많은 생각들을 했다. 그 생각 끝에
내린 방법이 바로 정중하게 간청하는 것이었다. 모텔의 지하실에서는
대사를 진행시키고 있는 터이니만큼 행동 하나하나에 신중을 요할 수
밖에 없었다. 그는 여전히 무릎을 꿇은 채 나지막한 목소리로 고한댁
에게 지금 자신이 처한 상황을 보다 잘 설명하려고 애를 썼다. 한밤중
에 불쑥 쳐들어온 그의 행동에 고한댁이 그다지 놀라지 않아 그나마
다행이었다.

"고한댁이나 나나 혼자 사는 처지인데 날 좀 한번 도와주면 안 되나?"

"지금 한번 하자는 얘기잖아요?"

"그렇지. 이게 얼마 만에 섰는지 몰라." 이는 사타구니를 가리키다 손가락을 황급히 치웠다.

"그럼 여태까진 서지도 않는 물건 가지고 수작 걸었던 거네요?"

"고한댁, 지금 이래저래 낭비할 시간이 얼마 없어. 밑에서 형님들이 언제 올라올지 모르고 또…… 이게 언제까지 이 상태일지 모른다니까."

"……하도 오래 쉬어서 그게 들어가려나."

"걱정 마, 고한댁! 내가 알아서 잘할게."

이는 서둘러 고한댁을 얼싸안고는 그대로 이불에 눕혔다. 이의 품 안에서 웅크린 자세를 풀지 않던 고한댁이 짧게 한마디 내뱉었다.

"불 꺼요."

장맛비 내리는 소리가 창을 넘어오는 깊은 밤. 이가 먼저 소리를 메 겼다. 눈이 올라나 비가 올라나 억수장마 질라나, 만수산 검은 구름 이 막 모여든다. 고한댁은 부끄러운 듯한 목소리로 이의 소리를 넘겨 받았다. 명사십리가 아니라면은 해당화가 왜 피며, 모춘삼월이 아니 라면은 두견새는 왜 울어. 이와 고한댁이 주고받는 소리가 오랜 비에 축축해진 방을 조금씩 덥히기 시작했다. 물결은 출렁 뱃머리는 울 러덩, 그대 당신은 어데로 갈라고 이 배에 올랐나. 우리집의 낭군님 은 떼 타고 가셨는데, 황새여울 된꼬까리로 무사히 다녀오세요. 오늘 갈지 내일 갈지 뜬구름만 흘러도, 팔당 주막 들병장수야 술판 벌여놓

아라. 정선 뗏사공에 딸 주지 마세요. 아침 조반 저녁 꼴 지느라 골머리 잃네. 이의 숨소리가 거칠어지고 입김에선 단내가 훅훅 쏟아져나왔다. 네 칠자나 내 팔자나 네모반듯한 왕골방에 샛별 같은 놋요강 발치만큼 던져놓고 원앙금침 잣베개에 앵두 같은 젖을 빨며 잠자보기는 오초강산에 일 글렀으니 엉뚱멍툴 장석 자리에 깊은 정만 두자. 고한댁은 이의 엮음소리에 그의 등짝을 살짝 꼬집어주고 그녀 역시 엮음으로 받았다. 우리 댁의 서방님은 잘났던지 못났던지 얽어매고 찍어매고 장치다리 곰배팔이 노가지나무 지게 위에 엽전 석 냥 걸머지고 강릉 삼척에 소금 사러 가셨는데 백복령 굽이굽이 부디 잘 다녀오세요. 마침내 이는 고한댁의 펑퍼짐한 가슴 위로 땀이 흐르는 얼굴을 묻고 숨을 골랐다. 고한댁은 그런 이의 등을 토닥토닥 두드려주었다. 아우라지 뱃사공아 배 좀 건너주게, 싸리골 올동박이 다 떨어진다.

"고한댁, 땅굴 파다 언제 죽을지 모르는데 우리 도망갈까?"

"어디로요? 갈 데는 있어요?"

"설마 갈 데 없을라구……"

"쓸데없는 소리 말구 빨리 옷 입고 나가요. 밑에서 올라올 시간 됐어요."

*

"형님들, 이건 제 생각인데…… 이번 일 잘되면 아예 우리가 이 모텔을 사는 게 어떨까요?" 막장에서 잠시 쉬는 시간을 이용해 이가 향후 계획을 타진해왔다.

"손님도 없는 낡은 모텔 사서 뭐해?" 껌 두 개를 한꺼번에 입에 넣은 박이 볼을 우물거리며 대꾸했다.

"리모델링하면 되죠. 그보다 중요한 건, 힘들여서 뚫은 굴인데 한탕만 하고 메워버리기엔 아깝잖아요."

"꼬리가 길면 위험해."

"형님, 형님이 일했던 구절리 땅값이 요즘 얼마나 하는지 알아요? 평당 백만원이 훨씬 넘어요. 웬만한 돈 가지곤 돌아가고 싶어도 이젠 못 돌아가요."

"뭐가 그렇게 비싸?"

"테레비도 안 봤어요? 레일바이크다 뭐다 해가지고 그 동네 옛날 같지 않아요. 서울 놈들이 전부 아도쳤다니까요."

"……"

굴의 끝이 얼마 남지 않았다. 김은 벗어놓았던 안전모를 쓰고 축축한 장갑을 다시 끼었다. 예정했던 날짜보다 조금 지연됐지만 크게 문제될 건 없었다. 긴 장마 기간에 큰 사고 없이 여기까지 온 것만 해도 어디인가. 송유관만 만나면 그다음은 힘든 일이 없었다. 송유관에 구멍을 뚫고 기름만 적당히 뽑아내면 되는 일이었다. 작은 유조차도 빌렸고 안전하게 기름을 넘길 주유소도 이미 확보해놓았다. 어쩌면 이의 제안대로 모텔을 인수하는 것도 일리가 있어 보였다. 성급하게 기름을 넘기려고 하다가 역추적을 당해 적발되는 경우가 많았다. 모텔 주인이 여행에서 돌아올 때까지 그만한 자금을 마련할 수 있느냐가 문제이지만 고려해볼 만한 사항이었다. 어차피 주인도 모텔에 별 미련이 없다는 걸 김은 잘 알고 있었다.

김은 흙이 가득한 수레를 지하실로 끌고 나왔다. 힘들었던 여정이 일차 마무리될 순간이 눈앞에 다가오고 있었다. 송유관에서 기름을 빼낼 고압 호스와 각종 기구들도 이미 모두 준비해놓았다. 김은 빈 수레에 갱목을 실어놓고 담배를 빨았다. 굴속에서 빛을 발하는 백열등은 전과 달리 을씨년스럽지 않고 따스하게 보였다. 마침내…… 힘들고 고단했던 인생의 고갯길을 막 넘어서려 하고 있다는 느낌이 들었다. 비록 소중했던 것들의 대부분을 잃어버린 뒤였지만 그래도 나이 진갑이 되어 마음 한쪽이 훈훈하게 달아오르는 게 싫지만은 않았다. 인생이 짧지 않다는 걸, 모두 다 지나간 게 아니라는 걸, 몸과 마음으로 체감하는 순간이었다. 김은 그 느낌이 밖으로 새나가지 않도록 아랫입술과 윗입술을 지그시 붙인 채 수레를 끌고 굴속으로 기어들어갈 준비를 했다. 그간 꾸었던 몇 가지 악몽들은 그저 개꿈일 뿐이었다.

"물! 물이 터졌어!"

막장에 도착하기 무섭게 김은 이가 외치는 소리를 들었다. 이의 바로 앞 천장 부근에서 마치 오래 기다렸다는 듯이 물이 콸콸 쏟아지고 있었다. 김은 자신의 뺨을 꼬집었다. 꿈이 아니었다. 땅속에 고여 있던 물이 터진 것 같았다. 김은 서둘러 박의 옆을 비집고 들어가 물줄기를 살폈다. 수압이 만만치 않았다. 꽤 많은 양의 물이 고여 있다는 얘기였다.

"일단 밖으로 철수."

"막아보는 게 좋지 않겠어요?" 이가 버텼다.

"철수!"

"아, 우라질!"

세 사람은 흙탕물을 고스란히 뒤집어쓴 채 굴을 빠져나왔다. 굴에서 새어나온 흙탕물이 지하실에 고이고 있었다. 그들은 갱목에 엉덩이를 걸치고 앉아 굴을, 꾸역꾸역 굴에서 흘러나오는 물을 바라보았다. 흙탕물은 더이상 어디로 가지 못하고 바닥에서 천천히 맴을 돌았다.

"굴이 무너지는 건 아니겠죠?" 이는 탁자 위의 소주를 종이컵 가득 부어 단숨에 마셨다.

"이 정도로 무너질 갱목이 아냐." 박이 이가 내민 술잔을 받았다.

"참, 가지가지 하네요! 가만, 이게 무슨 냄새야? 썩은 냄새가 나는 거 같은데." 이가 코를 킁킁거리다 손가락으로 굴 입구를 가리켰다. "저건 또 뭐야?"

김은 이게 꿈이었으면 좋겠다고 간절히 빌었다. 빌고 또 빌었다. 그렇게 눈을 감았다가 뜬 김의 눈앞에서 둥둥 떠다니는 것은 비닐봉지를 뚫고 나온, 지독한 악취를 풍기는 썩은 닭들이었다.

*

고한댁이 차려놓은 저녁상은 그야말로 상다리가 부러질 정도로 푸짐했다. 목욕을 하고 내실로 모인 세 사람의 눈이 휘둥그레 변했다가 곧 약속이나 한 듯 얼굴을 찡그리고 코를 막았다. 큰 냄비 속에 들어 있는 음식은 닭백숙이었다. 이가 재빠르게 냄비를 주방으로 옮겼다. 이는 의아해하는 고한댁을 주방으로 불러 지하실에서의 상황을 대충 설명했다.

"지난번에 잘들 먹어서…… 이걸 어째?"

"혼자 나중에 먹어." 이는 고한댁의 엉덩이를 슬쩍 쓰다듬었다.

"힘 좀 쓰라고 인삼도 세 뿌리나 넣었는데."

이는 큼직한 인삼 한 뿌리를 통째 입에 욱여넣고 내실로 돌아왔다. 저녁상이 조촐한 술자리로 변했다. 지하실과 굴속에서의 온갖 악취를 술로 씻어내려는 듯. 굴진 작업을 중단하고 양수기로 지하실의 물을 빼고 고약스런 냄새가 치솟는 썩은 닭들을 치우느라 오후를 모두 허비했다. 막걸리 세 병이 금세 동이 났다.

"굴이 무너지지 않은 게 천만다행입니다." 김은 트림을 뱉으며 상에서 물러났다.

"액땜했다고 여기게." 박은 물로 입을 헹궜다.

"이런 경운 나라에서 표창장 줘야 하는 거 아닙니까?" 막걸리가 떨어지자 이는 냉장고를 열어 소주를 꺼냈다.

텔레비전 소리가 잦아들면서 빗소리가 창을 넘어왔다. 김과 박은 개어놓은 이불에 기대 텔레비전을 보았고 고한댁과 이는 밥상 앞에 앉아 가끔 눈웃음을 주고받으며 술을 비웠다. 텔레비전 속의 연예인이 별로 웃기지 않은 이야기를 해도 고한댁은 까르르 웃음을 터뜨렸고 이도 덩달아 손바닥으로 방바닥을 내리쳤다. 그때마다 김과 박의 눈꺼풀이 올라갔지만 이내 힘을 잃고 다시 내려갔다.

"아 참, 삼층 손님들 오늘 나갔어요." 고한댁은 손가락으로 푸석한 파마머리를 긁었다. 비듬이 어깨로 떨어졌다. "그냥 나간 게 아니라 깡패 같은 치들이 몰려와서 끌고 갔다니까!"

"깡패들이 왜?"

"그야 돈 문제지 왜겠어요. 청소하러 올라갔더니 방구석이 어땠는지 알아요? 세상 복권이란 복권은 다 모아놓은 것 같더라니까요."

"복권?"

"다 쓸어 담으니 큰 쓰레기봉지가 꽉 차더라구요."

김과 박이 코를 골기 시작했다. 코 고는 소리가 텔레비전 소리와 빗소리를 지울 정도로 커졌다. 이는 텔레비전을 끄고 담요를 꺼내 두 사람을 덮어주었다. 상 앞으로 온 이는 눈을 동그랗게 뜨고 고한댁을 바라보았다.

"형님들 주무시는데 고한댁 방에 가서 아라리나 부를까?"

*

"도대체 이게 어떻게 된 조화야!"

굴을 가로막고 있는 바위를 돌아나간 네 사람은 눈앞에 펼쳐진 막장 풍경에 한동안 넋을 잃었다. 그들 앞에는 외가닥 굴이 아니라 무수히 많은 굴들이 검은 입을 벌린 채 기다리고 있었다. 그들의 손에는 빈 플라스틱통이 하나씩 들려 있었다. 기름을 담기 위한 통이었다. 김은 마치 개미굴처럼 뚫려 있는 굴들의 입구를 눈으로 헤아리다가 일행들에게로 돌아왔다. 모텔 '인생역전'에 투숙해 복권을 긁다가 끌려간 두 남녀도 어느 틈엔가 빈 통을 든 채 섞여 있었으나 다들 아무렇지 않다는 표정이었다.

"어떻게 할까요?" 김은 무수한 굴들의 입구 앞에서 의견을 물었다.

"어떡하긴! 여기까지 왔는데 다 들어가봐야지."

그때, 그들이 들어온 굴이 와르르 무너지기 시작했다. 그러나 아무도 놀라는 기색을 하지 않았다. 무너질 거란 사실을 이미 알고 있는 듯했다. 어쩌면 굴속에 갇힐지도 모른다는 것도. 김은 빈 통을 손으로 두드렸다. 다른 사람들도 따라 두드렸다. 통— 통— 소리가 무슨 장단처럼 굴속으로 퍼져나갔다. 김은 다시 빈 통을 두드리며 굴들을 둘러보다가 고개를 끄덕였다. 어느 굴로 들어가더라도 또다른 막장일 게 분명했다. 굴속으로 먼저 들어갔던 통통, 툭, 탁, 통— 소리가 다시 되돌아 나왔다. 김은 머리를 긁적이며 고한댁을 찾았다.

"고한댁, 아라리나 한 소절 불러주게."

* 소설에 나오는 아라리는 모두 채록된 정선아라리에서 가져왔다.

배 지나간 자리

시골 마을의 버스정류장에 어둠이 내렸다. 누가 켜지도 않았는데 가로등이 조금씩 밝아졌다. 옥순은 먼지가 덕지덕지 내려앉은 기다란 나무의자에 우두커니 앉아 감처럼 노란 가로등을 바라보며 고개를 갸웃거렸다. 정류장을 떠나지 못한 지 벌써 한 시간은 된 것 같았다. 옆에 놓인 가방에서 꺼내놓은 내용물들을 하나하나 다시 만져봐도 떠오르는 것은 아무것도 없었다. 빈 도시락과 자그마한 칼, 땀내가 배어 있는 수건, 순을 잘라낸 무 두 개, 그리고 흙 묻은 약봉지 하나가 전부였다. 약봉지를 만지자 약속이나 한 듯 머리가 지끈거렸다. 옥순은 약봉지를 뜯어 그 안에 든 알약 세 개를 입에 넣고 물 없이 침을 끌어모아 억지로 삼켰다. 대관절…… 이게 어찌된 일이란 말인가. 늦가을 밤바람이 쭈글쭈글한 얼굴의 주름골로 면도칼처럼 파고들었지만 옥순은 계속해서 침만 삼켰다. 나무의자에서 일어나 도로 중앙선으로 걸어가 허수아비처럼 서서 어둠에 묻혀가는 주변을 두리번거렸다. 괴

이한 일이라고 중얼거리며.

"누구 기다리세요?"

털털거리며 달리던 농용 트럭이 정류장 앞에 멈췄다.

"……니 누구나?"

"……저 위 너머골에 사는 봉근이잖아요. 명수 친구."

옥순은 운전석에 앉아 있는 사내를 향해 눈을 찡그렸다. 머릿속에서 돌덩이가 굴러다니는 것 같았다. 봉근이…… 그래, 옛날 난봉꾼 소장수 아들 봉근이! 옥순은 운전석으로 바짝 다가가 물었다.

"니 우리집 아나?"

"예?"

"아무리 떠올려봐도 우리집이 어디 있는지 생각이 안 난다."

"……집이 어딘지 모르겠다고요?"

"어."

　모래언덕을, 거대한 모래 산을 개미만한 사람들이 올라가고 내려간다. 그늘 한 점 없는 모래 산이다. 아니 개미만한 사람들이 만들어내는 그림자가 전부다. 햇볕이 쨍쨍한 날 왜 힘겹게 모래 산을 넘어가고 넘어오는지 모르겠다. 사내들은 대부분 반바지 차림에 웃통을 벗었고 어린 계집애들은 반바지에 꽃무늬 민소매를 걸쳤다. 아이들의 얼굴은 모두 햇볕에 까맣게 그을렸다. 모래 산 너머는 쪽빛 바다다. 모래 산 이쪽, 마치 모래 화산의 분화구 같은 모래 구덩이의 바닥엔 초록의 풀들이 자라고 있다. 그래봤자 손바닥만하다. 그나마 빗물이 거기에 조금 고이는 탓일 게다. 그 자그마한 풀밭에 앉아 휴식을 취하는 사람들도 있다. 모래언덕을 내려가 풀밭을 지나고 다시 땀을 뻘뻘 흘리며 모래 산을 올랐다가 내려가면 바다란 얘긴데 굳이 그런 고생을 하는 까닭을 모르겠다. 그럼에도 어두워지도록 사람들의 행렬은 그치지 않는다. 심지어 도깨비처럼 랜턴을 들고 밤에 찾아오는 사람들도 있다. 침대에 기대앉은 옥순은 그들이 모래 산에 남겨놓은, 여러 가닥의 담쟁이덩굴 같은 발자국들에서 눈을 떼지 않는다. 오후가 다 가도록.

"지루하지 않으세요?"

요양사가 다가와 묻는다. 옥순은 비로소 고개를 돌려 요양사를 말끄러미 바라본다.

"저것들이 지금 뭐하는 거죠?"

"또 그게 궁금하세요? 저번에 말씀드렸잖아요. 구경 온 거라고."

"……구경할 게 없어서 모래 구경을."

"모래는 흔하지만 저렇게 큰 모래 산은 보기 드물잖아요. 더군다나 바다도 있고."

"할 일이 그렇게도 없나……"

"할머니, 저기 가보고 싶으세요?"

"가보고 싶긴 한데…… 그럴 시간 있음 밭에 나가 풀 한 포길 더 뽑지."

"할머니, 여긴 요양원이고 할머닌 여기 오신 지 반년이나 지났어요. 집이 어디 있는지 기억나세요?"

"……여기가 우리집 아냐?"

"또 농담하신다!"

요양사가 방을 나가자 옥순은 다시 창살이 쳐진 창문 밖으로 고개를 돌린다. 물론 집이라고 말한 건 농담이다. 하지만 농담이 아닌 적도 있다. 당연히 집이라고 여겼는데 집이 아니란다. 꼭두새벽부터 남의 집에 와서 다들 뭐하는 거냐고 물었다가 망신만 톡톡히 당했다. 자기집이라는 걸 증명해보라는 말에 화가 나서 주변을 둘러보았지만 눈에 익은 물건은 아무것도 보이지 않았다. 잠든 사이에 모든 게 감쪽같이 뒤바뀐 거라고 우기고도 싶었지만 목소리는 점점 힘을 잃고 있었다. 옥순은 방안에 있는 낯선 침대와 낯선 얼굴의 노인네들과 요양사를 바라보다가 눈을 감았다. 이게 꿈이길 바라면서. 하지만 눈을 감아도 그들의 목소리는 사라지지 않았다. 세상모르고 잠든 사이 누가 허락도 없이 자신을 이곳으로 싣고 온 것만 같아 화가 치밀었다. 누가? 자식들이? 옥순은 다시 눈을 부릅뜨고 방안을 둘러보았지만 자식들의 얼굴은 찾을 수 없었다. 날 여기다 내버리고 모두 어디로 갔단 말인가? 옥순은 고개를 저었다. 내 배로 낳은 자식들이 그럴 리가 없었다. 그럼 누가? 하나밖에 없는 며느리가……

"그럼 여가 어디요?"

"요양원이에요, 요양원."

"사지 멀쩡한 내가 왜 요양원에……"

옥순은 각각의 침대에 앉아 이불과 옷가지를 정리하는 할머니들을 한참이나 바라보았지만 이해가 가는 건 아무것도 없었다. 표정 없는 여자, 사탕을 만지작거리기만 하는 여자, 갓난아기를 다루듯 연신 베개를 쓰다듬는 여자, 손가락을 빨며 배가 고프다고 칭얼거리는 여자, 흰머리를 빗으로 끊임없이 빗는 여자, 쭈글쭈글한 젖가슴을 어루만지는 여자, 아니 할머니들…… 그리고 창밖만 계속 바라보는 할머니.

바다를 보는지, 모래 산을 보는지, 모래 구덩이 속의 풀밭을 보는지, 모래언덕을 보는지, 그 모든 풍경 속을 개미처럼 오가는 사람들을 보는지 도무지 알 수 없는.

모래 산의 그림자가 점점 키를 키우고 있다. 저 아래의 자그마한 풀밭은 초록을 잃고 검게 타버렸다. 모래 위, 그늘과 그늘 밖을 가르는 경계선이 신랄하고 선명하다. 사람들은 그늘에 등을 떠밀린 듯 하나둘 모래 산을, 모래언덕을 떠나가고 있다. 단 하루 만에 까맣게 타버린 얼굴이 되어. 그림자와 그늘은 시간이 흐르면 어둠이 될 것이고 급기야 모래 산마저 삼켜버릴 것이다. 밤은, 달마저 삼켜버린 그믐밤은 그런 것이었다.

"아 참, 내 정신 좀 봐! 집에 가스불 켜놓고 놀러 나왔네."

옥순은 허겁지겁 침대에서 일어나 외출복을 걸친다. 팔이 제대로 들어가지 않아 비틀거린다.

"이놈의 정신머리하곤!"

"옥순씨, 여기가 당신 집이에요!"

옥순의 발걸음을 붙잡은 건 건너편 침대의 강릉할머니였다. 옥순과 마찬가지로 줄곧 모래 산만 바라보는 할머니. 옥순은 출입문의 손잡이를 잡은 채 그녀를 말끄러미 바라보았다. 거짓말인지 아닌지 헤아리려고.

마침내 집에 왔다.

트럭을 얻어 타고 왔지만 정류장에서 출발해 고작 트로트 한 곡도 다 못 들을 정도의 거리에 집이 있었다. 무엇이 걱정스러운지 마당에서 멈칫거리는 봉근이에게 옥순은 닭장의 알둥지에서 꺼낸 달걀 하나를 고맙다는 뜻으로 건네주었다. 봉근이는 달걀 한쪽을 앞니에 톡톡 두드려 조그만 구멍을 낸 뒤 내용물을 쪽쪽 빨아 마시고는 떠났다.

도대체 이해가 되지 않았다. 이 집에서 살아온 지 족히 사십 년은 되었는데 갑자기 집이 어디 있는지 떠오르지 않았다니. 귀신이 곡할 노릇이었다. 가만 생각하니 집만이 아니었다. 정류장을 둘러싸고 있는 마을 전체가 낯설었다. 집의 위치만 떠오르지 않았다면 아무 집에나 들어가, 좀 민망했겠지만 우리집이 어디 있냐고 물어볼 수도 있었다. 하지만 그게 아니었다. 남의 집 일을 하고 인력 버스에서 내린 뒤부터 아무것도 떠오르지 않았다. 낯선 곳이었다. 이 마을에서 태어나 이 마을에서 결혼하고 줄곧 살았는데도 말이다. 그러고 보니 버스에서부터 조금씩 머리가 아파왔던 것 같다. 정류장에 내린 것도 내가 세워달라고 한 게 아니라 기사가 익히 알고 내려준 거였다. 당연히 한 걸음도 옮길 수 없었다. 버스에서 내리면서부터 집을 생각했을 것이고 곧바로 집으로 가는 길로 접어들려고 했지만 들어올렸던 발이 원래의 자리로 되돌아왔다. 세상에…… 집으로 가는 길이 감쪽같이 지워져버리다니. 아마 아는 사람이 지나가지 않았다면 밤새 정류장에 쭈그리고 앉아 있었을지도 모른다. 머릿속에서 사라진 집을 생각하며. 아니, 어쩌면, 내가…… 아니겠지. 아니야!

된장국에 밥 몇 숟가락 말았지만 도무지 식욕이 생기지 않아 상을 밀쳐놓고 텔레비전만 멍하니 보고 있는데 먼에 사는 아들 식구들이 혼자 사는 집에 들이닥쳤다. 아무래도 걱정이 됐는지 봉근이가 아들에게 전화를 한 모양이었다.

"엄마, 괜찮아요?"

"할머니?"

"……괜찮아. 머리가 조금 아팠던 거야."

"그러게 남의 집 힘든 일 다니지 말라 했잖아요!"

"……가만있음 더 힘들어."

"어머니, 저녁은 드셨어요?"

"……"

"어머니?"

"……댁은 뉘시오?"

"……어머니?"

며느리의 얼굴에서, 뒤이어 아들의 얼굴에서 놀란 두꺼비가 한 마리씩 풀쩍, 풀쩍 뛰어나가는 것을 옥순은 놓치지 않았다.

며느리는 울음을 터뜨렸다.

모래 산은 깊은 어둠에 잠겨 있다.

하늘은 푸르스름하고 모래 산은 까맣다. 밤인데도 하늘과 산을 가르는 선이 너무나 분명하다. 대신 산 너머의 바다는 느껴지지 않는다. 끝없는 허공 같다. 낮에는 그렇게 시퍼렇던 바다도 어둠 속에 잠기면 그저 허허벌판이나 마찬가지다. 옥순은 밤의 시간 중 가장 어두운, 해 뜨기 전의 새벽에 일어나 앉아 창밖의 어둠을 바라보고 있다. 마치 사라진 기억처럼 펼쳐져 있는 하늘과 모래 산과 바다를.

오늘이 며칠인가? 돌아가신 양반 생일날인 것 같기도 한데…… 아닌가. 예전에는 공책에 적어놓지 않아도 일가친척들의 생일이나 제

샛날 정도는 줄줄이 꿰고 다녔는데…… 심지어 지나간 대소사까지 일일이 기억하고 있어 집안 어른들의 귀여움을 독차지하곤 했지. 기억할 게 얼마나 많았던가. 그런데 지금은 허공에 떠다니는 잠자리처럼 둥실거리기만 한다. 잠시 바지랑대 끝에 앉았다가 잡으려 하면 이내 날아가는 잠자리들. 머리 주변에서 둥둥 떠다니기만 하는 잠자리들. 실잠자리, 고추잠자리, 왕잠자리, 밀잠자리, 물잠자리, 범잠자리, 뱀잠자리, 뿔잠자리, 풀잠자리, 나비잠자리, 검물잠자리, 꼬마잠자리, 날개잠자리, 마당잠자리, 대모잠자리, 민풀잠자리, 명주잠자리, 방울잠자리…… 요양사가 적어다 준 잠자리의 종류는 많기도 했다. 저 어둠 속에서 둥둥 떠다니고 있을 것만 같은 잠자리들. 머릿속에서 날아간 잠자리들. 그런데…… 모든 기억이 사라지면 나는 더이상 내가 아닌가? 남들이 나를 기억해도? 이제 나는 어떻게 해야 비로소 나인가. 저 잠자리들이 영영 돌아오지 않으면 어떻게 되는 걸까. 오락가락하는 지금의 잠자리들마저 날아가버린다면 나는 무엇이 되는 걸까. 아무것도 기억하지 못하면 나는 살아 있는 걸까, 죽은 걸까. 도대체 기억이란 게 어떻게 생겨먹은 괴물이기에……

"할머니, 일찍 일어나셨네요!"

요양사의 얼굴이 파리하게 보인다.

"내 이름을 물어봐줘."

"할머니, 성함이 어떻게 되시죠?"

"박옥순."

"맞아요! 그럼 아드님 이름은요?"

"김……명수."

"이번엔 어려워요. 예전에 기억하지 못한다고 울고불고했던 며느님 이름은?"

"……"

손전등 불빛이 캄캄했던 모래언덕에서 하나둘 반짝거린다. 그 불빛 속에 사람들의 모습이 잠시 나타났다가 사라진다. 밤에 피어난 꽃 같은 불빛들은 천천히 모래언덕의 바닥을 향해 내려간다. 갑자기 불빛이 사라지기도 한다. 정전이 되듯. 그러면 까아! 하는 비명소리가 옥순이 있는 요양원의 삼층 방에까지 용케 날아와 창문을 두드린다. 불빛의 기둥은 밤하늘에서 저 홀로 빙글빙글 돌거나 칼싸움을 하듯 서로 팽팽하게 뒤얽혀 쟁쟁거린다. 그러면서 조금씩 모래언덕의 바닥으로, 모래 산의 꼭대기로 올라가고 있다. 옥순은 침대에서 내려와 창문 앞에 놓인 휠체어에 옮겨 앉는다. 어둠이 조금씩 벗어지고 있다. 그날…… 나는 며느리를 알아보지 못했다. 며느리는 아마도 내가 무척 야속했을 것이다. 며느리가 여럿도 아니고 단 하나밖에 없는데 그 며느리를 몰라보다니. 시부모를 모시고 계속 같이 살다가 분가를 한 지 고작 이태밖에 되지 않았는데 며느리를 잊어버리다니. 몹시 서운했을 것이다. 내 속에 며느리를 미워하는 마음이 숨어 있었단 말인가. 그건 아닐 것이다. 마음에 쏙 들지는 않았지만 그렇다고 미운 건 아니었다. 그럼 내 배 아파 낳은 자식이 아니라서? 그날 이후에도 왜 며느리만 기억 속에서 가끔씩 사라지는지 그 까닭을 모르겠다. 심지어 이웃 사람은 멀쩡하게 알아보면서. 망령이 들어도 곱게 들어야 하는데 그게 뜻대로 되지 않으니…… 사람들은, 불빛들은 이제 모래 산을 올라가고 있다. 풀 한 포기, 나무 한 그루, 바위 하나 없는, 오직 모래로만 덮인 산을. 발이 푹푹 빠지고, 미끄러지고, 넘어지는 모래 산을. 그 모래 산의 능선이 하늘과 만나는 자리는 점점 선명하게 변해간다. 그 너머는 바다다. 사람들은 모래언덕을 내려가 자그마한 풀밭을 지나고 절벽처럼 가파른 모래 산을 고행하듯 힘겹게 올라 바다를 보러 가는 중이다. 해가 뜨는 모습을 보려고. 옥순은 굳이 그래야만 하는 까닭을 이해할 수 없다. 다만…… 다시 해가 떠오르면 또 무엇을 기억하고 무엇을 기억하지 못하게 될지 그게 궁금하고 동시에 두려울 뿐이다. 휠체어에 앉은 옥순의 두 눈이 스르르 감긴다.

옥순이 아프다는 소문은 금세 퍼졌다. 가족들, 친척들, 이웃들의 병문안이 줄줄이 이어졌다. 집으로, 병원으로, 아들네 집으로, 다시 병원으로, 그리고 요양원으로. 그때마다 옥순은 누구는 기억하고 누구는 기억하지 못했다. 모두 다 기억하지 못하고, 또 어떤 날은 신기하게도 모두 다 기억했다. 마치 일부러 변덕을 부리는 것처럼. 시간이 흐르면서 자식들은 옥순의 거취를 놓고 갑론을박을 벌였다. 병원비는 비쌌고 어느 시점부터는 병원에서도 더이상의 치료가 불가능하다는 통보를 가족들에게 보냈다. 옥순은 아들네 집으로 거처를 옮겼다. 하지만 옥순의 곁에 누군가가 24시간 붙어 있을 수는 없었다. 옥순은 툭하면 집을 나가 길을 잃었고 돌아갈 집이 어디인지 몰라 길거리에 우두커니 서 있는 날이 많아졌다. 휴대폰에 줄을 연결해 목에 걸어주었지만 가슴팍에서 요란한 벨소리가 울려도 받을 줄을 몰랐다. 자그마한 면의 어느 길모퉁이에서 어둠이 깊어지도록 꼼짝 못한 채 서 있거나 쪼그리고 앉아 눈만 껌뻑거렸다. 누군가에게 말도 걸지 않았다. 울지도 않았다. 오직 생각나지 않는 집을 떠올리려 애를 썼다. 결국 가족들은 옥순을 집안에 가뒀다. 집을 나가고 들어올 때 현관문을 잠그는 게 가족들의 새로운 일상이 되었지만 그것도 오래가지 못했다. 옥순이 주방에서 가스레인지를 다루다 집을 다 태워버릴 뻔한 일이 벌어졌기 때문이었다. 옥순은 집안의 자그마한 방으로 유폐되어야만 했다. 방문엔 자물쇠가 걸렸고 방안엔 요강이 자리를 잡았다. 가족들이 집에 있을 때에만 자물쇠가 풀렸다. 그러나 낮 동안 잠겨 있던 방에서는 시간이 흐를수록 이루 헤아리기조차 힘든 고약한 냄새가 차곡차곡 쌓여가고 있었으니……

"어머니, 목욕은 직접 할 수 있지 않아요?"

"……내가 왜 니 어머니냐?"

"그럼 제가 누군데요?"

"……누군지 모르겠다."

"너무하세요!"

밤늦은 시간 욕탕 안에 앉은 옥순의 몸에 비누칠을 하던 며느리가 울음을 터뜨리며 밖으로 뛰쳐나갔다. 딸 다섯을 내리 낳고 마지막으로 아들 하나를 낳았는데 그 아들의 아내가 일주일에 한 번씩 시어머니의 목욕을 담당할 수밖에 없는 상황이었다. 멀리 떨어져 사는 딸들은 두어 달에 한 번 오기에도 벅찼기 때문이었다. 물론 딸들은 딸들대로 할말이 없는 것도 아니었다. 먼저 세상을 뜬 옥순의 남편은 옛날의 관습대로 하나뿐인 아들에게 논밭을 모두 물려줬기에. 며느리가 뛰쳐나간 목욕탕으로 들어간 아들 명수는 옥순을 일으켜세운 뒤 수건으로 몸을 대충 닦아주며 물었다.

"엄마, 정말 저 사람이 누군지 모르는 거야?"

"……몰라."

"아니 같이 산 세월이 얼만데 어떻게 며느릴 몰라봐?"

"……생각이 안 나."

"다른 사람은 다 알아보면서 며느리만 몰라본다는 게 말이 돼!"

"……미안하다."

옥순은 발가벗은 채 눈물을 흘렸다. 주름살이 자글자글한 젖가슴과 뱃살이 함께 흔들렸다. 거실에선 며느리가 울고 텔레비전을 보던 아이들은 슬그머니 일어나 자기들 방으로 들어갔다.

그날 밤 옥순의 아들 명수는 거실의 텔레비전 불빛 앞에서 홀로 강소주를 두 병이나 마시고 그대로 쓰러져 잠들었다.

땡볕의 한낮인데도 모래언덕과 자그마한 풀밭, 그리고 모래 산에는 여전히 관광객들로 붐빈다.

짙은 초록의 풀밭에 앉아 양산을 쓴 채 모래 산을 바라보는 사람들. 하지만 조만간 큰 바람이라도 불면 풀밭은 흔적도 없이 모래 더미에 묻혀버릴 것 같다. 그럴지도 모른다는 생각 때문에라도 풀밭은 이채롭다. 분화구처럼 생긴 거대한 모래 구덩이의 바닥에 싱싱한 풀밭이 펼쳐져 있다니. 모래언덕과 모래 산의 크기에 비하면 겨우 손바닥만한 크기이지만 초록의 생명력 하나로 풀밭은 거대한 모래의 위협을 이겨내는 것 같다. 옥순은 풀밭 위의 사람들을 흉내내듯 알록달록한 양산을 서랍에서 꺼내 침대 위에다 펼쳐놓는다. 병실의 할머니들 입에서 소녀 같은 탄성이 튀어나온다. 양산을 쓴 옥순은 흐뭇한 표정으로 모래 구덩이 속의 풀밭을 바라본다.

"할머니, 비도 안 내리는데 왜 우산을 쓰고 계세요?"

무슨 일이 일어나면 귀신같이 알고 달려오는 요양사가 생글생글 웃으며 옥순에게 말을 건넨다.

"양산이야."

"아, 양산이구나! 근데 왜 방에서 양산을 쓰고 계세요?"

옥순은 대답 대신 창밖의 한 곳을 손가락으로 가리킨다. 최근 들어 요양사에게 가보고 싶다고 떼를 썼던, 모래 구덩이 속의 풀밭을.

"할머니, 저긴 너무 멀고 위험해요. 정 가시고 싶음 가족 분들 오실 때 말씀하세요. 양산도 그때 쓰시고."

"……안 데려다줄 거야."

모래 산을, 모래의 절벽을 사람들이 올라가고 있다. 한 사람은 짐승처럼 아예 네발로 기어서 오른다. 그 사람의 그림자는 마치 곰의 그림자 같다. 검은 치마를 입은 사람은 한 걸음 옮기고 오래 쉬고 또 한 걸음 옮기고 허리를 주무르며 모래 산의 꼭대기를 쳐다본다. 두서너 걸음 옮겼다가 주르르 미끄러지는 사람. 짝다리로 선 채 같이 온 사람의 사진을 찍어주는 사람. 아직은 여유로운 풀밭 주변의 사람들. 고집을 꺾지 않고 일직선으로 올라가는 사람과 지그재그로 길을 내는 사람. 물병에 든 물을 벌컥벌컥 마시는 사람. 모래 산 중턱에서 싸움을 하는 사람들. 취한 듯 비틀거리는 사람들. 이제 올라가려는 사람과 거의 팔부능선까지 올라간 사람. 그리고 다 올라간 사람. 눈을 감았다가 뜨면 마치 모래 산의 모래 절벽에 붙어 있는 개미들처럼 보이기도 하는 사람들. 모래는 또 얼마나 뜨거울까…… 그렇게 힘들게 모래 산을 넘어갔다가 모래 산 너머의 바다를 보고 다시 돌아오는 사람들. 엉덩이를 모래에 붙이고 아예 미끄럼을 타는 사람들. 끝까지 두 다리를 이용해 한 걸음 한 걸음 내딛는 사람들. 올라갈 때와 똑같이 지그재그로, 자기의 발자국을 찾아 지우며 내려오는 사람들. 뒷걸음질을 하다 넘어지는 사람들. 옷 속으로, 신발 속으로 들어간 모래를 터는 사람들. 신발을 벗고 맨발로 내려오는 사람들. 한여름에 달궈진 모래는 얼마나 뜨거울까…… 그런데…… 사람들은 떠났는데 왜 발자국들은 지워지지 않고 여전히 모래 산을 올라가고 내려오는 것일까. 무너지는, 부서지는, 흩어지는 모래를 감고 잡고 움켜쥐려 하는 칡넝쿨처럼. 발자국들은 모래 산 전체를 휘감은 채 그곳을 떠나지 않고 있다. 오래된 것들이 조금씩 지워지면 그 위에 새 발자국들이 다시 자라는 모래 산의 살아 있는 벽화처럼.

"지루하지 않아요?"

맞은편 침대의 강릉할머니다.

"하나도 안 지루해요. 지루해요?"

"나도 안 지루해요. 하루 중 유일한 낙이에요."

"……저긴 개미지옥 같아요."

"개미지옥이 뭐죠?"

"개미귀신이 개미를 잡아먹는 곳."

말을 마친 옥순은 두려운 표정을 숨기지 못한다.

"개미귀신은 또 뭔데요?"

"……나도 몰라요. 알았는데 잊어버렸어요."

모래언덕과 모래 산의 그늘이 키를 늘여가고 있다. 풀밭은 검은 입을 쩍 벌리고 있는 것만 같다. 얼굴이 까맣게 그을린 사람들이 모래언덕을 올라와 요양원 앞에서 방향을 꺾는다. 옥순은 방향을 트는 사람들을 야속한 듯 바라보면서 중얼거린다.

"밤이 오면 또 무엇을 잊어버릴까……"

옥순은 방문을 열려고 했지만 열리지 않았다. 문을 두드렸지만 밖에선 아무 소리도 들리지 않았다. 누구 없냐고 소리를 질렀지만 허사였다. 창으로 다가가 이중창문을 차례로 열었다. 그러나 창살이 가로막고 있었다. 배를 움켜잡은 옥순은 알록달록 꽃이 만발한 바지를 내리지도 않고 그대로 창문 아래에 쪼그리고 앉았다. 그러자 배에 힘을 주기도 전에 엉덩이 사이로 무엇이 뭉텅뭉텅 빠져나왔다. 초조함은 어디론가 사라져버린 지 오래였다. 시원했다. 팬티도 덩달아 묵직해졌는데 그 느낌이 나쁘지 않았다. 갓난아기 시절로 돌아간 것만 같아 얼굴에 미소가 번졌다. 방바닥엔 노란 물방울이 똑똑 떨어지고……옥순은 방문 옆에 놓인 요강을 바라보며 마지막 힘을 주었다.

"저는 이제 못 모셔요."

"올케, 조금만 참아."

"더도 말고 형님들이 돌아가면서 일 년만 어머님 모시세요."

"그러고 싶어도 그럴 형편 안 되는 거 잘 알잖아."

"……저도 이제 지쳤어요."

"간병인 들이면 되잖아."

"돈이 얼만데요."

"애, 부모님이 너희들에게 물려준 땅이 얼만데 돈, 돈, 하니!"

"그 땅, 전 필요 없으니 형님들이 다 가져가세요."

옥순은 방바닥에 주저앉아 문밖에서 들려오는 여자들의 말다툼 소리를 들으며 손가락으로 벽에다 그림을 그렸다. 물감이 들어 있는 요강을 옆에 놓고서. 무엇을 그리는지는 다소 애매했다. 사람의 얼굴 같기도 하고 누렁소를 그린 것 같기도 하고…… 옥순은 물감이 다 떨어지면 요강 속으로 손가락을 넣어 휘휘 저었다. 물감은 단색이었다. 손가락으로 찍어 조심스럽게 벽으로 가져가 그리다 멈춘 부분을 이어나갔다. 벽지를 따라 흘러내린 물감이 장판에 고였다. 문밖에서 들려오는 여자들의 말다툼 소리는 점점 거세졌다. 옥순은 가끔 그림 그리는 일을 멈추고 문을 향해 고개를 돌렸다가 씩 웃어주곤 하던 일을 계속 이어갔다. 물감으로 더럽혀진 손가락을 공들여 옷자락으로 닦아내곤 다시 물감을 찍어 그림을 그렸다. 마음에 안 들면 손바닥으로 쓱쓱 지운 뒤 다시 그려나갔다. 옥순은 행복했다. 그림을 그리는 게 그렇게 행복한 일인지 그때 처음 알았다. 평생 호미를 잡고 흙만 만져온 세월이었다. 농사일에서는 결코 느낄 수 없는 무엇인가가 그림 그리는 일에 숨어 있었다. 손가락에 와 닿는 물감의 촉감은 흙과 비교할 수 없었다. 감자와 옥수수, 콩이 열리고, 비록 수확할 수는 없지만 벽에서 피어나는 그림은 마치 한 떨기 꽃처럼 예뻤다.

"엄마!"

"똥냄새!"

"엄마, 왜 그래! 미쳤어!"

"올케, 걸레하고 물 좀 가져와."

"아이고, 우리 엄마! 어쩌면 좋아."

방문 앞에 모여 선 옥순의 나이든 딸들이 더이상 들어오지 못하고 코를 막은 채 한마디씩 뱉어냈다. 옥순은 그녀들을 말끄러미 바라보다가 입을 열었다.

"……뉘신지?"

딸들을 밀치고 세숫대야와 걸레를 들고 방으로 들어선 건 명수의 처였다. 그녀는 재빠른 손놀림으로 걸레질을 했다. 옥순은 입을 떡 벌리고 서 있는 다섯 명의 여자들에 대해 물었다.

"어멈아, 저년들은 누군데 남의 방 앞에서 쑤군덕거리냐?"

대낮인데도 저녁처럼 어둑어둑하다. 먹구름으로 가득한 하늘에서 퍼붓는 비는 바람에 밀려 이리 쏠리고 저리 쏠린다. 모래언덕에서는 사람의 그림자라곤 찾아볼 수가 없다. 비에 젖은 모래언덕과 모래 산은 흑백사진처럼 변했다. 모래 산의 무수한 발자국들마저 지워지고 있다. 그런데 꼬박 이틀 동안 줄기차게 쏟아지고 있지만 어느 곳에도 물도랑은 생기지 않았다. 모래는 어마어마한 크기의 창자를 지니고 있는 게 분명하다. 덕분에 모래 구덩이에서 자라는 풀들만 맹렬하게 짙은 초록의 광기를 내뿜고 있다. 오직 풀밭만 선명하게 빛을 발한다. 모래의 허기진 배통이라도 되는 것처럼. 모래 산 너머 바다는 화가 난 듯 출렁거리고. 옥순은 유리창에 얼룩지는 빗물 너머의 풍경에서 고개를 돌린다. 강릉할머니와 눈이 마주치자 옥순은 자그마한 목소리로 말을 풀어놓는다.

"처음에 난…… 무서웠어요."

"나도 그랬어요. 그냥 죽어버리고 싶었어요."

"머릿속에서 집이 사라지고 며느리가 사라지고…… 살아오면서 가장 정들고 애틋했던 것들이 하나둘 사라지다니……"

"예고도 없이 갑자기 사라져버렸죠. 눈을 뜨니 내 앞에 서 있는 사람들이 모두 낯설었어요. 그들은 아니라고 울음을 삼키는데."

"다행히도, 얼마 뒤 기억이 돌아왔지만…… 난 불안했어요. 그것들이 언제 감쪽같이 사라질지 모르잖아요."

"난 그래서 잠들기가 겁이 났어요."

"맞아요! 잠 속에, 그것들을 잡아먹는 게걸스런 모래귀신이 살고 있는 것만 같았어요."

"모래귀신, 모래지옥……"

옥순과 강릉할머니는 약속이나 한 듯 대화를 멈추고 비가 쏟아지는 창밖으로 고개를 돌린다. 수백 수천 년 동안 바람에 쏠리고 쏠린 모래 언덕과 모래 산은 너무도 유연하게 비를 빨아들인다. 당연한 거야, 당연한 거야, 계속해서 이렇게 중얼거리는 것만 같다. 모두 허물어진, 칡넝쿨 같은 발자국들. 모래언덕과 산은 마치 처음으로 돌아가는 듯 엄숙하기 그지없다. 아니, 처연하다. 서늘하다. 발자국들로 어지럽던 모래가 비를 불러온 걸까. 비는 언제까지 내릴까. 모래가 모두 잠겨버릴 때까지 내리려는 걸까. 그러면 그다음은 어떻게 되는 걸까. 옥순은 바람에 밀려 비질을 하듯 모래를 휩쓸고 가는 빗발을 뒤쫓는다.

"요양사가 그러는데 모래귀신은 잠자리 애벌레래요."

강릉할머니의 말에 옥순은 입을 벌렸다.

"그 고운 잠자리가……"

"그러게 말예요."

"강릉할머닌 여기 온 지 얼마나 됐어요?"

"잘…… 모르겠어요. 한 삼 년 됐나…… 옥순씨는요?"

"……나도 생각이 안 나요. 요양사가 오면 물어봐야겠어요."

옥순과 강릉할머니는 주름진 손가락을 꼽았다가 펼치기를 반복한다. 비는 유리창을 세차게 후려쳤다가 모래언덕으로 떠나간다.

"차라리…… 오늘밤 잠들었다가 내일 깨어나지 않았으면 좋겠어요."

옥순의 눈이 동그랗게 변한다.

"지금은 그나마 정신이 조금 돌아왔지만 언제 다시 나갈지 모르잖아요. 가족들 앞에서 그런 모습 보이는 게 창피해죽겠어요."

"아들 집에 있을 때 나는…… 내가 눈 똥으로 벽에다 그림까지 그렸대요."

"에구머니나!"

바람이 잠시 멎자 빗줄기는 한 치의 빈틈도 허용하지 않고 허공을 빽빽하게 채운다. 그 빗소리는 마치 모래가 한꺼번에 쏟아지는 소리 같다. 장엄하다고 고개를 끄덕이다가 옥순은 중얼거린다.

"……그 많던 잠자리들은 다 어디로 갔을까요."

"……"

예전에 초등학교 선생을 했다는 강릉할머니는 눈 깜짝할 사이에 잠들어버렸다. 옥순은 하품을 하며 다시 고개를 끄덕인다. 개미귀신도, 잠자리도, 모두 잠든 시간이라고.

"……나 똥 쌌다."

"어머니, 괜찮아요. 씻겨드릴 테니 화장실에 가요."

"……내가 왜 이러는지 모르겠다."

"아파서 그러는 거예요."

"뉘 집 딸인지 모르지만 너는…… 참 착하구나."

"……착하지 않아요."

옥순은 욕실에 쪼그리고 앉아 며느리가 샤워기로 엉덩이에 뿌려주는 따스한 물에 몸을 맡겼다. 수챗구멍으로 흘러가는 것들. 사타구니의 몇 가닥 남지 않은 거웃과 쭈글쭈글한 주름살을 타고 흐르는 물. 고개를 숙인 옥순은 낯선 몸을 바라보듯, 축 늘어진 젖가슴과 배꼽을 가린 뱃살, 그 아래의 어두컴컴한 곳을 차례로 들여다보았다.

"나는 이제 밥 안 먹을 거야."

"어머니, 밥 안 먹으면 죽어요."

"죽어도 괜찮다."

"사람은 억지로 못 죽어요. 잘 아시잖아요."

"……챙피하다."

샤워를 마치고 욕조로 들어간 옥순은 기분이 좋아졌는지 갓난아기처럼 물장난을 쳤다. 명수의 처가 특별히 거품입욕제까지 욕조에 넣은 까닭이었다. 구름같이 흰 거품을 입으로 불고 손바닥으로 떠서 비눗방울처럼 날려보냈다. 거품 밖으로 얼굴만 달랑 드러낸 옥순은 오래 기다렸던 초경을 갓 시작한 소녀처럼 볼이 발갛게 상기돼 있었다. 마치 구름 위에 떠 있는 것처럼.

"얘?"

"왜요, 어머님?"

한바탕 물놀이가 끝나고 며느리가 때를 밀어주러 들어왔다. 옥순은 목욕 의자에 앉아 차분해진 목소리로 물었다.

"······넌 뭐가 생각나고 뭐가 생각나지 않아?"

"······"

"고맙다."

강풍이 모래언덕과 모래 산을 휘감고 있다. 눈보라가 치는 것처럼 모래가 날려간다. 날려간 모래는 겹겹의 주름살을 펼쳐놓은 것처럼 모래언덕과 모래 산에 새로운 풍경을 만든다. 날씨가 좋을 때만큼 많지는 않지만 사람들은 변함없이 모래 산을 오르고 있다. 수건으로 입과 코를 가린 채. 그들은 마치 순례중인 수도승인 것처럼 한 걸음 한 걸음씩 옮기며 거대한 모래 산에 발자국을 남기고 있다. 그러나 남기기 무섭게 바람에 지워지는 발자국들······

"바람이 많이 부네요."

강릉할머니는 무릎에 턱을 괸 채 창밖 풍경에 몰두하고 있다.

"모래에 맞으면 따가울 텐데······"

옥순은 얼굴로 모래가 날아오기라도 하는 듯 인상을 찡그린다. 아닌 게 아니라 유리창에 부딪치는 모래가 내지르는 소리가 요란하다.

"저이들은 벌받고 있는 거 같아요."

강릉할머니가 다시 말을 이어갔다.

"······뭘 잘못했기에."

"소중한 걸 잃어버린 거 같아요."

"모래밭에서요? 금반지 같은 거?"

"……아뇨. 인생에서."

강릉할머니의 얼굴에 짙은 그늘이 내려앉는다.

"……아!"

"요양원에서 살아가는 주제에 잘난 척 한번 해봤어요. 얄밉죠?"

"아니에요. 얘길 듣고 보니 그럴지도 모르겠단 생각이 드네요. 뭘 잃어버렸을까요?"

옥순은 고개를 갸웃거린다.

"차라리 금반지라면 좋을 텐데……"

"저렇게 넓은 모래밭에서요?"

"……나는 무서워요. 기억하고 있는 모든 것들이 어느 날 사라져버릴까봐."

강릉할머니는 대낮에 귀신이라도 본 듯한 얼굴이다.

"어쩌겠어요."

"어느 날 내가 누군지 몰라보더라도 서운해하지 마세요."

모래를 실어나르는 바람은 멈추지 않는다. 모래 산마저 옮겨버릴 것처럼 기세가 등등하다. 모래 산을 올라가는 사람들의 형체가 지워졌다가 다시 나타나기를 반복한다. 회오리바람이 몰아치면 한동안 망부석처럼 꼼짝 않고 있다가 바람이 잦아들면 다시 발이 푹푹 빠지는 모래 산을 올라간다. 바람이 맹렬한 붓놀림으로 모래 위에 그리는 그림 속에서. 옥순은 마치 자신이 모래 산을 올라가는 것만 같아 두 손으로 무릎을 주무르고 숨을 고른다. 미끄러지면 큰일이라고 다짐하며. 저 아래로 미끄러지면 더이상 아무것도 머릿속에 남아 있지 않을지도 모른다는 불안을 잠재우며. 옥순은 침대에 모로 누워 잠든 강릉할머니를 따라 스르르 허물어진다. 낮잠을 자면 안 되는데, 밤에 잠이 안 오는데…… 속으로 중얼거리며.

까끌까끌한 모래바람은 감은 눈 속으로까지 불어오고……

"어머니, 주무세요?"

누가 날 찾는가? 하지만 눈을 뜰 수가 없다. 눈꺼풀 속에 바싹 마른 모래가 가득 들어차 있는 것만 같아 옥순은 애가 탔다. 아니, 눈꺼풀과 눈동자가 모래를 접착제 삼아 붙어버린 듯하다. 손으로 비비니 살갗이 벗어질 정도로 쓰라리다. 분명 유리창을 꼭꼭 닫고 잠들었던 것 같은데……

"……누구냐?"

"어머니, 저예요."

"나는 앞이 보이지 않는다. 눈이 떠지질 않아."

"괜찮아요, 어머니. 그냥 어머니랑 얘길 하고 싶어 왔어요."

"……무슨 얘길?"

"……어머니가 전에 말씀하셨잖아요. 넌 뭐가 기억나고 뭐가 기억나지 않느냐고요. 생각해보니 저 역시 기억하고 있는 것보다 잊어버리고 사는 게 훨씬 더 많은 거 같아요."

"그게…… 무슨 소리냐?"

"제가 기억하는 건 고작해야 제 밥그릇 챙기기에 급급한 것들뿐이었어요. 죄송해요, 어머니. 그것도 모르고 어머니가 절 기억하지 못한다고 서운해했어요."

"……난 도통 무슨 소린지 모르겠다. 왜 눈이 떠지질 않는 걸까. 내가 꿈을 꾸는 걸까."

"어머니, 미안해요."

"……대체 누구신데 자꾸 어머니, 어머니 하는 거요?"

옥순은 손등으로 눈두덩을 세차게 문지른다. 모래알들이 눈 속으로 파고드는 것처럼 쓰라리다. 붙어버린 눈꺼풀을 손가락으로 뜯어내려고 애를 쓴다. 마침내 피가 흘러내리는 듯한 왼쪽 눈꺼풀부터 조금씩 밀어올린다.

두 눈을 모두 뜨니 모래 산이다.

날씨는 쾌청하다. 사람들은 모래언덕과 모래 산에 새 발자국을 찍으려고 찾아온 듯 열심히 걷고 있다. 허리를 두드리고 무릎을 주무르며, 뛰어서 오르다가 저 아래로 주르륵 미끄러지기도 한다. 수영복만 걸친 아이들과 젊은 사람들은 그래도 좋다고 깔깔거리고 나이든 축들은 한숨을 쉬며 모래 산의 정상을 오래 올려다본다. 어떤 이들은 아예 풀밭에 자리를 깔고 앉아 영화를 보듯 모래 산과 모래 산의 사람들을 관람한다. 옥순의 위편에서 사진을 찍느라 허리를 구부리고 엉덩이를 뒤로 잔뜩 뺀 남자는 뒤에 매달린 짙은 그림자 때문에 캥거루처럼 보인다. 옥순은 아는 사람이 있나 주변을 두리번거린다. 요양원에서 나왔을 것만 같은 노인들은 구부러진 등 탓인지 마치 쌀 한 말씩 등에 지고 모래 산을 오르는 것 같다. 모래 산 너머에 있을 그 무엇인가를 향해서. 옥순은 미끄러지지 않으려 한쪽 다리에 힘을 준 채 모래가 스며들어와 걷기에 불편한 신발을 벗어 탁탁 털었다. 털어도 모래는 신발 속으로 계속해서 들어왔고 밟고 또 밟아도 발밑의 모래는 푹푹 꺼진다.

바싹 마른 모래 위에 찍히는 발자국은 요양원의 창 너머로 보는 것과는 많이 다르다. 별로 예쁘지가 않다. 자꾸만 허물어진다. 옥순은 그래도 모래 산을 올라가는 걸음을 멈추지 않는다. 다른 사람들의 발자국이 없는 모래 위에 자신의 신발을 정성스럽게 올려놓는다. 처음 걸음마를 배우는 것처럼. 누군가의 손을 잡고 주변 모든 것들의 이름을 처음 배워나가는 것처럼. 집안을 둘러보면 엄마, 아버지, 할머니, 오빠들, 언니들…… 울타리 주변을 돌아보면 소, 개, 닭, 돼지, 토끼, 염소…… 울타리 밖 밭에 나가보면 옥수수, 감자, 콩, 수수, 팥, 배추, 무, 고추…… 오빠와 함께 마을에 놀러가면 누구네 집, 누구네 집, 누구, 누구…… 옥순은 모래 위에 찍히는 발자국 하나하나에 안타까이 사라지려는 그 이름들을 새겨넣는다. 아버지의 지게에 실려 산에 가면서 주워들었던 온갖 나무들과 열매들, 그리고 꽃들의 이름. 엄마를 따라 부엌에 들어서면 냄새부터 풍요로웠던 모든 음식들의 이름들. 옥순은 뜨거운 모래에 찍히는 발자국에 씨앗을 한 알 한 알 떨어뜨리듯 그 이름들을 호명하며 하나씩 넣는다. 그렇게 모래 산을 지그재그로 올라간다. 햇살은 따갑고 바람 한 점 없다. 모래 산을 올라가는 사람들의 피부가 까맣게 타들어가는 한낮. 옥순은, 잊지 않으려고, 망각의 구덩이에서 빠져나오려고, 그렇게 한 발 한 발을 천천히 내딛는다. 개미처럼. 그때, 누군가 어이쿠! 하는 소리와 함께 저 위에서 주르르 미끄러진다.

강릉할머니다. 양손을 휘젓고 있지만 손에 잡히는 것은 아무것도 없다. 옥순이 몇 걸음 옮겨 손을 내밀었지만 허사였다. 강릉할머니는 썰매에 몸을 실은 듯 점점 더 빠르게 미끄러진다. 모래 위에 주저앉은 옥순은 저 아래, 초록의 풀밭이 사라진 모래 구덩이 속에서 입을 벌리고 있는 수백 마리의 모래귀신들을 몸을 부르르 떨며 내려다본다.

강릉할머니는 불빛이 번쩍거리는 응급차에 실려 요양원을 떠나갔다.

그녀는 옥순을 알아보지 못했다.

옥순도 그녀를 알아보지 못했다.

잠자리들이 떠다니는 모래 산 너머의 바다로 자그마한 배 한 척이 지나가고 있었다.

옥순은 그 배를 바라보며 중얼거렸다.

"옥순아, 너도 그만 가야지……"

오래된 경전

이홍섭(시인, 문학평론가)

1. 소설가 김도연의 초상

살다 살다 글의 초初가 이렇게 안 잡힌 적은 처음이다. 저 푸른 기와집에서는 하루가 멀다 하고 비밀스러운 이야기들이 쏟아져나오지, 백만 촛불은 타오르지, 그야말로 시국에 압도당한 채 시간이 흘러갔다. 어제는 생즉사, 사즉생의 각오로 아름다운 발문을 마감하고자 했으나 이번엔 푸른 기와집에서 푸른 알약들이 쏟아져나오는 바람에 발문은 또 뒤로 밀릴 수밖에 없었다. 살다 살다 알약에 글이 밀려본 적은 처음이다. 하도 초가 안 잡히니 저 구중궁궐의 어투에 빙의되어, 내가 이러려고 시인이 되었나, 내가 이러려고 평론가가 되었나 하는 자괴감마저 들었다.

글의 초는 잡지 못하면서, 푸른 알약이 쏟아져나오는 티브이 화면을 보면서 지금 김도연 소설가는 무슨 생각을 하고 있을까 궁금해졌다. 그러나 그와 통화하기란 멋쩍었다. 발문을 아직 넘기지 못했는데 무슨 낯짝으로 통화를 한단 말인가. 그러지 않아도 발문이 늦는다고 대포동 미사일을 날리겠다느니 어쩌느니 하는 문자를 받지 않았던가. 그가 나의 이 장중한 자괴감을 알까, 모를까.

그러나 나는 시국에 압도당하지 않기 위해서 그의 소설들을 읽고 또 읽었다. 이번 소설집은 물론이고 그의 이전 작품집들도 찬찬히 다시 읽어보았다. 어차피 글의 초가 안 잡히는 거 열심히 읽었다는 티라도 낼 겸 이번 기회에 김도연의 소설들을 연대순으로 한번 섭렵해보자는 욕심을 부리게 된 것이다.

결론부터 얘기하자면, 지난 2002년 출간한 첫 소설집 『0시의 부에노스아이레스』에서부터 이번 소설집까지 김도연이 들려준 세계는 저 구중궁궐에서 하루가 멀다 하고 쏟아져나오는 비밀스러운 이야기보다 몇 배 더 재미있다. 그의 소설에는 현실과 꿈을 자유자재로 넘나드는 '도저한 반칙'이 있고, 인간계와 축생계를 함부로 넘나드는 '도저한 불륜'이 있다. 국내적으로는 김만중의 『구운몽』, 국외적으로는 마르케스의 『백 년 동안의 고독』에 비견되는 이러한 도저한 반칙과 불륜은 그 뿌리가 참으로 깊은 것이어서 이제는 김도연의 빛나는 아우라로 승화되었다. 그뿐인가. 그의 소설에는 구중궁궐의 몰락사에서는 결코 느낄 수 없는 삶의 구슬픔과 애잔함이 녹아 있다. 「별다방의 몰락」에 등장하는 마담의 표현을 빌리면, 그의 소설들은 한마디로 "소설보다 더 소설 같은 얘기"(166쪽)다.

별다방 마담이 작중 화자인 소설가에게 "소설가 양반은 그 업종이 사양길로 접어들어도 소설을 계속 쓸 생각이오? 더군다나 내 나이쯤 되었을 때"라고 묻자, 그는 "사람이 존재하는 한 이야기는 사라지지 않아요. 〔만약에 사라진다면?—마담〕 아마…… 그래도 계속 쓸 것 같은데요. 〔왜?—마담〕 제가 그나마 가장 잘할 수 있는 일이니까요" (175쪽)라고 답한다.

산전수전 공중전까지 치른 마담에게도 밀리지 않는 이 '도도한 대답'에 이르렀을 때 나는 진심으로 존경과 찬탄을 보내지 않을 수 없었다. 비록 마지막에 가서 "이 새끼야, 너도 소설 그만 쓰고 나가"(180쪽)라는 마담의 욕지거리를 듣기는 했지만, 김도연의 분신처럼 보이는 작중 소설가의 도도한 대답은 오랫동안 뇌리를 떠나지 않았다.

만약 소설가 대신 시인이 마담 앞에 앉았더라면 어찌되었을까. 마담의 첫사랑이 시인이었기 때문에 더욱 궁금해지지 않을 수 없다. "그 당시 다방 레지들에게 가장 인기가 높았던 사람들은 예술가였어요. 그중에서도 시인. 가끔 시 낭송회도 하곤 했는데 자리가 모자라서 있던 사람들이 더 많았을 정도였으니까. 내 첫사랑도 시인이었어요. 몰라. 지금 생각해보면 유명한 시인은 아니었던 것 같아. 하지만 인상은 마치 온 세상 근심 걱정을 혼자서 다 짊어지고 다니는 사람 같았지. 그게 다야. 몇 번 데이트란 걸 했지만 손 한번 잡아보지 못하고 끝났어. 어떻게 헤어졌는지 기억도 안 나고. 본격적인 연애는 그 시인과 헤어진 다음부터 비로소 시작했지. 남들이 날 보고 떠드는 얘기로 옮기자면 그때부터 슬슬 타락한 거지. 건달, 사기꾼, 유부남, 장사치, 시골 총각, 딴따라……"(159쪽)

이런 얘기를 들을 때면 시인인 나로서는 늘 시대를 잘못 타고났다는 생각을 하곤 하지만, 한편으로는 안도의 숨이 내쉬어지기도 한다.

손 한번 잡아보지 못하고 끝났기에 망정이지 더 나아갔으면 어쩔 뻔했는가. 그랬다면 모르긴 몰라도 진즉에 마담이 뿌린 짬뽕 국물을 뒤집어썼을지도 모를 일이다. 그러고 보니 시대적으로 시인의 위상이 어느 정도 몰락했다는 점이 그리 썩 나쁜 일은 아닌 듯싶다.

압도적인 시국 앞에 출간되는 이번 소설집이 하루가 멀다 하고 쏟아져나오는 저 푸른 기와집의 비밀스러운 이야기들을 뚫고 살아남을 수 있을지는 정녕 모르겠다. 하지만 나는 다방 마담에게도 밀리지 않는 저 도도한 자세가 반드시 빛을 발할 것이라 믿는다. 시인은 몰락해도 소설가는 끝까지 살아남아서 비루한 시대, 비루한 삶의 이야기를 끝까지 기록해야 할 의무가 있지 않겠는가.

2. 막내의 귀환

나는 작가가 이번 소설집의 제목을 뭘로 정했으면 좋겠냐고 넌지시 물어왔을 때 '콩 이야기'에 한 표를 던졌다. 「파호破戶」「콩 이야기」에 나타나는 '막내의 귀환'이 이번 소설집을 압도한다고 여겼기 때문이다. 늘 출가와 가출 사이를 오가던 막내가 드디어 정신 차리고 돌아와 집과 고향과 땅에 대해 고민하기 시작했다는 점에서 이 두 편의 소설은 가히 '막내의 귀환'이라고 할 만하다.

김도연의 세번째 장편소설 『아흔아홉』의 해설을 쓰면서 나는 이때까지의 그의 소설들을 '로드무비적인 소설'이라고 규정했다. '로드무비road movie'는 말 그대로 장소를 이동해가며 전개되는 영화의 한 장르를 일컫는다. 출가와 가출 사이를 오가는 그의 소설들은 '길 떠남'을 모티브로 하고 있고, 따라서 당연히 공간 이동이 다채로운 에피소드들을 만들어냈다. 『아흔아홉』을 비롯해 또다른 장편소설 『소와 함께 여행하는 법』은 이러한 로드무비적인 성향이 집대성된 작품이었다. 그리고 이러한 성향은 이미 첫 소설집 『0시의 부에노스아이레스』에서부터 움튼 것이기도 했다.

그런데 이번 소설집에 실린 단편들에서는 이러한 로드무비적인 성향이 많이 탈색되었다. 그 이유가 뭘까 숙고하는데 '막내의 귀환'이란 말이 섬광처럼 떠올랐다. 그렇구나, 드디어 막내가 집으로, 고향으로 귀환했구나, 돌아오지 않으려고 그 숱한 억지 생떼를 쓰던 막내가 마침내 부모의 품으로, 고향의 품으로 돌아왔구나 하는 느낌이 팍 왔다.

실제 김도연 소설가도 막내가 아니던가. 그러고 보니 그도 어느덧 지천명의 나이를 지났구나 하는 애잔함도 함께 따라왔다. 불혹의 나이를 과감하게 건너뛰어 지천명의 나이로 바로 직진한 막내. 늘 '혹'하며 주섬주섬 가방을 싸던 막내가 비로소 가방을 풀고 집과 고향에 대해 의미 부여를 하기 시작한 것이다.

그러나 오랜 방황을 끝내고 마침내 귀환한 막내를 기다리고 있는 것은 박수와 환호가 아니라 '외롭고 무서운' 세계라는 사실에 이번 소설집이 품고 있는 비극성이 있다. 「파호」에 등장하는 형제들과의 문답 속에는 귀환한 막내의 난처함이 고스란히 묻어난다. 막내누나는 "무섭거나 외롭지 않아? (……) 이젠 널 보호해줄 사람은 아무도 없어…… 잘 알잖아"(77쪽)라고 말하고, 작은 매형은 "빨리 잊어버리는 것과 그러지 못하는 것 중에 어느 쪽이 더 불행일까요?"(89쪽) 묻

는다. 막내 매형이 "처남, 앞으로 어떡할 거야?"라고 묻자 작중 막내
는 "꿩을 닮고 싶다고 말하려다가 참"(같은 쪽)으며 대답하지 않는다.

막내는 꿩 사냥에서 돌아온 뒤 다음과 같은 꿈을 꾼다. "사람들은
내 주위에 둘러앉아 정답게 새들의 피를 마셨다. 입 주변을 온통 붉게
물들인 채. 피를 모두 마신 그들은 서로의 눈치를 살피며 망설이더니
이윽고 게걸스런 눈빛으로 입에 빨대를 문 채 나를 향해 한 걸음씩 다
가왔다. (……) 쭉쭉거리며 빨대를 빨고 있는 사람들의 뒤편으로 변
함없이 조금 무섭고 외로운 듯한 밤의 함박눈이 내렸다."(90~91쪽)

이 소설에서 '외롭고 무서웠다'라는 표현은 무려 다섯 번(77, 83,
91, 92, 96쪽)이나 등장한다. 귀환한 막내가 집에서, 고향에서 받은 이
'외롭고 무서운' 느낌은 소설의 내용처럼 집과, 땅과, 고향과, 동심과,
추억과, 자연의 사라짐에서 오는 것이다. 절집 용어로 말하면 그것은
동체대비同體大悲의 붕괴를 의미한다. 그렇기 때문에 작중 막내인 '나'
가 타오르는 달집 앞에서 "이제 어디로 갈 거지? (……) 어디로 갈
거냐고?"(95쪽)라는 소리를 듣는 것은 어쩌면 당연한 일인지도 모른
다. 아마도 김도연의 다음 소설은 여기에서부터 시작하지 않을까.

3. 꿈의 조율사

물론 그가 여전히 막내 근성을 못 버리고 짐을 쌌다 풀었다 하는 부
분이 있다. 바로 여자라는 거대한 우주를 만날 때이다. 「민둥산」과
「옛 애인들을 싣고 달리는 버스」는 이 거대한 우주의 미로 속을 헤매

는 고통스런 여행기이다. 오죽하면 소설의 무대를 억새가 우거진 민둥산(「민둥산」)이나, 먼지 풀풀 날리는 네팔(「옛 애인들을 싣고 달리는 버스」)로 설정했겠는가. 꿈속을 들락거리며 전개되는 이 작품들은 여자를 이해하느니 우주를 이해하는 편이 빠르다는 한 선배 소설가의 잠언을 떠올리게 만든다.

그러나 다른 글에서도 얘기한 적이 있지만, 나는 소설가 김도연의 꿈 얘기를 들을 때가 가장 행복하다. 그의 꿈 얘기는 참으로 창대해서 시공간의 걸림이 없고, 성별과 계층을 일거에 초월해버리는 장쾌함이 있다. 옛 애인의 태몽을 대신 꿔주는 경지(산문집 『눈 이야기』)에 다다랐으니 말해 무엇하겠는가.

그의 등단작 「0시의 부에노스아이레스」에는 다음과 같은 묘사가 나온다. "내가 잠드는 딱딱한 침대는 세상 어느 곳으로든 갈 수 있는 출입구다. 나는 잠든다. 여행하기 위해. 이생, 전생, 내생까지. 꿈이라는 기차. 꿈이라는 터널. 꿈이라는 빙판을 달려 미처 내가 원하지도 않은 곳까지 한달음에 달려갈 수 있다."(『0시의 부에노스아이레스』, 29쪽)

사뭇 서정적이고 낭만적이기까지 한 위의 구절은 이후 소설가 김도연이 보여줄 창대한 꿈 이야기의 예고편이었다. 김도연은 이제 독자들이 그의 소설을 읽으며 지금 내가 꿈을 읽는 건지, 현실을 읽는 건지 분별하지 못하게 만드는 경지에까지 이르렀다. 「민둥산」은 그 절정이다. 가령 주인공이 "꿈이란 걸 알기 전까진 정말이지 인생 최악의 악몽 같은 현실이었다"(16쪽)라고 말하거나, "그렇다면 꿈과 꿈 아닌 것을 어떻게 구별할 수 있단 말인가. 또 어디까지가 꿈이고 어디서부터 꿈이 아닐까…… 그 반대는…… 지나가는 사람 열 명에게 물었을 때 모두 꿈이 아니라고 대답한다면 꿈이 아닐까, 꿈일까. 지나가는 사람 열 명에게 물었을 때 모두 꿈이라고 대답한다면 꿈일까, 꿈이 아닐까"(19쪽)라고 말하는 대목에 이르면 읽는 나 또한 참으로 몽롱해지지 않을 수 없다.

더 나아가 그의 꿈 이야기가 마침내 종교적인 경지에 다다랐구나 하는 감탄을 아니 보낼 수 없다. 위의 구절들을 반복해 읽다보면, 일대의 문인이자 선사였던 경허스님의 참선곡이 멀리서 들려온다. "홀연히 생각하니 도시몽중都是夢中이로다. 천만고 영웅호걸 북망산 무덤이요, 부귀 문장 쓸데없다 황천객을 면할쏘냐. 오호라 이내 몸이 풀끝에 이슬이요, 바람 속에 등불이라……"

「민둥산」의 철없는 주인공의 입을 빌리면, 소설가 김도연이 지나온 길은 한마디로 "이게 정말 꿈일까"(34쪽)라고 거듭거듭 물어온 길이라 할 수 있다. 비록 소설 속의 주인공들은 이 꿈을 누설한 죄로 현실 속에서 온갖 구박과 핍박, 그리고 무수한 이별 통보를 받지만 그는 결코 꿈을 버리지 않았다. 아니, 버리고 싶어도 버릴 수 없었다. 소설가는 이미 꿈과 하나가 되었기 때문이다. 아래 구절은 꿈과 현실을 구별하지 못한 채 어느덧 그 두 세계와 한몸이 되어버린 사내만이 그려낼 수 있는 장중한 문장이다. "꿈이어도 좋고 꿈이 아니어도 상관없었다. 쓰러졌다가 일어나 걸었고 또다시 쓰러지면 거듭 일어나 입을 꾹 다문 채 걸었다./고독처럼 어둑어둑한 민둥산에서."(34~35쪽)

그러고 보니 김도연은 '꿈꾸는 막내'였다. 그의 소설을 읽다보면 막내가 꾸는 꿈은 장남이나 차남이 꾸는 꿈과는 많이 다르다는 것을 느끼게 된다. 거기에는 외로움이 깃들어 있고, 별에게 스미는 맑음과 순정함이 있다. 「콩 이야기」의 마지막 부분을 보자. "그러고 보니 왠지 하늘의 별이나 지상의 콩이 별반 다르지 않다는 생각도 들었다. 누가 되지 않는다면 그 별들에게 새로운 이름을 지어주고 싶었다. 목욕탕에서 때를 미는 때밀이, 할머니 등에 업혀 장에 가는 아기, 도서관 옥상에 콩을 심는 사서, 콩 자루를 들고 툴툴거리며 시내버스를 타는 나, 매일같이 콩과 팥을 나누고 합치고 다시 나누는 어머니와 아버지…… 야, 이거 괜찮은 별과 콩의 이야기구나! 나는 집으로 가는 길에 신이 나서 별들의 새 이름을 지어주었다."(65쪽)

지상의 콩을 하늘의 별과 일시에 동격으로 만들어버리는 그의 솜씨는, 이제 그가 그토록 질투해마지않던 시인의 경지에 다다랐음을 증명한다. 다음 구절은 또 어떤가. "술 취한 아버지는 잠들었고 돋보기를 쓴 어머니는 둥근 상 위에 콩을 가득 올려놓고 하나하나 고르는 중이었다. 오래된 경전을 읽듯이."(같은 쪽)

며칠 전 김도연 소설가의 고향인 강원도 평창군에 다녀온 적이 있다. 나는 그곳에서 올해의 첫눈을 맞았다. 눈을 맞으며, 눈 얘기로 소설의 문을 열기 좋아하는 그를 떠올렸다. 「0시의 부에노스아이레스」는 "삼 일 동안 쉬지 않고 내리는 눈처럼 나는 이 작은 포구의 민박집 이층에서 잠을 자다 깨기를 반복하고 있다"(9쪽)라는 문장으로, 이번 소설집에 실린 작품 「파호」도 "나는 눈이 얼어붙은 장갑을 벗고 담배를 피웠다"(69쪽)라는 문장으로 시작된다. 그러나 같은 눈을 묘사했다 하더라도 이 두 문장 사이에는 수십 년 동안 쉬지 않고 내린 눈의 역사가 결빙되어 있다. 감동을 주체하지 못하고 소설가에게 전화를 걸었더니 그는 또다른 도시에서 첫눈을 맞고 있었다. 문득 고향을 떠난 그가 외로워 보였다.

작가의 말

겨울나무들을 바라본다.

지난 봄여름의 연두와 초록의 잎들을 떠올리면 마음이 다 환해진다.

지난가을의 어떤 잎들은 환하게 물들었고

어떤 잎들은 갑자기 몰려온 추위에 볼품없이 시들어버리기도 했다.

또 어떤 잎들은 아예 물들지도 못한 채 비바람에 모두 떨어졌다.

앙상한 가지 위에 차가운 눈을 올려놓고 있는 겨울나무들을 바라본다.

말라비틀어진 잎들을 아직도 매달고 있는 겨울나무들을 바라본다.

물론 나무와 잎들의 일이겠지만 바라보는 마음이 그리 편하지는 않다.

나무들은…… 잎들은……

언젠가 읽었던 책에서 모니카 마론은 이렇게 말했다.

"아버지들은 전쟁터에서 돌아오지 말았어야 했다"고.

이 소설 속의 사내들이 전쟁터에서 돌아온 건 아니지만 일정 부분 그 황량하고 무기력한 정서 속에 갇혀 있다는 걸, 다시 읽으면서 눈치 챘다.

민둥산의 시절을 사는 사내들을 들여다보니 이런 낱말들이 줄줄이 떠오른다. 쪼잔하고, 갑갑하고, 쩨쩨하고, 지질하다. 그렇다고 이 사내들이 다시 전쟁터로 가야 한다고 말하려는 건 아니다. 언젠가부터 나는 민둥산의 사내들과 모래 산의 여자들에게 눈길을 보내고 있다는 걸 알게 됐다. 변해가는 그들의 모습을 소설 속에 들여놓으려고 부심했다. 가을이 가고 눈보라가 휘몰아치는 겨울이 되어도 떨어지지 않고 나뭇가지에 붙어 팔락거리는 장면들을 쓰고 싶었다. 어쩌면 내 마음속의 풍경일 거란 생각도 하면서……

네번째 소설집을 묶으면서 제목을 놓고 주변에서 말들이 많았다. 애당초 나는 '민둥산'을 고집했으나 예상과 달리 한 방에 무너졌다. 의기소침해진 나는 간신히 전력을 수습해 '민둥산 블루스'를 시작으로 일련의 민둥산 총서를 꺼내들었으나 그것들 역시 줄줄이 나가떨어졌다. 소설집의 제목을 놓고 이토록 머리가 아팠던 건 처음이었다. '왜 옆집 부부는 늘 건강하고 행복할까요'와 '옛 애인들을 싣고 달리는 버스' 등등이 차례로 물망에 올랐으나 그건 내가 받아들이기 어려웠다. 왜냐고 묻는다면 할말은 없지만. 그래서 결국 '콩 이야기'로 돌아왔으나 역시 주변의 말들은 콩! 콩콩! 콩콩콩! 콩콩…… 마치 번철에서 콩이 튀듯 요란스러웠다. 이 모든 게 다 알맹이가 부실한 탓이니 나로서는 할말이 없었다. 다만…… 옛날 옛적, 어둑어둑해지는 늦가을 저녁의 콩밭에서 곱아가는 손을 비비며 콩을 줍는 소년이 있었다는 것밖에는 달리 설명할 방법이 없다. 그 소년의 나중을 이야기한 소설의 마지막을 여기에 옮겨놓는 것으로 소설집 제목에 대한 이야기를 마무리한다.

술 취한 아버지는 잠들었고 돋보기를 쓴 어머니는 둥근 상 위에 콩을 가득 올려놓고 하나하나 고르는 중이었다. 오래된 경전을 읽듯이. 내 꼬락서니를 훑어본 어머니가 입을 열었다.
"애비나 자식이나……"

그래, 아주 작고 가벼운 콩 이야기다.
그런데…… 저 겨울나무들에게 다시 연두의 시절이 올까.

2017년 1월
김도연

| 수록 작품 발표 지면 |

민둥산 ······ 문장 웹진, 2012년 10월호

콩 이야기 ······ 현대문학, 2011년 8월호

파호破戶 ······ 『버릴 수 없는 것들의 목록』(북스토리, 2010)

왜 옆집 부부는 늘 건강하고 행복할까요 ······ 창작과비평, 2011년 여름호

옛 애인들을 싣고 달리는 버스 ······ 소설문학, 2014년 봄호

별다방의 몰락 ······ 문학사상, 2011년 8월호

애니멀즈 단란주점 ······ 현대문학, 2015년 3월호

긴 아리랑 ······ 내일을여는작가, 2013년 상반기

            (발표 당시 제목은 '도원으로 가는 마지막 비상구')

배 지나간 자리 ······ 무크지 리얼리스트, 2016년

문학동네 소설
콩 이야기
ⓒ 김도연 2017

1판 1쇄 2017년 1월 25일
1판 2쇄 2017년 8월 4일

지은이 김도연
펴낸이 염현숙
책임편집 김내리 | 편집 정은진 이성근 이상술
디자인 김현우 유현아 | 마케팅 정민호 박보람
홍보 김희숙 김상만 이천희
제작 강신은 김동욱 임현식 | 제작처 영신사

펴낸곳 (주)문학동네
출판등록 1993년 10월 22일 제406-2003-000045호
주소 10881 경기도 파주시 회동길 210
전자우편 editor@munhak.com | 대표전화 031) 955-8888 | 팩스 031) 955-8855
문의전화 031) 955-3576(마케팅) 031) 955-8864(편집)
문학동네카페 http://cafe.naver.com/mhdn | 트위터 @munhakdongne

ISBN 978-89-546-4376-4 03810
* 이 책의 판권은 지은이와 문학동네에 있습니다.
  이 책 내용의 전부 또는 일부를 재사용하려면 반드시 양측의 서면 동의를 받아야 합니다.
* 이 도서의 국립중앙도서관 출판예정도서목록(CIP)은 서지정보유통지원시스템 홈페이지
  (http://seoji.nl.go.kr)와 국가자료공동목록시스템(http://www.nl.go.kr/kolisnet)에서
  이용하실 수 있습니다.(CIP 제어번호: 2016029722)
* 이 책은 '2013년 아르코문학창작기금'을 지원받아 발간되었습니다.

www.munhak.com